2

나는 모든 것을 【패리】한다
~역착각의 세계 최강은 모험가가 되고 싶다~

나베시키 · 지음 　 카와구치 · 일러스트

I WILL "PARRY" ALL
- The world's strongest man
wanna be an adventurer -

【 지난 줄거리 】

「재능 없는 소년」
그렇게 불리며 양성소를 떠났던 남자, 노르.
그 남자는 이후 10년 이상이나
혼자서 오로지 방어 기술 【패리】의 수행에 몰두해왔다.
그리고 어느 날 우연히 마물에게 습격당하는 왕녀 린을 구출하고
스승의 직위로 발탁됨으로써
노르의 운명의 톱니바퀴는 뜻밖의 방향으로 돌기 시작한다.
공전절후의 능력을 가지고도
본인 혼자만 깨닫지 못하는 노르의 앞에
갖가지 곤경이 덮쳐드는데…….

I Will "PARRY" All
- The world's strongest man
wanna be an adventurer -

Character

Noor

노르

열두 살 때 모든 「직업(클래스)」에서 재능이 없다고 통보받은 뒤 산에 틀어박혀서 유일한 스킬, 「패리」 단련만을 거듭했다. 가장 밑바닥 랭크의 모험가지만, 사실은 터무니없는 능력의 소유자. 다만 자신만이 자기 힘을 깨닫지 못하는 처지.

Lynneburg (Lynne)

린네부르크 클레이스 (린)

열네 살. 온갖 뛰어난 능력을 가진 클레이스 왕국의 제1왕녀. 적대 세력이 생명을 노려 위험에 처했을 때 노르에게 구출되었다. 이후 노르를 「선생님」이라고 부르며 잘 따른다.

Ines

이네스 하네스

클레이스 왕국의 기사. 어릴 적부터 특수한 방어 능력을 보유했으며, 그것을 활용하여 현재는 린의 수호자 임무를 담당한다. 스물한 살.

Rein

레인 클레이스

클레이스 왕국의 제1왕자. 린의 오빠. 스무 살. 침착·냉정한 성격이며 왕의 보좌관으로서 왕국의 조타수 역할을 맡는다. 목적을 위해서는 수단을 가리지 않는 면모도 있다.

Rolo

로로

마족 소년. 태생 등 내력은 불명. 마족은 다른 모든 부족에게서 탄압의 대상이기에 상당히 불행한 어린 시절을 보냈다.

목차

I Will "PARRY" All
- The world's strongest man
wanna be an adventurer -

Contents

31 파멸의 도래

왕자 레인은 잠들지도 쉬지도 않으며 왕도 곳곳을 뛰어다녔다.

"한시라도 빨리, **말**의 배치를 파악해야 한다."

왕도에 잠복해 있던 수십 군데의 『위협』은 현실이 되어 나타났다.
조사 부대가 【은폐 제거】를 써서 그중 하나의 실체가 드러난 것을
시작으로 잇따라 도시 안쪽에서 강력한 마물이 모습을 드러냈고,
오늘 아침까지 조용했던 분위기가 거짓말이었던 것처럼 왕도는 큰
혼란에 빠져들었다.

다행히 잠복 장소의 대부분에는 이미 병사를 파견했고, 클레이스
왕국의 【육성(六聖)】이 지휘하는 【왕도 육병단】의 인원들과 왕도 모
험가 길드에서 조직한 『모험가 용병단』이 온 왕도에 흩어져서 출현
한 마물들의 대처를 맡아주고 있다.

각 위치에서 벌인 전투는 고전을 면할 수 없었다. 그럼에도 린과
그 남자, 노르가 가져온 【은폐】로 모습을 감춘 채 잠복해 있었다는
『고블린 엠퍼러』의 정보가 아니었다면 더욱 심각한 상황에 처했을
것이다.

사전에 정보를 획득하여 파티를 짜서 대처에 임했던지라 꽤 선전했다고 말할 수 있겠다.

부상자는 다수 발생했으나 【승려】 계통 직업의 파견이 제때 이루어졌기에 다행히 사망자는 아직 발생하지 않았다.

눈에 보이는 범위의 시민들은 모두 안전을 확인한 왕도 서편의 구역으로 피난시켰다.

지금은 아직 특별히 큰 피해가 발생하지 않았다.

수많은 건물이 무너졌고 도시를 둘러싸는 성벽이 무참하게 허물어졌어도 사람만 무사하면 왕도 부흥은 가능하다.

도시는 비록 혼란에 빠졌으나 현시점에서 입은 손해는 크지 않았다.

—어디까지나 지금은 아직, 이지만.

"다만, 아직이다. 아직 다음번 수가 남았다."

마도황국이 클레이스 왕국에 벌인 수작은 문답 무용의 국가 파괴.

아마도 이제까지 확인된 습격은 어디까지나 **첫수**에 불과할 것이다.

이미 이 사태조차 비정상적인 규모의 습격이지만, 이것은 어디까지나 다음 수작을 위한 포석일 뿐.

아군의 전력이 흩어져서 소모된 시기를 가늠하여 다시 또 커다란 파도를 일으키리라.

―자신이라면 그렇게 한다.

본질이 동류인지라 자신은 상대의 수법을 진저리가 날 만큼 훤하게 알 수 있었다.

그러니까 놈들은 확실하게 이 시점에서 뭔가 계책을 쓸 것이다.

여기까지는 짐작할 수 있었지만.

문제는 계책의 내용을 전혀 헤아릴 수 없다는 데 있었다.

"어디지? 다음에 칠 곳은 어디지―?"

왕자는 만 하루를 피 배어나는 발이 닳아서 떨어지도록 바삐 다녔다.

어젯밤 【신순(神盾)】 이네스에게 여동생 린네부르크 왕녀를 맡겨 **망명**을 명령하여 이웃 나라 미슬라에 보낸 뒤 한순간도 쉬지 않고 스스로 달려 다니며 정보 수집과 상황 파악에 쭉 힘썼다.

다만 그럼에도 유효한 정보가 전혀 모이지 않는다.

지금 【은성(隱聖)】 휘하의 클레이스 왕국 정예 첩보 부대인 『은밀병단』이 혈안이 되어 왕도의 주위를 수색하고 있다.

그들은 정예라는 명성에 부끄럽지 않은 무시무시한 기세로 정찰을 수행했고, 이미 왕도 주변의 토지는 거의 전부 다 점검이 완료되었다는 보고를 받았다.

―그런데 **끝내 아무것도 발견하지 못했다.**

피로와 분노로 왕자의 조바심은 한계^{극한}에 도달했다.

놈들은 곧 일제 공격에 나설 것이다.

……다만, 어디에서? 어떻게?

그 답을 왕자는 알지 못한다.

죽기 살기로 찾아다녔는데 정말 아무것도 발견하지 못했다.

왕도 주변에는 이미 찾아볼 만한 장소가 남지도 않은 상황이었다.

쥐나 간신히 지나다닐 법한 좁다란 통로도, 마물이 서식하는 주변의 숲도 왕도의 미궁 관련 시설도, 지하 수로까지도 전부 구석구석 샅샅이 뒤졌다. 그런데 아무것도 찾아내지 못했다.

왕자는 아예 달리 할 일이 아무것도 남지 않았다는 생각마저 들었다.

……아니. 그렇다면.

이렇게까지 찾아다녔는데 아무것도 안 나왔다면 혹시 자신의 감이 빗나간 것은 아닐까.

자신의 예측이 완전한 기우로 끝난다면야 더할 나위가 없이 기쁘겠다.

낙관에 불과할 수도 있겠으나 어쩌면 더 이상 **아무런 변고도** 없이 지나가주지는 않을까.

거의 한계에 달한 피로 때문일까, 왕자는 일말의 희망을 가슴에 담아 멈춰 서고는 흐트러진 호흡을 가다듬기 위하여 문득 하늘을 올려다봤고— 그 순간 시야 저편에서 모종의 미묘한 **위화감**을 감지했다.

"—저것은, 뭐지."

아주 약간의 일렁거림 비슷한 위화감이었다.
처음 잠깐은 피로 때문에 잘못 봤다고 생각했다.
아득한 상공에 있는 구름의 일렁임이라 넘어가도 됐다.
한데 미묘하게 다르다.
아득한 상공에 있는 구름의 일부가 약간이나마 부자연스럽게 일렁거리는 듯 보인다.
아울러 위화감이 점점 더 커진다는 인상을 받았다.

"설마."

왕자는 그 순간 자신의 오산(실책)을 깨달았다.
또한 피가 배어날 만큼 세차게 이를 갈았다.
어리석었다.
이렇듯 미련하게 땅바닥이나 이리저리 기어 다닐 때가 아니었거늘.
모든 곳을 샅샅이 뒤졌다는 생각과 달리 터무니없이 커다란 맹점이 있었다.

"더욱, 위에서…… 오는 것인가."

하늘(위)도 분명 가능성을 배제하지는 않았다.
비룡(와이번)을 쓰는 공격에도 대비하고자 상공 방면의 경계도 최대한으로 지시를 내려 둔 참이었다.

다만 평범하게 가시 범위의 상공을 관측했을 뿐.

멀리보기를 익힌【사냥꾼 병단】이어도 정밀 수색이 가능한 범위는 기껏해야 구름이 떠다니는 부근까지다.

더욱 **아득한 위쪽**이어서야―.

"―아무 대비도 안 한 것이나, 마찬가지인가."

자신의 모자란 사고력에 실망을 느끼는 동안 왕자의 시야에 비치는 위화감은 시시각각 커져만 간다.

이미 저곳에 무엇인가가 **있음**은 명백했다.

거듭 꾸물거리는 뭔가 거대한 그림자가 엷게 보인다.

죽기 살기로 찾아다녔던 다음 **말**은 이미 눈앞에 닥쳐들고 있다.

―자신이 혈안이 되어 찾아다녔던 위기는 이미 보이는 ^{저곳}장소에 있던 셈이다.

"큭―【은폐 제거】……?!"

왕자는 한시라도 빨리【은폐】로 모습을 숨기고 있을 저 위협의 정체를 확인하기 위해서 직접【은폐 제거】스킬을 써서 『무엇인가』를 둘러싸고 있는 투명한 막을 벗겨 내고자 했다.

그리고 적은 허망하리만큼 대번에 모습을 드러냈다.

동시에 왕도를 뒤덮는 거대한 그림자가 드리워진다.

순간 왕자는 말을 잃었다.

"……뭐, 라고……? 설마. 어떻게— 어떻게 이런."

저것은 하나의 **거대한 생물**이었다.

누구든 최강의 마물 중 하나임을 인식하고 있는 『용종^{드래곤}』.

그중에서도 모든 동족을 제치고 최강으로 악명이 높은 『고룡』이 왕도에 나타났다.

다만 왕자는 자기 눈으로 본 광경을 곧장 믿지는 못했다.

고국을 기필코 지키고자 하는 왕자의 의무감이 무의식중에 믿기를 거부했다.

왜냐하면 저곳에 나타난 존재는 곧 왕도의 멸망으로 직결되는 선고와 다름없었기에.

저것은 누구든 아는 반면에 누구든 직접 목격한 적 없는— 아울러 누구든 목격해서는 안 되는 **재액의 권화**라 알려져 있는 용이었다.

"저것은— 【재액의 마룡】인가……."

엄연한 현실임을 받아들인 순간, 왕자의 당혹감은 분노로 바뀌었다.

"놈들은 대체 무슨 생각을 하는 것인가?! 인간의 분수로 저런 존재를 이용하려 들다니, 놈들은 진정 제정신인가?!"

왕자는 혼란에 빠져 부르짖었다.
더 이상 상대가 제정신을 가진 인간이라는 생각은 도저히 들지 않았다.

아니— 아마도 미친 작자들이리라.
미치지 않았다면 이런 만행을 어찌 저지른단 말인가.

"저런 존재를, 인간이 사는 도시에 내던진다고……?"

—【재액의 마룡】.
인간이 결코 범접해서는 안 되는 초상(超常) 생물로서 알려져 있는 태고의 용.

수많은 전설로 구전되어 수천 년의 유구한 시간을 살아왔다고 전해지는 살아 있는 신화.
저 존재를 설명하는 다수의 서적 속 기록과 일화는 악몽을 옮긴 동화라는 말이 딱 들어맞았다.
도저히 현실에서 일어난 사건 같지가 않은 수많은 비극들.
다만 용의 『숨결』에 도려져 나간 무수히 많은 산들의 흔적이, 하룻밤 새에 평평하게 다져졌다는 대도시의 폐허가, 변덕에 도려져 나가 호수가 된 군사 요새의 잔해가 지난 포학의 역사를 실감케 하는 부동의 증거로서 기능하고 있다.

관련 일화를 다소나마 아는 인물이라면 눈앞에 저 **전설**이 나타났다는 의미를 곧장 이해할 수 있다.

저 용이 한 차례 살짝만 몸을 움직이면 산마저 허망하게 무너지고, 심심풀이로 꼬리를 흔들면 인간이 돌을 쌓아서 지은 성 따위 대번에 속절없이 붕괴를 맞이한다.

한데, 어째서, 왕자의 머릿속에 커다란 의문이 하나 떠올랐다.

대륙의 오랜 역사를 설명하는 서적에 의하면 【재액의 마룡】은 일단 깨어나면 워낙 사나워서 손쓸 도리가 없는 재앙이 되어 덮쳐들지만, 평균적인 활동 시기는 짧은지라 한바탕 날뛴 뒤 곧장 수백 년이라는 긴 잠에 드는 생물이라고 한다. 사람들은 이러한 마룡의 특성을 알고 있기에 활동 시기에는 거리를 벌림으로써 용과 공존까지는 못 되더라도 숨죽여 버틸 순 있었다.

같은 기록에 의하면 저 검은 용이 마지막으로 잠든 이후에 150년 정도밖에 지나지 않았다고 했다.

따라서 저 검은 용은 다음 활동기가 올 때까지 200년은 더 잠들어야 했다.

그런데 눈앞에서 날갯짓하며 하늘에 저 거체를 띄우고 있지 않은가.

"—설마, 깨웠다는 말인가? 고의로, 손을 써서? 어리석기는."

왕자의 뇌리에 떠오른 것은 수백 년 전 일어났던 온 대륙을 뒤흔든 참극이었다.

이 대륙은 과거에 한 번, 저 용과 악연을 만든 까닭에 멸망할 뻔했다.

계기는 웬 탐욕스러운 남자가 잠에 든 용의 비늘을 떼어다가 팔아서 고작 약간의 돈을 구하려고 한 사건이었다던가.

자신의 잠을 방해받은 마룡은 미쳐 분노하며 곧 주변의 도시를 초토화했고, 이후에 용은 10년이라는 긴 세월에 걸쳐 쭉 난동을 부렸기에—— 차마 똑바로 바라볼 수 없는 참극의 흔적이 각지에 새겨졌다. 물론 사람들은 수없이 죽었고, 당시 가까운 곳에 위치했던 여러 나라도 모조리 멸망했다.

그렇게 사람들은 헤아릴 수 없는 막대한 대가를 치러 교훈을 얻었다.

그 용은 결단코 범접해서는 안 되는 대상임을.

이러한 전례가 있어 지난날의 재액을 보거나 들은 인간들은 어리석은 행위를 되풀이하지 않게 처참했던 기억을 갖은 방법으로 남겨서 후대에 전해주었다.

두 번 다시는 저 부조리한 존재에게 사람들이 유린당하지 않도록.

……그랬건만. 그랬건마는——.

"고작 인간과 인간의 분쟁에 이용하려 든단 말인가. 이리도 어리석은 짓을——. 놈들은 과거의 사건에서 아무것도 배우지 않았다는 말인가?! 저것은 절대 인간이 범접해서는 안 되는 부류잖은가……!
어째서, 놈들은 뻔한 위기마저 알지 못하나—?!"

저것은 사람의 손으로 감당할 수 있는 위협이 아니었다.

출현이 곧 주변 일대의 소멸을 의미한다.

저 용은 【국가 붕괴의 용】이라는 별칭을 가졌으며 나라가 송두리째 멸망한 사례에는 꼭 언급된다.

오랜 세월 동안 사람들이 세대를 넘어 쌓아 올리는 문물을 흡사 모래 조각인 양 단숨에 무너뜨려버린다.

지금 저 끔찍한 전설상의 존재가 왕도 상공을 유유히 날갯짓하며 아버지가 남아 계시는 왕성으로 향하고 있다.

"……끝이군, 모든 것이."

너무나도 불길한 용의 형체가^{생김새} 왕자에게 절망을 불러일으키며 서 있을 힘조차 빼앗았다.

이제 왕도는^{이 도시} 끝장이다, 왕자는 깨달았다.

클레이스 왕국의 역사는 오늘부로 끝난다.

저것은 이미 완벽하게 사람의 손을 벗어난 존재. 손쓸 도리가 없다.

인간의 몸으로 이 같은 상황을 뒤집을 수 있는 인물은 어디에도 결코 없으리라.

이것은 부정하지 못할 현실일 뿐, 때마침 등장해서 위기를 해결해주는 영웅님이 있는 동화가 아니니까.

"─안 된다……. 냉정해라─!"

왕자는 마지막으로 남은 의지를 쥐어짜서 두 다리에 힘을 불어넣고 일어섰다.

─아직이다.

아직은 모든 것이 다 끝난 상황이 아니다.

아직 자신에게도 할 일은 남아 있었다.

지금 이 순간 서둘러 조치해야 할 사안이 있다.

그렇게 왕자는 한껏 숨을 들이마셨다가 옆에서 우두커니 서 있던 연락관에게 지시 내렸다.

"─지금 당장, 피난 지역에 모여 있는 사람을 전부 왕도 **바깥**으로 내보내라……! 전부다. 가만히 버티려는 자가 있다면 강제로라도 끌어내서 데려가라─. 짐은, 모조리 버리고 간다. ……알아들었나? 한 사람도 왕도^{도시} 안쪽에 남기지 마라!!"

"예."

왕자의 노호와 같은 명령을 받은 연락관은 즉각 전령의 임무를 위해 달렸다.

동시에 왕자도 직접 현장에 있는 부하들에게 지시 내리기 위하여 머리 위쪽에서 꿈틀거리는 거대한 그림자^{절망}를 느끼며 전력으로 달려나갔다.

이미 클레이스 왕국에서는 왕도를 지키기 위한 싸움이 아닌— 왕도를 버리고 살아남기 위한 싸움이 시작되려 하고 있었다.

32 왕도로 돌아가는 길

"이제 곧 왕도에 도착이네요⋯⋯. 노르 선생님."
"그래, 살짝 보이는구나."

우리는 마족 소년 로로와 노르 선생님을 태운 마차를 재촉하며 왕도로 향하고 있었다.

이곳까지 마차를 끄는 말에게 벅찬 강행군임을 잘 알면서도 전속력을 유지하며 왔다. 애쓴 보람이 있어 우리는 미슬라로 향하던 때보다 절반 이하의 시간으로 왕도 성벽이 보이는 거리까지 돌아올 수 있었다.

하지만 그곳에서 목격한 왕도의 심상치 않은 분위기 때문에 나는 뜻하지 않게 말을 잃었다.

마차 고삐를 쥔 이네스도 연기가 피어오르는 도시를 긴장한 모습으로 노려보고 있다.

"역시, 낌새가⋯⋯ 이상하네요."
바람을 타고 흘러오는 무엇인가 타는 냄새.
왕도 곳곳에서 피어오르는 시커먼 연기.
멀리서 봐도 알 수 있는 심각한 상황이었다.
피어오르는 연기는 한두 군데의 적은 숫자가 아니라 저 넓은 왕도의 끝에서 다른 끝까지— 마치 도시 전체가 전화에 휩싸인 듯한 양상이었다.

나는 점점 더 가까워지는 왕도의 불길한 광경을 바라보며 숨을 삼켰다.

"—설마, 이런 지경이라니."

오빠가 자신을 왕도에서 멀리 내보내려고 한 이유를 잘 알겠다.

비록 오빠의 의도였다지만, 이런 때 자신들만 도망치라는 말에 순순히 따랐다니.

새삼 뒤늦게 자신의 부족한 사려가 부끄러워졌다.

그때 노르 선생님이 뭔가를 발견한 듯 작게 중얼거렸다.

"……음? 저게, 뭐지."

선생님은 의아하다는 표정으로 하늘을 올려다보고 있었다.

게다가 거의 하늘의 꼭대기를 쳐다보는 양 시선을 높이 유지하고 있다.

"무슨, 문제가 있을까요……?"

"저기다. 안 보이나? 뭔가 있다는 느낌이 들어."

"……하늘의 위쪽, 말씀인가요……?"

“그래, 저곳에.”

선생님은 구름보다 훨씬 위, 왕도의 바로 위 하늘을 가리키고 있다.
나는 눈에 꾹 힘을 줘도 아무것도 보이지 않는다.

“……아뇨, 아무것도. —아앗—?!”

하지만 선생님이 가리키는 방향을 뚫어져라 주시하려니까 나의
눈에도 점점 왕도의 어둑어둑한 하늘에 있는 『무엇인가』가 확실하
게 보였다. 아주 약간의 위화감이라는 말밖에 할 수 없는 미세한 일
렁거림. 저것이 조금씩 지상을 향해 내려오는 듯 보인다.

“—확실히, 무엇인가가…… 있습니다.”
확실히, 움직이고 있다.
왕도의 하늘을 거의 다 뒤덮을 만큼 큰 덩어리 하나가 꿈틀거리는
광경이 보인다.

“설마, 생물? 하지만, 저건—.”

하지만 나는 역시 눈을 의심했다.
이곳에서 보이는 왕성의 건물과 비교해봐도 너무나 이상한 크기
였다.
저것이 정녕 생물이라면 너무나도 크다. 과하게 크다.

"……앗……?!"

다음 순간— 주위의 모두가 숨을 멈췄다.

우리 모두가 어리둥절하며 하늘을 올려다보고 있는 와중에『저것』은 불현듯 모습을 나타냈다.

아마도 누군가가【은폐 제거】를 사용했겠지.

투명한 막을 벗겨 내는 것처럼, 여태 모습을 보이지 않던 저것이 천천히 실체를 드러냈을 때 나는 경악한 나머지 말을 잃었다.

"……세상에."

왕도의 하늘에 떠 있는 거대한 용을 목격한 나는 단지 망연자실하며 위를 올려다봤다.

저 형체가 눈에 익었기에 더더욱 당혹스러웠다.

저 용의 형체는 갖가지 전승, 그림책과 도감, 마도서, 역사서 등 모든 종류의 서적에서 묘사하고 있는 전설적 존재【재액의 마룡】을 쏙 빼닮았기에.

"……설마 ……진짜야?"

—【재액의 마룡】.

저 존재의 출현이 의미하는 것은 주변 지역의 괴멸.

설령 관련된 전설을 알지 못할지라도, 또한 저것이【재액의 마룡】

이 아니었을지라도 눈앞의 광경을 보면 분명하게 예상할 수 있는 미래였다. 왕도 절반을 뒤덮을 만큼 큰 거체가 유유히 하늘을 나아가며 향하는 곳은— 왕성.

"—안 돼."

나는 무의식중에 마차 안에서 작게 비명을 질렀다.

아마도 지금 왕은 왕성에 있을 것이다.

처음부터 요새의 기능을 갖춰 건설한 클레이스 왕국 왕성은 비상시에는 사령탑의 역할을 수행할 수 있다. 국군을 지휘하는 최고 사령관으로서 왕은 왕도의 비상사태 때 저곳에서 각 위치로 지시를 내린다.

……지금 당장 도망치면 아마도 몸을 빼낼 수 있을 것이다.

아버지의 신체 능력이라면 당연히 수월하게 성을 빠져나갈 수 있다.

—다만 아마도 아버지는 도망치는 길을 선택하지 않을 것이다.

지금 정황을 고려하면 왕도에는 아직껏 시민 대부분이 남아 있다.

시민들을 서둘러 피난시켜야 하는 상황에 처했을 때 아버지는 반드시 방패 역할을 선택한다.

왜냐하면 다름 아닌 왕이야말로 클레이스 왕국 왕도에 있는 최고 전력 중 하나이자 현역에서 은퇴했음에도 노쇠하지 않은 **세계 최강**의 일익이니까.

【육성】을 포함해서 불리는 명칭에 부끄럽지 않은 전력이 왕도에 배치되어 있다.

따라서 분명히 왕은【육성】을 이끌고 정면에서 곧장 저【재액의 마룡】과 맞설 것이다.

　왕도의 시민을 한 사람이라도 많이 살리기 위해.

　—하지만.

　"……제발, 도망쳐요."

　아무리 역전의 용사라고 명성이 높은 아버지일지라도 저런 적을 상대할 수는 없다.

　저곳에 기다리는 것은 확실한 죽음.

　곧 왕도가 파괴된다, 왕이 죽는다.

　즉 머지않아서 클레이스 왕국은—.

　"용인가……. 처음 보는군. 굉장히 큰 녀석이야."

　최악의 예상이 머릿속에 가득 들어찬 나는 선생님의 목소리로 겨우 정신을 차렸다.

　나는 황망한 머리로 있는 힘껏 침착하게 목소리를 짜냈다.

　"……저곳에는, 아버님이 계세요. 만약 저 용이 도착한다면— 왕께서는."

이어져야 할 말은 목이 막혀서 못 나왔다.

"……지금 구하러 갈 테냐?"
"아니요. ─어차피, 이미 늦어버렸습니다."

……무슨 당연한 소리를 늘어놓는 걸까, 나는.
노르 선생님에게 투정 부리면 뭐가 달라지지? 지금 우리는 왕도에서 무척 거리가 먼 위치에 있다.
이곳에서 우리가 손쓸 방법은 아무것도 없다.
설령 저곳에 제때 당도한들 도대체 무엇을 할 수 있을까.

"아니, 좀 빠듯해도 늦진 않을걸? 달려가면."

나는 살짝 놀라며 노르 선생님의 얼굴을 봤다.

"정말요……? ……이 거리에서, 말씀인가요?"
"그래."

선생님은 진심으로 가능하다고 생각하는 기색이었다.
"고블린 퇴치 때 썼던 **방법**이라면 아마 가능할 것 같다만."
불안감이 머리를 꽉 채운 나에게 선생님은 아무것도 아니라는 듯
말했다.
노르 선생님이 말한 방법은…… 설마.

"【풍폭파(風爆破)】를 말씀하시는 건가요? 그 방법이라면, 네, 마음먹으면 가능은 합니다만……. 하, 하지만—."

그때는 긴급 상황에 따른 조치로써 【풍폭파】를 선생님의 등에 날렸지만……. 보통은 사람에게 날려 도움닫기로 쓰는 마법이 아니었다.

게다가 선생님은 얼마 전 『흑사룡』과 무시무시한 전투를 펼친 직후에 【사망자】 자두와 연속해서 대결한 터라 이미 상당히 탈진했을 것이다. 심히 지쳤을 분에게 재차 저 용이 있는 곳까지 가달라는 말을, 어떻게 염치없이.

"뭐, 분명 나 따위가 가봐야 방해꾼 노릇밖에 못 하겠지만……. 어쩌면 조금이나마 도움이 될 수는 있겠지. 저 도시에도, 린의 아버지에게도 꽤 신세를 졌고. 조금은 도움이 되면 좋겠군."

선생님은 애써 침착하게— 마치 아무것도 아니라는 듯.

그렇게 말한 뒤 내게 미소를 지어주고는 『흑색의 검』을 한쪽 손으로 들어 보였다.

……그제야 나는 가까스로 다시 떠올렸다. 나의 눈앞에 있는 이 인물이 어떠한 **실력자**였는지를.

"—그렇, 네요."

나의 망설임은 이때 싹 날아갔다.

어차피 이미 늦었다? 어리석기는.

벌써 포기하면 안 된다.

왜냐하면 노르 선생님께서 **늦지 않았다**고 말씀하셨으니까.

그리고 즉각 결단했다.

이번에는 선생님을 저곳까지 보내드리기 위해서 나도 전력을 다 하겠노라고.

—바람 속성의 상급 공격 마법, 【풍폭파】.

저것은 보통 사람을 대상으로 날리는 마법이 아니었다.

직격하면 어지간한 마물은 산산조각으로 흩날리고, 튼튼한 석조 벽조차 통째로 싹 날려버리는 무시무시한 위력을 발휘하는 고위 살상 마법.

그러니까 이전 전투에서 노르 선생님의 등에 날렸을 때는 주저했다.

혹시나 다치게 하면 어쩌나……. 분명 전력의 절반도 발휘하지 못했을 것이 틀림없다.

하지만— 더는 머뭇거리지 않는다.

망설일 필요가 없다는 것을 알았기 때문이다.

선생님은 그 후 아무 대미지도 받지 않은 모습이었다.

찰과상 하나도 입은 기색이 아니었다.

보통은 상상도 못할 광경이겠지만, 선생님에게는 어떤 강력한 마법도 등을 밀어주는 순풍이라는 느낌을 주는 것이 고작이겠지.

—이 사람은 모든 것이 파격적이다.

나의 모자란 상식으로 가늠할 수 있는 인물이 아니다.

그러니까 나는 선생님의 기대에 보답하기 위해서 전심전력을 담아【풍폭파】를 쓸 각오를 세웠다.

주저하거나 힘을 아낄 필요는 티끌만큼도 없다.

지금 내 눈앞에 있는 사람은 다른 누구도 아닌 노르 선생님이니까.

"……알겠습니다. 이네스, 손을 빌려주세요."

"예."

그렇게 이네스는 나의 지시에 따라【신순】으로『빛의 방패』를 다중 전개하여 하나의 큰『빛의 통로』를 형성했다.

그것을 옆으로 돌려 왕도가 있는 방향으로 겨눈 뒤 이쪽의 끝부분에는 선생님이 서도록 말씀드리고—.

나는『빛의 통로』반대편에서 두 손을 들어 올렸다.

"그럼— 시작하겠습니다. 충격은 이전과 비교도 되지 않을 테니까 아무쪼록 이해해주세요."

"—뭐—?"

나는 일순간에 의식을 집중시켜서 노르 선생님의 등을 표적으로 모든 마력을 쏘아 보내기 위한 준비에 들어갔다.

이네스의 절대 방벽, 【신순】을 활용해서 만든 『빛의 통로』로 증폭·압축된 충격에 견딜 수 있는 【마력 방벽】을 손바닥에 다중 생성. 더욱 철저하게, 【물리 반사】와 【마력 반사】를 코팅─. 추가로 마법 출력을 최대한으로 높이기 위해 【마력 강화】, 【마력 증폭】, 【마력 폭발】을 중첩 부여하고 【마력 응축】으로 손바닥에 내가 가지고 있는 모든 마력을 응축시킨다.

동시에 한 발로 성채를 날려버릴 만큼 큰 위력을 지닌 【풍폭파】의 에너지를 더욱 비약적으로 끌어올리기 위하여 【마성】 오켄 선생님에게 전수받은 【다중 영창】을 발동.

─나의 한계 영창 숫자는 한쪽 손마다 각각 세 개씩.

두 손을 더하면 『6중 영창』.

그것을 동시에 이네스가 형성한 『빛의 통로』에 전력으로 쏘아 날리며 모든 위력을 남김없이 한 점에 집중시켜서 마무리를 짓는다.

그 힘으로 노르 선생님을 밀어드리는 것─.

이것이 급하게나마 떠올릴 수 있었던 지금 내 최대한의 범위.

나는 한 차례 심호흡을 하는 동안에 모든 준비를 마쳤다.

……나의 실력으로는 여기까지가 한계다.

애써도 기껏해야 음속을 찢고 나가는 것이 고작이겠지.

겨우 이런 정도로 저 용에게 접근할 수 있으리라는 생각은 도저히 들지 않는다.

─하지만, 선생님이라면.

노르 선생님이시라면.

"갑니다. ―【풍폭파】."

전력 강화, 6중 영창의 【풍폭파】를 발동.

그 순간 양손에 전해지는 무시무시한 충격.

『빛의 통로』에 올린 손이 무엇인가에 치인 것처럼 날아가며 손뼈가 산산조각 부서지는 것을 느꼈다.

이런 위력을 등에 받아 낸, 선생님은―.

─선생님은 소리도 없이 사라지셨다.

적어도 내 눈에는 단지 사라진 듯 보였다.

"……노르, 선생님……?"

다만 직후에 왕도로 통하는 길이 커다랗게 함몰되었다.

또한 마치 거인의 발자국처럼 잇따라 거대한 구멍이 뚫리고, 근처 지면이 커다랗게 갈라지고 있었다.

대지를 달리는 균열은 번개와 같이 왕도로 뻗어 나가다가―.

─불현듯 대지가 커다랗게 뒤틀리며 흔들거렸다.

주위 일대의 나무들이 흔들리는 터무니없이 웅장한 지진이었다.

마치 거대한 운석이 대지에 격돌하는 것 같은 충격.

동시에 아득히 먼 곳에서 **무엇인가**가 크게 뛰어오르는 광경이 보였다.

그것은 한 자루의 검을 손에 든 인영처럼 보였고—.

"선생님— 무운을 빕니다."

저 인영은 왕도의 하늘에 떠올라 있는 【재액의 마룡】에게 똑바로 빨려 들어가듯이 눈 깜짝할 새에 시야의 저편으로 사라져 갔다.

33 왕의 최후

왕은 왕도에서 가장 높은 장소에 올라 자신이 다스리는 도시를 쭉 바라다보고 있었다.

왕성의 첨탑— 유사시에 각 위치로 지령을 내리기 위해 마련된 이 건물에서는 왕도의 상황을 손바닥 보듯 파악할 수 있다.

어디를 바라봐도 자욱이 낀 시커먼 연기. 불길에 휩싸인 가옥들과 교회, 시장.

파괴된 가옥은 헤아릴 수가 없으며 아직껏 이곳저곳에서 격렬한 전투의 소리가 들린다.

그때 상공에 느닷없이 나타난 것은 거대한 흑색의 용.

왕은 지척의 광경을 조용히 눈에 새겨 넣고 있었다.

"이것이 그 남자가 떠벌렸던 **거뜬한 조치**인가······. 정말 사람됨을 잘못 판단했다는 말밖에 못 하겠구나. 이렇게까지, 과격하게 무력을 투입하여 쳐들어오다니."

그 남자— 마도황국의 지배자, 황제 델리더스 3세.

왕은 눈앞에 닥쳐드는 용을 바라보며 지난날 결렬되었던 회담에서 마지막으로 사내가 쏘아붙인 말을 반추했다.

"—어찌 받아들이겠는가. 우리나라에서 산출되는 『미궁 자원』을 미궁째 전부 내놓으라는 요구를."

그것은 클레이스 왕국의 천 년 가까운 역사에 종지부를 찍으라는 말과 마찬가지였다.

서로 이웃하고 있는 세 나라와 비교하여 클레이스 왕국은 작은 나라다.

이웃 나라의 10분의 1에도 못 미치는 비좁은 국토 면적은 물론이거니와 물, 광물, 삼림, 모든 분야의 자원이 빈약하다.

그런 입장을 버티게 해주는 유일한 중요 자원이 세계에서 가장 오래되었다고 알려진 『불귀(不歸)의 미궁』이다. 클레이스 왕국은 그곳에서 발견되는 고대 유물 및 마도구의 부류를 교역하며 얻은 재화로 국고를 넉넉하게 채웠고, 영지 대부분을 농지로 최대한 활용함으로써 작은 국토를 유지해왔다.

이곳 왕도가 『모험가의 성지』라고 불리는 까닭, 『불귀의 미궁』— 그것은 클레이스 왕국 건국의 유래이자 지금까지도 국가의 경제 중심을 받쳐주는 생활의 요체.

전 국민이 다대한 혜택을 받고 있다.

—그것을 통째로 내놓으라는 요구는, 대체.

전 국민의 생활 기반이 뒤흔들릴 뿐 아니라 정말 요구에 굴복한다면 늦든 빠르든 와해된다.

이 같은 사정을 뻔히 알면서도 그 남자는 요구하며 억지 부렸다.

그 남자는 탐욕에 미쳐버렸다.

이전까지는 이토록 심한 지경은 아니었다고 기억한다.

불합리한 요구를 늘어놓더라도 타협점은 제대로 분별할 줄 알았다. ―적어도 야심과 이성의 균형은 맞출 줄 아는 황제라는 느낌을 받았었다.

다만― 그 남자는 나이를 먹음에 따라 변해버렸다.

게다가 몹시도 나쁜 방향으로.

그 남자는 뛰어난 생산 기술을 바탕으로 미궁을 보유하고 있는 가까운 나라들을 병탄하고, 그곳에서 산출된 고대 유물 및 마도구를 또 다시금 열심히 연구하고― 끝내 복제에 성공함으로써 더욱 큰 권력과 무력을 수중에 넣었다.

그때부터다. 그 남자가 표변한 것은.

더 이상 욕망을, 야심을 숨기지도 않는다.

타국과의 균형 유지조차 경시하기에 이르렀다.

어떤 만행도 강제할 힘을 획득하며 외교를 내던졌을 테지.

황국이 군사력을 증강하며 오만한 행보를 거듭하자 다른 주변의 두 나라도 덩달아 비슷하게 치고 나왔다.

세 나라는 상호 간에 불가침 협정을 맺고― 더 나아가서 주위에 존재하는 작은 나라들을 침략하여 자국에 흡수하기까지 했다.

더 많은 자원을 확보해서 강대한 힘을 가지기 위한 포식 행위를 부끄러워하지도 않고 감행하게 되었다.

"─그렇게나, 권력(힘)을 갖고 싶은가."

세 나라의 중심, 마도황국이 믿는 힘의 원천은 틀림없이 『미궁 자원』이다.

미궁의 깊숙한 안쪽에서 발견되는 중요 유물 가운데에는 타국을 침공할 때 더할 나위가 없이 편리한 도구가 잔뜩 넘쳐난다.

그러한 미궁 유물을 자국의 기술로 해석한 뒤 복제까지 성공함으로써 무력을 증강할 수 있다면 타국을 어떻게 침략하든 간에 거뜬하게 끝장나리라.

그 남자는 이 같은 침략을 아직도 더 많이 계속하고 싶어 한다.

그 때문에 놈들은 군침을 질질 흘리며 『불귀의 미궁』을 가지려 하는 것이다.

그곳을 이용하면 놈들은 더욱 강대한 권력을 손에 넣을 수 있을 것이라 생각한다.

─다만 획득한 힘을 정복에 쓴다면 무슨 소용인가?

힘은 백성을 행복하게 보살피기 위해 존재한다.

분에 넘치는 힘은 엄중히 관리해야 옳고, 굳이 사용하지 않는 것도 도리를 따르는 하나의 방법일 터─.

왕이 마도황국을 다스리는 황제에게 이같이 말했을 때 그 남자는 조롱하듯 웃었다.

『그따위 망상을 갖고 있기에 네놈은 여태껏 소국의 왕을 못 벗어나는 게다. 네놈은 본래 왕의 그릇도 아닐지니』라면서.
아울러ㅡ.

"……『네놈의 조그만 나라 따위, 힘으로 눌러 찌부러뜨리는 것쯤 거뜬하지. 이대로 살려주겠다는데 정녕 조건을 못 받아들이겠다면 각오하거라』. ㅡ흐음, 정말 협박의 말을 실현시키는군, 그 남자는."

그자가 위험한 사내라는 인식은 갖고 있었다.
위험한 수작을 부릴 것이라고 예상할 수 있었다.
다만ㅡ 안이했다. 이토록 빨리. 게다가 이토록 큰 규모로 망설임 없이 학살을 감행하려 들 줄이야.

ㅡ마음 어딘가에서 녀석도 또한 사람이리라 방심하고 말았다.
놈은 지하에 잠들어 있는 『미궁』만을 원한다.
그 위에서 살아가는 사람과 문화와 역사 따위는 아무 관심이 없다.
놈은 분명하게 말로 표현했었는데도 불구하고.

확실히 그 남자의 말대로 자신은 왕이 될 그릇은 아니었는지도 모르겠다.

본디 정치에는 전혀 재주가 없는 벽창호잖은가.

가신들을 이끌어 지휘하기보다 아무것도 생각하지 않고 검을 휘두르는 것이 훨씬 더 성미에 맞는다.

막 방금 전까지도 왕 스스로 왕도에 출현한 마물의 대처를 맡아 거리의 곳곳에서 난동 부리던 고블린 엠퍼러를 셋이나 해치우고 왔다.

다만 노쇠한 몸인지라 역시 한계가 있었기에— 뒷일은 레인 왕자 및 가신들에게 맡기고 왕성 첨탑의 위쪽에서 전체 전황을 지켜보며 이따금 병력의 배치를 변경하도록 지시 내리는 조정자 역할을 고수하였다만—.

"나의 치세도, 여기까지인가."

지금 현장의 모든 것은 실질적으로 아들 레인 왕자가 도맡아 지휘하고 있다.

열다섯 살, 성인이 된 때부터 다음 대에 나라를 짊어져야 할 인재이니 경험을 쌓을 수 있도록 첩보 부대의 운용과 내정을 맡겨봤는데— 아들 녀석은 곧 상상 이상의 성과를 거두었다.

제법이다 싶어서 【육성】이 통솔하는 【왕도 육병단】의 지휘권을 주어 뇌룡(雷竜) 토벌을 보냈더니 매우 훌륭하게, 아니, 상상을 뛰어넘는 수완으로 멋지게 목표를 완수하기까지 했다.

아들 녀석은 이미 왕의 자리에 있는 자신보다도 아득하게 우수하다—.

이제 이 나라는 자신이 없어지더라도 잘 유지될 것이다.

이번 위기를 사전에 파악했던 능력도 훌륭했을뿐더러 왕도의 백성 전원에게 피난 지시를 내린 것도 모자람 없는 신속한 조치였다.

처음 염려했던 인적 피해는 억제되었고, 출현한 마물들에게도 비록 고전은 면치 못했을지언정 착실하게 맞서 반격하며 우세로 보일 상황까지 밀어붙였다.

그런데 정작 왕이 이런 모자란^{한심한} 사람이어서야.

자신

"이 모든 사태는 나의 실책이니— 용서해달란 소리도 못 하겠구나."

자신이 황제와 교섭을 능란히 진행하지 못한 까닭에 초래하게 된 최악의 국난.

그것이 지금 눈앞에 닥쳐드는 【재액의 마룡】 아니겠는가.

온 대륙에 널리 전해져 내려오는 파멸의 상징이자 실체화된 절망의 권화.

왕은 저 거대한 그림자를 바라다보며 지금 이곳에 【육성】^{그들}이 있어 준다면 좋았을 텐데, 문득 생각을 떠올린다.

—【검성(劍聖)】 시그.
—【순성(盾聖)】 단다르크.
—【궁성(弓聖)】 미안느.
—【은성(隱聖)】 카르.

47

―【마성(魔聖)】오켄.

―【유성(癒聖)】세인.

그들은 삶과 죽음이 걸린 전투를 함께했던 가신이자 또한 좋은 벗
이었다.

누구보다도 신뢰할 수 있는 동료들.

그들이 모두 이곳에 같이 있어주었다면 조금은 희망이 보였을지
도 모르겠다.

하지만 지금 【육성】은 모두 왕도 각지에 출동을 나가서 없다.

왕도의 혼란을 한시라도 빨리 수습하기 위해 각 방면으로 흩어져
각자 전장에서 지휘를 맡고 있다.

―이제는, 옛날과 많은 것이 다르다.

그들은 이미 국가라는 조직과 체제 안에서 중요한 임무를 담당하
고 있다.

그런 인재를 한곳에 모아 둘 수는 없는 노릇이다.

게다가 온 왕도가 전화에 휩싸이게 된 일련의 소동은 애당초 클레
이스 왕국의 주 전력인 그들을 분산시키기 위한 대규모 양동 작전
이었을 테지― 늦게나마 가늠이 된다.

새삼 돌이켜보면 뻔한 수작이다. 다만 국민의 생명을 지키기 위해
서는 뻔한 양동이어도 속아 넘어가 줄 수밖에 없다.

따라서 왕 본인도 그들에게 흩어져서 대처하도록 명령했던 것에 후회는 없다.

책략을 쓰는 적의 술수가 이쪽보다 한 수, 두 수를 훌쩍 앞서 나갔을 뿐이다.

─하지만, 이렇게까지 수단을 가리지 않고 잔인하게 치고 들어올 줄은.

"정말, 면목이 없을 따름이구나."

정말이지 고개를 들 수가 없다.

─나 같은 어리석은 왕을 따라준 국민에게.
─사랑하는 나라를 물려주지 못하게 된 아들과 딸에게.
─아울러 긴 고국의 역사를 끊어버린 못난 자신에게.

자신의 실책으로 모든 것을 이 같은 위기에 몰아넣었다고 자책하며 왕은 깊은 후회와 함께 허리의 칼집에 꽂힌 장검을 뽑아서 조용히 들어 겨누었다.

"비록 속죄는 못 될지언정, 하다못해─ 저것의 한쪽 눈은 받아 가도록 할까."

전설에 등장하는 【재액의 마룡】, 한쪽 눈.

죽음을 각오하고 맞서 싸운다면 아마도 가져갈 수 있겠지.

쓰러뜨리기는 차마 바랄 수 없지만— 하다못해 손톱자국은 남겨주겠다.

그렇게 각오 다지며 왕은 죽음을 눈앞에 두고도 외려 자신의 피가 끓어오르는 것을 느꼈다.

그것은 일개 모험가로서 동료들과 함께 미궁을 탐색하던 시절의 아련한 감각이었다.

자기 마음을 자각하며 왕은 쓴웃음 지었다.

"—역시나, 나는 왕의 그릇이 아니었구나."

자신은 이렇듯 단지 검을 휘두르는 것이 훨씬 더 성미에 잘 맞는다.

이토록 어리석은 인간일지라도 이 몸을 던져주는 대신에 상처를 하나 남겨줄 수는 있을 것이다.

검을 쥔 손에 힘을 불어넣으며 최후의 일격을 날리기 위해 왕은 난간뜰의 가장자리로 한 걸음씩 나아갔다.

하지만— 그 순간 【재액의 마룡】의 턱이 커다랗게 벌어졌다.

그 안쪽에서 눈부시게 빛나는 무엇인가를 확인한 뒤 왕은 자신의 다리를 멈춰 세웠다.

"하다못해 일격은, 날려주고 싶었지만……. 상처를 하나 남겨주자는 오기조차 허락되지 않을 줄이야."

마봉의 입에서 발사되려고 하는 것은 전설에 등장하는 『숨결』[브레스]이
분명했다.

수많은 산맥을 날려버렸고, 나라를 불살랐고, 도시를 평원으로 회
귀시켰다고 전해지는 【파멸의 빛】.

그것은 어디까지나 전승에 불과하다고 웃어넘기기는 결코 불가능
하다.

보면 깨닫게 된다. 주위 공간이 일그러져 보일 만큼 놀라운 마력
밀도.

저 빛이 초래하는 것은 전승에 어긋남이 없는 『절대적인 파멸』.

제아무리 마법 장벽을 중첩하여 펼치더라도 얇은 종잇장과 다를
바 없다.

저것이 정면에서 발사된 순간, 자신의 몸은 물론이고 왕도 전체가
소멸한다.

가까운 미래를 깨닫고 왕은 일순간에 저항을 포기했다.

"ㅡ미안하구나, 린."

왕이 죽음을 앞두고 머리에 떠올린 것은 딸아이, 린네부르크의 얼
굴이었다.

아들 레인은 여동생의 안위를 염려하여 어릴 적 유학했던 『신성

51

미슬라 교국』에 보내기로 결정했다지만, 설령 미슬라까지 무사히 피신하더라도 수많은 곤경이 기다리고 있을 것이다.

그 나라도 마도황국과 한통속이니까. 우리나라를 둘러싸고 있는 주변의 세 나라 중에서는 조금이나마 나은 부류에 불과하다.

망국의 왕족이 나아가게 될 길은 뻔하게 예상할 수 있다.

다만, 그 남자―『흑색의 검』을 넘겨받은 남자, 노르.

그 남자와 함께한다면 혹시나, 왕자도 일말의 기대를 가졌을 테지.

어릴 때부터 린의 호위를 맡아주었던【신순】이네스도 함께 보냈다.

바라건대 딸아이 하나만이라도 무사히 살아남아서 행복한 삶을 누리기를 기원하며.

오직 한 가지만을 바랐다.

―기막힐 따름이다.

고국이 멸망의 위기에 처한 이러한 때에 일국의 수장이 자기 딸아이만을 걱정하고 있다니.

역시 자신은 왕 실격일 테지.

"하지만― 마지막은 책무에 충실해야겠지."

곧이어 왕은 애용하는 장검을 바닥에 집어 던졌다.

또한 미궁 유물 중 하나인『폭쇄의 마검』을 굳게 쥐더니― 그것에 자신의 모든 마력을 주입한다.

모든 것을 다음 일격에 담아내기 위하여.
왕은 눈앞의 적, 용의 입 속에 뛰어들기 위한 준비를 시작했다.

한쪽 눈은 바랄 수 없겠으나 이 몸이 소멸하기 직전까지— 저 브레스의 발동만큼은 저지해 보이겠다.
이후에 나아갈 길은 우수한 아들 녀석과 가신들이 분명 열어주리라.
—그렇게 믿으며.

"—와라, 마룡. 인간의 의지를 뼈저리게 새겨주겠다."

곧 용의 입 속 깊숙한 곳이 한층 더 눈부시게 빛나고 주위 공간이 커다랗게 일그러지며 전설 속 【재액의 마룡】에게서 【파멸의 빛】이 쏟아지려고 하던 순간에—.

왕의 시야 한구석에 무엇인가가 날아드는 광경이 보였다.

"—뭣이—?"

그것은 소리도 없이 똑바로 이쪽을 향해 날아와서 터무니없이 신속하게 【재액의 마룡】의 머리에 빨려 들어가더니—.

"패리."

곧장 마룡의 목이 커다랗게 튕겨 올라갔다.

동시에 【재액의 마룡】의 입 안에 응축되었던 방대한 마력이 한 줄기 빛을 이루어 왕도의 하늘로 쏘아지고, 그 빛은 구름을 찢어 갈라서 천공에 호를 그리다가— 저 멀리 평원에 유성인 양 떨어져서 주위 일대를 온통 하얗게 물들였다.

뒤늦게 불어닥치는 폭풍.

석조 건물조차 낙엽처럼 무참하게 날려 가버리는 터무니없는 폭풍 앞에서 나무와 벽돌로 지은 가옥은 일순간에 떠밀려 허물어지고 붕괴되어 간다. 동시에 주변을 밝히는 격렬한 섬광이 눈을 불태운다.

다만 미쳐 날뛰는 빛과 바람 속에서 왕은 똑똑히 목격했다.

거대한 목을 아래로 향한 채 힘없이 떨어지는 용과— 어딘가 낯익은 인상이 있는 한 명의 남자를.

그 남자는 일찍이 왕 본인이 모험에 들고 나섰던 『흑색의 검』을 한쪽 손에 지닌 채 바람에 잔해물이 흩날리는 허공에서 【재액의 마룡】과 함께 아득한 아래쪽으로 떨어져 갔다.

34 나는 용을 패리한다

용은 추락하며 당혹감을 느껴야 했다.

―대체 왜, 자신은 하늘에서 떨어지고 있나?
―대체 왜, 지면을 향해 추락하고 있단 말인가?

자신은 분명 저 눈에 거슬리고 같잖은 미물 녀석들을 향하여 자랑스러운 『빛』을 날려주고자 했었다. 그리고 『빛』은 발사되었다. 그렇게 생각했었건만.

아니, 틀림없이 쏘아 날렸다.
왜냐하면 모든 것을 멸하는 자랑스러운 『빛』. 그것은 분명 눈앞에서 빛나고 있다.

―그렇다면, 대체 왜?

자신은 어리석게도 적대심을 드러내는 저 미물에게 날려주려는 의도를 갖고 똑바로 『빛』을 발사했었는데.

대체 왜 그것이 하늘에 있나―?

그리고 대체 왜 자신은 저 광경을 바라보며 **떨어지고** 있나—?

하늘을 거꾸로 바라보며 용은 줄곧 의문을 떨치지 못했다.
수정보다 단단한 비늘에 뒤덮인 등으로 석조 건축물을 잇따라 눌러 부수다가 굉음을 울려 퍼뜨리며 대지를 깨부수고 지면에 깊숙이 몸이 파묻히고도 용은 아직껏 이해할 수 없었다.

—도대체 무슨 일이 일어났지?
의구심이 머리를 쳐들었다.
너무나 이상하다.

이래서는 마치— 자신이 무엇인가에 **맞아서 날려 가버린 것** 같지 않은가.
그리고 하늘 드높이 흩날리는 잔해물과 흙먼지 속에서 의아하다고 생각하며 몸을 일으키려 했을 때 용은 불현듯 어떠한 생명체를 하나 포착했다.

검은색 바늘 비슷한 물건을 손에 든 미물.
저것은 자신이 빛을 쏟아 내고자 했던 직전에 목격했던 생명체였다.
저것은 폭풍이 거칠게 휘몰아치는 땅에 조용히 서서 용을 가만히 주시하고 있었다.

—아, 이것인가.

이것 때문인가.

이것이 자신을 이렇게 만들었던 원인.

자랑스럽고 아름다운 비늘에 흙먼지를 뒤집어씌운 용서하지 못할 존재.

—그런가, 이 녀석이 저질렀던 것인가.

지난 상황을 파악한 순간 용은 격노했다.

몸에는 일절 아픔이 없다. 상처도 없다.

다만 도저히 용서할 수 없었다.

이 미물이 무엇을 어찌했는지는 알지 못한다.

어떤 잔재주를 부렸는지는 알지 못한다.

다만— 이 녀석은 지금 무엇인가를 했다.

그 탓에 자신은 자신이 수행하고자 했던 행동을 방해받았다.

용은 굳게 확신한 뒤 몸에 분노를 끓어올렸다.

—결코, 절대로 용서치 않으리라.

분노를 담은 용의 으르렁 소리가 대지와 공명하여 하늘을 뒤흔들었다.

그 분노에 이렇다 할 특별한 이유는 없었다.

방해물은 무엇이든 간에 가루가 될 지경까지 깨부순다.

저항하는 것은 찢어발기고 분이 풀릴 때까지 씹어 으깬다.

그것이 용의 몸 깊숙한 곳에 각인된 본능이나 마찬가지였다.

용이 작정하면 저러한 미물 녀석들의 몸 따위 티끌조차 남지 않는다.

그것이 절대적인 결과이자 수천 년에 걸쳐서 용이 쌓아온 모든 경험이었다.

따라서 용은 미물의 몸뚱이보다 몇 배는 거대할 법한 자랑스러운 발톱을 눈앞의 불쾌한 생물에게 망설임 없이 내리 휘둘렀다.

목표를 아무렇게나 눌러 뭉개주기 위하여.

하지만—.

"패리."

용은 처음 잠깐은 무엇이 어찌 된 일인가 깨닫지 못했다.

용의 발톱은 분명히 내리 휘둘러졌다.

용은 수많은 산들을 찢어발기고 미물 녀석들의 갇잖은 성채를 수없이 때려 부수고 마음에 안 드는 동족조차 베어 갈랐던 자랑스러운 발톱을 약간의 힘도 덜어 내지 않은 채 있는 힘껏 눈앞의 미물을 향해 내리찍었다.

굉음과 함께 대지가 갈라지며 발톱이 깊숙이 박혀 들어간다.

그리고 미물을 거뜬하게 하나의 피떡으로 짓눌러준다.

─그랬어야 했다.

한데 어찌 된 영문인가, 저 작은 존재는 자신의 발톱에 뭉개지지
않았다.

그뿐 아니라 **받아쳐서 흘려 넘긴 듯** 보였다.

─애당초 공방조차 불가능하거늘.

그렇게 생각하며 용은 더욱더 막대한 질량을 자랑하는 꼬리, 크고
기다란 꼬리 공격을 먹여주고자 몸을 휘돌렸다.

용은 이 공격으로 제아무리 단단한 비늘을 가진 동족일지라도 굴
복시켰고 박살을 내며 살아왔다.

저 같잖은 미물 따위야 일순간도 버틸 수 없다.

그런 자신감으로 몸을 커다랗게 돌려서 혼신의 힘을 담아다가 꼬
리를 회전시킨다.

그 과정에서 미물 녀석들이 만들어 낸 수백의 주택이, 돌을 쌓아
서 지은 수없이 많은 벽이 분진을 피워 올리며 차례차례 허물어지
고 파괴되어 간다.

용은 저 소리를 상쾌하게 느끼며 철보다 아득하게 단단한 비늘로
뒤덮인 자랑스러운 꼬리를 눈에 거슬리는 미물에게 힘껏 후려치고
자 온 힘을 쏟아 냈다.

이번에야말로 끝장이 나리라고 유열의 감정을 마음에 가득 채우
면서.

하지만—.

"패리."

직후, 용은 신체에 위화감을 느꼈고, 다시 정신을 차렸을 때는 바닥을 굴러서 하늘을 보며 자빠져 있었다.
어찌 된 영문인가 의아하게 여기며 안구를 돌려 봤더니 하늘 드높이 기다랗게 나부끼는 자랑스러운 꼬리가 보였다.

"—?—"

무슨 일이 일어났는지 용은 도무지 알 수가 없었다.
또한— 의문이 솟구쳤다.

자신의 꼬리에 맞아 흔적도 없이 뭉개졌어야 할 미물이 대체 왜 제자리에서 꿈쩍 안 하고 버티고 있는가.
단지 버티는 것이 아니라 한쪽 손에 든 무엇인가 작고 거뭇한 물건— 미물 녀석들이 언제나 곧잘 가지고 다니는 저 무의미한 작은 바늘과 같은 물건을 손에 들고서 마치 아무런 일도 없었다는 듯 조용하게 제자리에 서 있는 듯 보였다.

용은 이 불가사의한 상황을 의아하게 여겼다.
—무엇이란 말인가, 이것은.

대체 어떻게 된 영문인가.

역시 아무리 생각해봐도 이상하다. 시각 정보가 모순된다.

이래서는 마치 저 약한 것^{미물}이 절대적 강자인 자신의 꼬리를 가볍게 **쳐낸** 것 같지 않은가.

―아니, 틀렸다.

절대로 있을 수 없는 광경이다.

방금 넘어진 것은 분명히 어떠한 실수 때문이다.

―그렇다, 용은 한 가지 발상을 떠올렸다.

처음부터 **필살**을, 일격을 날려야 했노라고.

자신의 가장 강력한 공격, 자랑스러운 『빛』.

―『브레스』를 날리도록 하자.

그렇게 생각한 용은 턱을 벌리고 수백 년 동안 잠들어 비축했던 방대한 마력을 급히 목으로 집중시켰다.

그러자 주위 공간이 눌려 찌부러지듯 뒤틀린다.

목 깊숙한 곳에 마력이 차오르며 몹시 뜨거워지는 감각을 느낀다.

표정근이 없는 용은 마음속으로 비웃음을 지었다.

―그래, 이거다.

이 공격이라면 잘못될 리 없다.

절대 잘못된 결과는 일어나지 않는다.

결단코 일어날 리 없다―.

왜냐하면 이 공격에 맞서 소멸하지 않았던 생물 따위 이제껏 없었기 때문이다.

용은 수천 년에 달하는 기억을 되새기며 자신이 올바름을 확인했다.

아울러 결론 내렸다.

이제 저 미물은 끝장이라고.

이것이야말로 모든 생물의 정점에 선 용^{자신}에게 저항한 어리석은 생물의 말로라고.

용은 믿어 의심치 않았다.

곧 용의 목 깊숙한 곳에 극대의 마력이 모여들다가― 임계에 다다랐다.

그렇게 수많은 미물의 나라를 흔적도 없이 멸망시키고, 수많은 산들을 무너뜨리고, 대지의 형태를 바꾸고, 수천 년에 걸쳐서 온갖 마음에 들지 않는 적들을 불살랐던 용의 자랑스러운 『빛』이― 겨우 하나의 「미물」 때문에 발사된다.

『―크아.』

삽시간에 주위가 하얗게 물든다. 살짝 스쳐도 확실하게 파멸을 약속하는 한 줄기 마력 광선이 용의 입에서 쏟아져 나와 저 눈에 거슬리는 미물에게 똑바로 뻗어 나갔다.

자, 이제는 무슨 발악을 하든 끝장이다.
용은 확신과 함께 눈웃음을 지었다. 다만—.

"패리."

용이 혼신의 힘을 담아서 날린 자랑스러운 『빛』은 허망하게 위쪽 방향으로 튕겨져 나가 하늘의 저편으로 날아가다가 어딘가 멀리 보이지 않는 곳에다가 무의미한 구덩이만 만들어 놓고 스러졌다.

—어째서냐.
어째서…… 이런 사태가 벌어졌나?
의문을 느끼다가 용은 마침내 이해했다.

역시, 분명하다.

이 녀석이다.
이 녀석이 방금 전 자신이 공중에서 쏘려고 했던 『브레스』를 방해했고, 이 녀석 때문에 자신은 파괴와 유린의 욕망을 채우지 못한 것이다.
그리고 용은 마침내 인정했다.
이 생명체는— 이 작은 미물은 『적』이라고.

이제껏 자신을 방해했고, 방해할 수 있는 충분한 힘을 가진 불쾌한 존재라고.

게다가 기껏해야 미물 주제에.

오만하게도 용, 자신의 앞에 『적』으로서 서 있다고.

사실을 인식한 용은 더욱더 미쳐 분노했다.

분명 사실임에도 너무나 불쾌한지라 차마 용납할 수 없었다.

—더는 앞뒤를 가릴 여유도 없다.

괴롭히며 느끼는 유린의 유열도 필요치 않다.

이 녀석은 단지 완전하게 소멸시켜주리라.

찢어발기고 씹어 부수고 거듭거듭 짓밟아주겠다.

신체의 파편, 살점, 뼛조각조차 존재를 용납하지 않는다.

철두철미한 지경의 소멸.

그것이 용에게 맞서 대항한 자의 말로이며 필연적인 결말.

예외는 존재하지 않는다. 이 미물도 마찬가지다.

마찬가지로 만든다.

—다른 미래는 허락하지 않겠다.

『크으아아아—.』

포효와 함께 용은 파멸과 유린의 본능을 일깨운다.

그때부터 용은 저 눈에 거슬리는 존재를 때려잡기 위하여 온갖 종류의 공격에 자신의 모든 힘을 실어서 전력으로 몰아쳤다.

이제는 자신의 몸에 상처가 나도 아랑곳하지 않는다.

오직 눈앞에 있는 불쾌한 미물이 산산이 부스러져서 소멸하면 된다.

일격을 날릴 때마다 지면이 파헤쳐지고, 대지는 거하게 흔들거리고, 눈에 들어오는 범위에 있는 모든 미물의 건축물은 와르르 허물어졌다.

자신의 충동이 명하는 대로 용은 보이는 것 전부를 파괴했다.

이렇게 되면 나머지는 제 몸에 맡길 뿐.

문득 깨달았을 때는 모든 것이 끝을 맞이했다.

주위는 전부 바람이 잘 드나드는 잔해의 평원이 되어 있었다.

그렇게 모든 것을 파괴하여 기분을 달랜 뒤 다시 잠자리로 돌아가서— 느긋하게 잠들고는 했다. 수백 년이라도, 늘어지게.

이번에도 역시 똑같다. 분명 마찬가지다.

용은 굳이 고찰하지 않고도 확신했고, 또다시 마음속에 유열의 감정이 배어 나왔다.

하지만—

"패리."

미물을 표적으로 하는 공격을 거듭 되풀이하던 중에 용의 분노와 유열은 점차 다른 감정으로 변질되어 갔다.

의문. 의혹.
그리고— 당혹감.
용은 눈앞에서 작고 거뭇한 바늘을 겨누고 있는 미물을 바라보며 불가해함을 느꼈다.

어째서, 이 미물은 아직껏 살아 있나—?
지금 자신은 분명 전력으로 공격을 쏟아붓고 있지 않은가.
아니, 쏟아부었다.
그런데 어째서 죽지 않는가?
어째서 아직껏 움직이고 있나?

그리고—.
어째서 자신의 발톱이, 비늘이, 이렇게나 손상되었는가?
결코 손상되지 않아야 하는— 철보다도 수정보다도 단단하고 금강석조차 흠집 내기는 버거운 용의 자랑스러운 발톱과 비늘이.
마치 나뭇조각인 양 돌멩이인 양 허술하게 파손되어 있었다.
지금껏 이런 경험은 단 한 번도 없었다.
그리고 용은 더욱이 또 하나의 이변을 깨달았다.

이 미물은 아까 전부터 자신에게 『살의』를 전혀 품지 않았다.
단 한 번도, 공격하려는 시늉조차 하지 않았음을 떠올린다.

―마치 용에게 『적』이라는 인식조차 갖지 않은 것처럼.

오히려 용이 이 미물을 제대로 된 『적』이라고 인정했는데도 불구하고.

용은 언제나 적개심을 갖고 덤벼드는 귀찮은 생물들을 굳이 상대할 가치도 없는 잡것으로 치부해왔다.

놈들의 적개심 따위, 아울러 『공격』 따위는 용에게 아무 지장을 주지 못하기에.

따라서 마음껏 실컷 용쓰게 방치하면 된다. ―적당한 때, 마음이 내킬 때 뭉개버리면 그만이었다.

왜냐하면 그것들은 약자이니까. `

그것들은 『적』조차 되지 못한다. 그런 생각으로 용은 적개심조차 갖지 않았었다.

분명 저러한 상황은 기억하고 있다.

다만 지금 상황은.

지금 자신이 수없이 발톱을 휘두르고 있는 상황은.

이래서는 마치―.

―『약자』가 『강자』에게 발톱을 휘두르고 있는 것 같지 않은가.
(자신) (미물)

용은 격노했다.

이런 현실은 인정할 수 없다.

약자에게 저런 오만은 용납되지 않는다.

미물

오만이 허락되는 것은 자신, 강자뿐이다.

몸속 깊숙한 부분에 각인된 용의 긍지가 분연히 들고일어났다.

그것은 수천 년의 시간을 줄곧 승리로 장식했던 절대자의 본능이었다.

본능에 따라서 용은 금강석조차 씹어 부수는 무엇보다도 단단한 자랑스러운 이빨로 들이닥쳤다.

그러자 미물은 용의 물어뜯기 공격을 조용히 지켜보다가 손에 든 거뭇한 바늘 비슷한 물건을 꽉 쥐더니—

"패리."

용은 바깥에 내민 이빨을 얻어맞고, 그것이 뿌리부터 부러지는 소리를 감지했다.

아울러 턱이 기이한 방향으로 비틀려 솟구치더니 다시 또 하늘을 쳐다보며 꼴사납게 바닥을 굴러야 했다.

"—?—"

용은 나가떨어지며 대지를 부수고 지면에 처박혀서 지금 막 발생한 기막힌 사태를 반추했다.

분노의 단계는 이미 지나갔다.

다음으로 끓어오른 것은 의문.

그리고— 곧 확신에 이르렀다.

용은 마침내 깨달았다. 깨달음을 강제당했다.

—이 세상은 강자가 지배한다.

『강자』는 『약자』를 지배하고, 『약자』는 마땅히 『강자』에게 복종해야 한다.

그것이 용이 살아온 세계의 모든 원리이자 본능.

용이 살아가는 세계에 있는 유일한 논리.^{이치}

따라서 용은 스스로가 용인 까닭에 본능을 따라 인정할 수밖에 없었다.

지금 자신은 『약자』의 입장에 몰려 있음을.

지금 자신은 패배자이며 복종을 강제당하는 처지임을.

현실을 이해한 뒤 용은 본능이 명하는 대로 패배자가 보여야 할^{자신} 행동을 취했다.

즉 목과 복부를 지면에 누여서 머리를 조아리고 눈을 감는다.

눈앞에 서 있는 미물에게 목을 내밀어 복배한다.

또한 이후에는 움직임을 아예 멈췄다.

─용이 태어나서 처음으로 『강자』에게 **복종**의 자세를 취한 순간이
었다.

35 왕도 시가지 전투

주변 일대에 피어오르는 잿빛의 연기.

드높이 우뚝 서 있었던 왕성은 허망하게 무너졌고, 폭풍에 잔해물
이 날아다닌다.

지금 저 너머에서 【재액의 마룡】과 노르 선생님이 싸우고 있다.

직접 선생님의 모습을 살펴볼 수는 없지만 무시무시한 광경이다.

마룡이 한 차례 움직임을 취할 때마다 지진이 일어나고, 왕도 동
쪽 구획의 건축물들이 눈 깜짝할 새에 파괴되고, 눈앞에 서 있던 가
옥이 붕괴하면서 주변은 차례차례 빈터로 바뀌어 간다.

무엇보다 이따금 용이 발사하는 터무니없이 강력한 마력 광선—
저것이 전설에서 묘사되는 마룡의 『파멸의 빛』.

저 빛줄기가 멀리 평원에 잔뜩 떨어져서 구멍을 뚫어 놓는다.

주변 지형이 뒤바뀌는 전투가 저 너머에서 벌어지고 있다.

마치 영웅담에서 쏙 빠져나온 듯한 사투였다.

저게 사람과 용의 대결이라는 생각을 도저히 할 수가 없다.

다만 노르 선생님은 분명히 저 마룡과 싸우고 계시다.

용이 집요하게 공격을 펼친다는 것이 증거.

선생님은 왕을 데리고 도망치라는 말을 했지만, 지금 상황을 감안

하면 쉽사리 빠져나가지는 못할 것이다.

아무리 노르 선생님이어도 혼자서 모든 난관을 해결할 수는 없을 테니까, 또한 클레이스 왕가의 일원으로서도 저분 한 사람에게 모든 책임을 짊어지우는 행동은 못 한다.

따라서 조금이나마 힘을 보태기 위하여 노르 선생님보다 살짝 늦게 나와 이네스도 마차를 버린 뒤 말에 올라타서 로로를 데리고 셋이 도시의 내부로 서둘러 진입했다.

왕도 시가지는 이제껏 본 적이 없을 지경으로 파괴되어서 지난날의 광경은 흔적조차 안 남았으나 다행히 주위에는 인영이 없다.

아마도 다들 안전한 장소까지 피난을 마쳤으리라는 생각에 일순간이나마 안도하다가 곧 이네스의 목소리에 정신을 차렸다.

"저곳에 무엇인가, 있습니다. —경계하십시오."

곧장 고개를 돌려 대상을 확인한 뒤 나의 신체는 얼어붙었다.

"—읏—?!"

저곳에 있는 것은 올려다봐야 할 만큼 커다란 『고블린 엠퍼러』가 셋.

『고블린 엠퍼러』는 얼마 전 노르 선생님조차 토벌에 어려움을 겪었던 규격 외의 괴물이다.

그런 상대가 느닷없이 동시에 셋이나 같이 나타난지라 나는 격렬하게 동요했다.

……이곳에 대체 왜 저리도 많은 숫자가?

우리가 쓰러뜨렸던 하나가 전부는 아니었던 건가.

동요하는 내 마음을 꿰뚫어 보듯 셋 중 하나가 거대한 손으로 잔
해물을 쓸어 잡더니 곧장 우리에게 집어 던졌다.

반응하는 시기가 지체되어 말이 잔해물을 맞고 무참하게 머리부
터 부서진다.

그렇게 말을 잃어버리고 허공으로 내동댕이쳐졌던 우리에게 즉각
민첩한『고블린 엠퍼러』무리가 들이닥쳤지만, 마물들은 이네스가
곧장 만들어 낸『빛의 방패』에 저지되었다.

"고마워요, 이네스."

"……린네부르크 님. 제게서 떨어지지 마십시오."

우리는 간신히 일어나서 자세를 가다듬었지만, 이네스의 목소리
는 딱딱하게 굳어 있었다.

이네스의『방패』가 있는 이상 고블린 엠퍼러들은 이쪽에 타격을
줄 수 없지만, 우리도 섣불리 행동에 나서지는 못한다.

고개 들어서 봐야 할 만큼 커다란 괴물들에게 둘러싸인 터라 나는
무의식중에 공포로 다리가 굳어 움직이지 못했다.

이 감각은 처음이 아니다. 처음 이 마물과 대치했던 순간에도 같
은 경험을 했다.

……그러나 나는 선생님과 함께 저 괴물을 토벌했다. 몸이 움직여

주었다.

그때 나는 어째서 싸울 수 있었지?

뭔가 말씀을 해주셨던 것 같은데.

만약에 선생님께서 이곳에 계셨다면⋯⋯. 이렇게 겁부터 먹은 한심한 내게 무엇이라 말해주셨을까.

분명, 그때는――.

"⋯⋯두려워할 이유가 없습니다, 이네스. 상대는 **기껏해야** 고블린인걸요."

힘겹게 입을 열어서 말하자 후들거리던 내 다리가 안정을 되찾았다.

"⋯⋯확실히, 저것과 비교하자면 **기껏해야** 고블린이군요."

이네스도 잔해물 위쪽에서 꿈틀거리는 거대한 용을 올려다보며 내 말에 동의했다.

――그렇다.

노르 선생님은 지금 무엇과 싸우고 있지?

전설 속 【재액의 마룡】과 대치하며 사투를 펼치고 계시다.

그런 분에게서 배우고자 하는 내가 **고작해야** 고블린 **따위**를 두려워해서는 안 된다.

분명 선생님은 또 어이없어하실 테니까.

"냉정하게 대처하시죠. 우선 한 마리씩 움직임을 묶겠습니다. ―【빙
괴무도(氷塊舞蹈)아이시클 댄스】."

나는 지면으로부터 무수히 많은 얼음 덩어리를 만들어 내어 고블
린 엠퍼러들을 지면에 얼음으로 붙박고자 했다.

다만 상대는 재빠르다. 몇 번을 되풀이해도 맞지 않는다.

노르 선생님이라면 모를까, 저 속도를 따라잡을 수 없다.

나의 이마에 식은땀이 흘러내렸던 순간, 우리의 등 뒤에 서 있었
던 마족 소년 로로가 한 발짝 앞으로 나서서 입을 열었다.

"……미안. ―제자리에서,『움직이지 마』."

"케갸앗."

그러자 그 순간, 고블린 엠퍼러 한 마리가 움직임을 멈췄다.

"【빙괴무도】."

움직임을 멈춘 한 마리의 발치에 나는 얼음 덩어리를 발생시켰다.

내가 만들어 낸 얼음 기둥은 고블린 엠퍼러의 다리를 파괴하다시
피 얼림으로써 지면에 단단히 묶어 붙박았다.

"이네스."
"네."

그리고 이네스는 우리를 둘러싸고 있는 『빛의 방패』를 해제한 뒤 대신에 장대한 『빛의 검』을 만들어 내서 조용히 휘둘렀다.

"【신검(神劍)】."
<small>디바인 소드</small>

빛의 장막이 수평으로 달리며 고블린 엠퍼러의 목을 날려버렸다.
동시에 주위 건물이 전부 횡으로 절단되고 분진을 피워 올리며 허물어졌다.

"―우선은, 하나."

이네스는 고블린이 움직이지 않는 것을 확인한 뒤 빛의 **검**을 없애서 다시 방패로 되돌렸다.
이네스의 『은총』, 【신순】으로 만들어 내는 『빛의 장막』은 검으로 운용하면 왕류금속(王類金屬) 재질의 갑옷조차 손쉽게 베어 가르는 **절대 절단**의 무기가 된다.

―【신검】 이네스.
그것이 【신순】과 나란히 왕가에서 하사한 이네스의 또 다른 칭호.
이런 인물이 곁에 있었다는 사실을 잊어버릴 만큼 나는 심하게 당

황했던 것 같다.

"나머지, 둘."

다른 고블린 엠퍼러들은 이네스가 휘두른 『빛의 검』을 피해서 높이 도약했다.

그렇게 공중으로부터 곧장 우리에게 들이닥치는 고블린 엠퍼러들을 이네스가 『빛의 방패』로 막아서 튕겨 낸다.

"……미안. —더 이상 『움직이지 마』."

그리고 착지의 순간, 로로가 또다시 마물들의 움직임을 멈춰 세웠다.

저 거체가 **단지 명령받았을 뿐**인데 정말 뚝 멈췄다.

로로가 방금 전까지 우리 앞에서 겁먹었던 아이가 맞나 의문이 든다.

마족이…… 게다가 이렇게 어린 소년이 이러한 힘을 가지고 있을 줄이야.

마족이 종족 단위로 전 세계에서 두려움을 샀던 이유를 잘 알겠다.

나도 솔직히 두려움을 가지게 된다.

하지만 이 아이는 분명히 노르 선생님을 돕기 위해서 이곳까지 따라와줬을 것이다.

그토록 겁 많은 아이였는데. 용기를 쥐어짜서 이곳에 서 있다.

"【빙지옥(氷地獄)^{코키토스}】."

나는 또다시 지면을 급격하게 냉각해서 움직임이 멈춘 상대를 얼음 조각상으로 만들었다.

그렇게 내가 얼음으로 지면에 묶어 놓자 이네스가 머리를 절단한다.

"이제, 셋."

우리가 『고블린 엠퍼러』를 전부 다 쓰러뜨렸을 무렵, 불현듯 주위에서 울려 퍼지던 굉음이 멎었다.

분진을 피워 올리며 거리에서 마구 날뛰던 용의 머리가 더는 보이지 않는다.

"―선생님?"

소리가 멎고 용의 모습이 더 이상 보이지 않는다는 것은, 다시 말하자면―.

"설마."

분명, 결말을 맞이했다. 인간과 용의 대결이.
어느 쪽이 승리했고 어느 쪽이 패배했을지를 생각한다.
다만 나는 모종의 예감을 느꼈다.
아마도― 노르 선생님께서 **승리를 거두셨을 것이다.**
다만 비슷하게 가슴이 조마조마 뛰었다.

아무리 노르 선생님이 대단한 분일지라도…… 저 용과 싸워서 아무 부상이 없지는 않을 것이다.

제아무리 강인한 인물이어도 저 존재와 정면에서 싸워 무사히 선 채로 끝낸다는 것은 말이 안 된다.

"……서두르죠."

"네."

우리는 온 거리에서 잇따라 출몰하는 마물을 제거하며 아직껏 분진이 안개처럼 피어오르고 있는 왕도의 중심부로 걸음을 서둘렀다.

36 용과의 대화

"—죽는 줄, 알았군."

……진짜로 죽는 줄 알았다.

린의 마법이 쏘아져서 이곳에 밀려 날아오던 때, 나는 너무나 큰 위력 때문에 일순간 정신을 잃어버렸다.

다시 정신을 차렸을 때는 이미 눈앞에 **지면**이 있었다.
또한 자신의 몸이 공중을 수평으로 날아가고 있다는 것을 깨달았다.
의식을 되찾은 나는 자신이 처한 상황의 의미를 즉각 파악했다.

'이대로 추락하면— 죽는다.'

나는 죽기 살기로 지면을 박차듯이 달리며 간신히 추락을 모면했다.
다만 안심한 것은 잠시뿐— 이번에는 터무니없는 기세로 눈앞까지 왕도 성벽이 들이닥쳤다.

성벽에 부딪히기 직전, 나는 두 다리로 있는 힘껏 세차게 지면을 밟아 정말이지 죽을 각오로 도약했다. 다음 순간에는 성벽을 뛰어

넘어서 겨우 살았나…… 살짝 안도했을 때 곧바로.

—이번에는 눈앞에 용의 머리가 나타났다.

방금 전까지는 몹시도 멀게 보였는데 벌써 눈앞에 있었다.

나는 반사적으로 『흑색의 검』을 휘둘렀다.

용의 비늘은 딱딱할 것 같았다. 부딪히면 성벽보다도 훨씬 더 심각하게 타격을 받을 것은 명백했다.

그렇게 간신히 검을 가격함으로써 나는 용의 머리에 몸을 격돌하는 불상사 없이 기세를 죽인 뒤 쿠션 역할을 해준 용과 함께 지상으로 떨어져 내려갔다만.

—아무튼 그다음이 또 고생이었다.

문득 깨달았을 때 나는 폭풍 속 잔해물이 흩날리는 지상에서 용과 대치하는 모양새가 되어 있었다.

"—이건 좀…… 위험하지……않나?"

나는 거대한 용이 지축을 울리는 듯한 으르렁 소리를 내며 똑바로 이쪽을 주시하고 있는 상황에 당혹감을 느꼈다.

거기까지 전부 다 너무 순식간에 벌어진 일이라서 뭐가 어떻게 된 일이지 솔직히 잘 가늠이 안 되었지만……. 나는 아무래도 저 용을 화나게 만들어버린 것 같다.

―그렇다, 저것은 『용』이다.

나 같은 사람도 잘 아는 존재, 동화와 전설 부류의 이야기에는 거의 반드시 등장하는 초월급 괴물.

직접 보기는 처음이지만……. 정말 커다랗다.

상상했던 모습보다 훨씬 흉포한 인상이며 멀리서 봤을 때보다 훨씬 거대하다.

그렇게 하늘을 찌르는 듯한 거체가 나를 뭉개버리고자 발톱을 휘둘러 올리는 것이 보였다.

하지만 저 거대한 생물의 움직임을 나는 기묘한 심정으로 지켜보고 있었다.

인간과 용, 체격 차이부터 상상 이상으로 절망적이라서 나 따위 콧김만 닿아도 날아가버릴 테고 혹시나 밟힌다면 맥없이 죽어 나가리라는 생각이 든다.

그런 존재와 대치하게 된 시점에서 나는 더욱더 큰 공포에 휩싸여서 얼어붙어야 하지 않았을까.

신기하게도 눈앞의 용이 썩 두렵다는 느낌은 받지 않았다.

나에게 발톱을 내리 휘두르는 용의 움직임이 터무니없이 느릿느릿하다는 느낌마저 받는다.

……이곳까지 황당무계한 속도로 날아오는 와중에 거듭거듭 죽음을 느끼며 나의 머릿속에서 무엇인가가 마비되어버린 것일까. 지나치게 공포가 안 느껴졌다.

뭐, 저 용은 분명히 거대하지만……. 거대한 덩치 때문에 어떤 행동을 취하려는지 분명하게 보이니까 단지 공격을 **회피**하는 정도라면 충분히 가능할 것 같기도 하다.

그런 생각으로 아직은 살짝 현기증이 나기는 해도 침착하게 『흑색의 검』을 들어 겨누며 나는 머리 위에서 떨어지는 용의 발톱을 힘껏 때렸다.

"패리."

강렬한 반동과 함께, 굉음.

용의 거대한 발톱은 나를 뭉개지 못한 채 바로 옆쪽에 떨어져서 곧장 지면을 깨부수며 박혀 들어갔다.

—의외로 수월하게 받아넘겼다는 생각이 든다.

물론 거대한 외형처럼 터무니없이 무겁다. 폭주 소, 고블린과는 비교도 안 되도록 강렬하다. 하지만 상상했던 만큼 심하게 무겁지는 않은 느낌이다.

단순하게 충격의 세기로 말하자면 나를 이곳까지 날려 보냈던 린의 일격이 오히려 훨씬 더 강렬했다.

……그 공격에 맞았을 때는 의식이 확 날아가서 정말 죽음이 가깝게 느껴졌다만.

그런 일격을 정통으로 얻어맞고도 나는 이렇듯 멀쩡하게 살아 있잖은가.

그렇게 생각하면 이 용의 발톱쯤이야 별로 두려워할 이유도 없지 않을까.

대강 생각을 정리한 뒤 그때부터 나는 【로우 힐】로 신체를 치유하며 아무튼 간에 죽지 말자는 목표만을 염두에 두고 마구 덮쳐드는 공격을 죽기 살기로 받아넘겼다.

최소한의 움직임으로 상대의 공격을 회피하며 쳐내고, 가끔 날아드는 잔해물 및 바위 파편을 피한다.

언뜻 아슬아슬한 공방의 연속 같았지만, 용은 공격 방법이 다양하지 않아서 의외로 일단 익숙해지니까 딱히 힘들지는 않았다.

……이따금 날아드는 범위 공격, 주변의 건물 전부를 후려쳐 무너뜨리면서 닥쳐드는 저 거대한 꼬리의 일격만큼은 정말 무서웠지만.

그리고 용은 입으로도 강렬한 『빛』을 쏟아 냈지만, 그것도 무슨 원리인지 내가 가지고 있는 『흑색의 검』으로 튕겨 낼 수 있었다.

이전부터 쭉 신기하다는 생각을 했었는데 아무리 단단한 물체와 부딪쳐도 새로 흠집이 날 낌새가 없었다. 정말 정체가 뭘까, 이 검은.

다소나마 여유가 생겨서 내가 딴생각을 하며 검을 휘두르고 있던 때였다.

"―크으아…….."

갑자기 눈앞의 용이 공격을 멈추더니 얌전해졌다.

89

나는 무의식중에 이제 살았다, 안도하면서도 눈앞에 납작 엎드려 있는 용을 바라보며 이상하다는 생각을 했다.

"도대체 뭐가 어떻게 된 거야……?"

불쑥 바닥에 엎드린 용은 더 이상 움직이려고 하지 않았다.
눈은 살짝 뜨여 있으니까 잠에 든 것은 아닌데 딱히 지쳐서 쓰러져버린 기색도 아니었다.
적의는 더 이상 느껴지지 않는다.
다만 물끄러미 내 눈치를 살피는 것처럼 보였다.
나는 도대체 어떻게 된 일인가 살짝 당황하면서 갑자기 눈앞에 내밀어진 거대한 용의 머리와 목을 바라보고 어떠한 이야기를 떠올렸다.

내가 어릴 적 들었던 모험담에서 주인공은, 거대한 『악룡』과 맞서 싸워서 목을 쳐 떨굼으로써 퇴치하고 사람들에게 『용살자』라며 칭송받는 존재가 됐다. 아울러 토벌한 용의 비늘과 발톱, 이빨과 뼈는 대단히 질 좋은 무구와 약 따위를 만드는 재료로 쓰여서 주변 지역에 큰 부와 이익을 가져다줬다고 한다. 아버지는 곧잘 어렸던 내게 몇 번이나 그런 영웅의 이야기를 들려주었다.
나도 그런 용 토벌 이야기의 주인공처럼 되고 싶다고 몇 번을 상상했었던가.
거기까지 회상하다가 나는 문득 생각했다.

"······용의 목이라."

이 상황은 어쩌면 천재일우의 기회가 될 수 있지 않겠느냐고.
지금 내가 이 거대한 용을 처단하는 데 성공한다면 줄곧 동경했던 영웅담 속 영웅이 되는 셈 아닌가······?
그런 망상이 머릿속을 스쳐 갔지만, 나는 얌전해진 용의 얼굴을 보고 무의식중에 고개를 옆으로 흔들었다.

"······이 녀석을 죽이는 것은 나한테는 무리군."

이 용은 틀림없이 『악룡』이다.
지금도 헤아릴 수 없이 많은 집들을 부순 데다가 어쩌면 이미 사람까지 잔뜩 죽였을지도 모른다.

하지만 지금 이 용에게는 적의가 전혀 느껴지지 않았다.
방금 전까지 대지가 뒤흔들릴 만큼 세차게 쏟아 냈던 으르렁 소리도 꽤나 얌전해졌고 기분이 많이 괜찮아진 듯싶다.
그뿐 아니라 내키는 대로 아무렇게나 처분하라는 듯 자신의 목을 나에게 내밀고 있고, 눈을 마주치면 무엇인가를 진지하게 호소하려는 것 같다는 인상마저 받는다.
용이 조용하게 울리고 있는 목소리는 듣기에 따라서는 고향 산에서 내게 알랑거리던 조그만 동물들이 내는 어리광 소리 같다는 생각도 든다.

……그런 생각이 들기 시작하자 더 이상은 무리였다.

이 용을 죽이려니까 뭔가 불쌍하다는 생각까지 솟는다.

먹기 위한 사냥감이나 밭을 망치는 해수(害獸)나 나를 먹이로 보고 공격하는 동물을 죽이는 행위는 딱히 괴롭지 않았지만.

이렇게 애써 친해지려는 기색을 내비치는 동물을 죽이는 것은 역시나 조금 꺼려졌다.

방금 전까지 무시무시할 지경으로 미쳐 날뛰던 때였다면 또 모를까, 이미 나는 이 녀석을 죽일 수 없다.

애당초 내가 가지고 있는 검은 베는 데 전혀 어울리지 않는 데다가 이토록 두꺼운 목은 잘라서 떨구지도 못할 것이다.

나는 눈앞에 엎드린 용을 죽이자는 생각은 완전히 버린 뒤 칼자루 쥐는 힘을 빼냈다.

"……나는 도저히 이야기 속 영웅은 될 수 없겠어."

……그건 그렇고.

도대체 무슨 이유로 이렇게 갑작스럽게 달라진 걸까.

그토록 미친 듯이 공격을 쏟아붓던 용이 느닷없이 얌전해졌다.

아무리 생각해봐도 전혀 그럴듯한 이유를 찾아낼 수 없다.

"―선생님, 무사하십니까……?!"

하지만 그때 불현듯 등 뒤에서 귀에 익은 목소리가 들렸기에 나는 고개 돌렸다.

그리고 간신히 나는 지금 일어난 상황을 이해했다.

"이제 알겠군……. 그런 이유였나……?"

그곳에는 린과 이네스, 그리고 마물을 조종하는 신비로운 힘을 가지고 있는 『먀족』 소년, 로로가 있었다.

"선생님, 혹시 다치셨나요……?!"
"아니, 아무렇지도 않아. 괜찮아."
"……네……?"

린이 날렸던 마법의 충격 때문에 온몸의 뼈가 금 갔지만, 이제껏 용의 공격을 피하는 동안【로우 힐】로 치료도 했고 문제는 없다.
잠시 이상하다는 표정으로 나를 쳐다보는 린은 아무튼 가만 놔두고, 나는 우선은 로로에게 감사의 뜻을 전하기로 했다.

"로로. 네 덕분에 살았어. 정말 구사일생이었군."
"……엥? ……무슨 소리야?"

이번에는 로로가 정말이지 이상하다는 표정을 짓고 되물었다.

"······로로가 아니었던 건가? 이 용을 얌전하게 만들어주었을 텐데."

"아, 아닌데······?! 어떻게, 난 아냐."

"······뭐라고?"

로로는 놀란 표정을 짓고 고개를 옆으로 세차게 흔들었다.

정말······ 아니었던 건가?

하지만 로로 이외에 용이 얌전해질 만한 이유를 전혀 떠올릴 수 없다만.

"······아닌가? 정말?"

혹시나 싶어 한 번 더 물어봤더니 로로는 아등바등 머리를 몸까지 획획 위아래로 흔들었다.

이렇듯 로로는 아등바등 부정한다만······. 아니, 아니지. 설마 정말로 아닐 리 없잖은가.

역시 로로가 손을 썼을 것이다.

주위를 쭉 둘러봐도 우리 이외에는 아무도 안 보이는 데다가 이곳에 마물을 조종하는 능력을 가진 인물은 물론 로로뿐이니까.

아마도 이 아이는 「자신의 힘을 두려워하는 인간도 있다」라고 말하며 묘하게 겁내는 기색이 있었던 만큼 이렇게나 거대한 용을 조종했다는 사실이 알려지면 우리들까지 두려워할까 봐 걱정을 하는지도 모르겠다.

하지만 그런 능력을 줄곧 숨기며 살 수는 없을 테니까 솔직하게 인정하면 되지 않을까.

……뭐, 본인이 끝까지 인정하기 싫어한다면 어쩔 수 없지만.

"뭐, 상관없나. 로로 본인이 아니라는데."

"응……. 이건, 절대로 내가 아니야."

"그렇군. 아니라고 치고 넘어가지. 그나저나…… 한 가지 부탁이 더 있다만."

"……부탁?"

일단은 아니라고 치고 넘어가도록 하고, 나는 용을 조종한 로로에게 한 가지 부탁의 말을 건네기로 했다.

"가능하면…… 이 용을 원래 살던 곳으로 돌려보내줄 수 있겠어?"

"원래 살던 곳……?"

이 용은 이곳에 가만 머물렀다간 조만간 누군가에게 처분당할 것이다.

물론 이 녀석은 터무니없는 해수의 부류일 테고 차라리 처분하는 것이 세상에 보탬이 될지도 모르겠다.

다만 위험하다는 생각은 드는데도…… 묘하게 정이 자꾸만 솟구쳤다.

조금 억지를 부린 말임은 잘 알지만, 혹시 가능하다면 남몰래 무사히 보내주고 싶다.

"하지만 선생님. 이 용은."

린이 불안해하는 표정으로 내 얼굴을 바라봤다.

"……확실히 지금 이 녀석을 죽이는 게 안전하겠지. 나도 당연히 알아. 하지만 가능하면…… 나는 이 용을 죽이고 싶지 않구나. 무척 억지스러운 말이라는 것은 알지만……. 어떻게, 눈감아줄 수는 없을까?"
"……알겠습니다. 선생님께서 하신 말씀이니까요."

린은 잠시 고민한 뒤에 나에게 동의의 말을 건네주었다.

"……로로, 가능하겠어요?"
"……잘 모르겠어. ……이런 수준의 상대는 고분고분 말을 들어주지 않으니까……. 하지만 어떻게든 『이야기』를 나눠서 **부탁**을 하는 정도는 어쩌면 가능할지도 몰라."

그렇게 말한 뒤 로로는 지면에 턱을 붙이고 엎어져 있는 용의 아래쪽으로 걸어 나아갔다.
아마 이래저래 자신감 없는 시늉을 하면서도 부탁은 들어주려나 보다.

딱히 연기까지 할 필요는 없을 텐데.

"그럼 부탁해도 되겠어?"
"……응. 해볼, 게."

다만 잘 생각하면 로로의 태도는 오히려 훌륭하다고도 말할 수 있겠다.

로로는 이토록 뛰어난 재능을 갖고 있는데도 결코 함부로 다른 사람에게 자랑하려고 들지 않는다.

조금 지나치게 숨기는 것 같기도 한데……. 아무튼 이 어린 나이에 특별히 자만하지도 않고 겸허하게 살아갈 수 있다는 것은 무척이나 대단하다는 생각이 든다.

보통 비슷한 연령의 소년이라면 자기 능력을 더 적극 자랑하고 싶어 할 텐데.

로로는 결코 가지고 있는 능력을 내세워서 거들먹거리지 않는다.

다만 로로의 경우는 조금 더 당당하게 굴어도 괜찮을 것 같지만……. 나는 로로의 겸손한 됨됨이에도 호감을 가지고 있다.

"……그럼, 시작할게……!"

그렇게 로로가 용에게 가까이 가서 이런저런 무언의 『대화』를 시작하자 용이 나지막하게 으르렁 소리를 냈다.

"……엥?"

그러자 곧 로로가 살짝 기겁하며 내 얼굴을 돌아봤다.

"왜 그래?"
"나……『나의 주인』이 내린 명령이면 뭐든지 듣겠다는데?"
"그건…… 굉장하군."

처음부터 결과는 알고 있었지만, 이 대답에는 조금 놀랐다.
……정말 훗날이 이렇게나 두려워지는 아이도 있구나.
역시 이 아이는 장래에 터무니없는 거물이 된다.
그리고 약간 어두운 느낌의 성격만 잘 가다듬으면 분명 장래에 상당한 인기인이 될 것이다.

"그러면 용에게 얌전히 살던 곳으로 돌아가 달라고 전해주겠어?
……그리고 이왕 욕심을 부린 김에, 가능하면 이제부터 사람들에게
되도록 위해를 끼치지 말라고 부탁해주면 고맙겠는데."
"……으, 응……. 말은, 해볼게."

다시 로로가 용과 마주하며 눈을 감았다.
아무래도 저런 자세로 무엇인가를 전달하는 것 같았다.
잠시 후 용은 나직하게 으르렁거리더니 거대한 몸체를 들어 올렸다.

"이제, 다 전해진 건가?"

"……응. 알았대. 전부, 말한 대로 해주려나 봐."

"……괴, 굉장하군."

"……응. ……굉장하네."

그렇게 용은 커다란 날개를 펄럭거리다가 폭풍 같은 바람을 휘감아 올려 보내며 하늘 높이 힘차게 날아올랐다.

"─굉장해."

"정말, 이게 가능한 건가─?"

린과 이네스는 날아서 떠나가는 용을 멍하니 쳐다보고 있었다.

그리고 로로와 나도 사라져 가는 용을 배웅하다가 서로가 눈을 마주쳤다.

"……갔구나."

"……으, 응……."

우리는 잠시 말없이 멀어지는 검은 용의 뒷모습을 바라봤다.

이제 큰 위기는 물러갔다고 살짝 안도하면서.

그런데 불쑥 시야에 강렬한 적자색 섬광이 달리더니 일순간 하늘이 진홍색으로 물들었고─.

"—뭐지—?"

　우리가 지켜보는 가운데 동쪽 하늘로 날아 떠나가던 용은 갑자기 하늘에 치달린 한 줄기 붉은색 『빛』에 휩쓸려서— 온몸이 불타 머리부터 지면으로 떨어지다가 대지에 꽝음을 울리며 파묻혔다.

37 마도황국의 진군

"웃음이 멎질 않는구나. ―이리도 의도한 대로 순탄하게 전개되다니."

황제는 눈앞에 펼쳐져 있는 왕도의 광경을 바라보며 몹시 흡족해했다.

『마족』에게 시켜 세뇌한 마물을 왕도 내부에 풀어놓고, 동시에 전설의 생물【재액의 마룡】을 클레이스 왕국 수도에 던져 넣음으로써 괴멸을 유도한다.

그 직후 대규모로 편성한 황국군을 파견하여 마룡을 무찌른 뒤 왕국을 『구제』라는 명목으로 지배한다.

신하에게서 이 같은 침략 계획^{계책}을 들었을 때 황제는 가슴이 고동쳤다.

실제 작전에서【재액의 마룡】은 잠시 날뛰다가 곧 의식을 되찾았는지 왕도를 괴멸시키지 않고 날아올라 떠나가버렸지만― 뭐, 특별히 문제는 없다.

처음부터 저 용에게는 딱히 큰 기대를 하지 않았다.

전설은 본래 과장되기 마련이니까.

오히려 그 소름 끼치는 『이종족 상인』 남자에게 지불했던 금액을 감안하면 제법 도움이 되어주었다고 말할 수 있겠다.

황제는 흙먼지가 흩날리는 왕도에 용이 파묻히는 광경을 바라보며 미소 지었다.

"수천 년을 살아온 용 또한 결국은 짐승— 나의 도구에 불과하도다."

용은 황국의 신형 결전 병기 『광창』의 일격을 얻어맞고 온몸이 불탄 채 맥없이 지상으로 떨어져 갔다. 미슬라 교국에서 제공받은 마석, 『악마의 심장』 덕분에 비약적으로 성능이 향상됐다.

미슬라의 여교황이 그 희소한 마법 자원을 독점하고 있는 현 상황은 마음에 들지 않는다.

하지만 그 여자가 먼저 협력을 제안한 것은 뜻밖의 행운이었다.

이쪽을 우습게 본 행동이라고 달리 표현할 수 있겠지만, 뭐, 상관없다.

그것들도 조만간 자신의 소유가 된다.

"먼저 왕국을 점령하는 것이 먼저이니."

―여기까지는 대강 예정대로.

우리나라의 우수한 연구원들이 사력을 다해 개발한 「광범위【은폐】마도구」, 『기게스의 반지』를 써서 클레이스 왕국 왕도까지 아무 어려움도 없이 진입한 황국군은 마룡의 『파멸의 빛』조차 완벽하게 방어해 내는 이동형 마력 방벽 생성 장치『영웅의 방패[이지스]』세 기와 마룡의 비늘조차 불태워 꿰뚫는 마력포,『광창[브루나크]』을 네 문 이끌고 왔다.

전설 속에서 명성 자자한 용의『파멸의 빛』도 불장난이라 생각되는 지경의 초고출력 마력선 방사 병기에 더하여 그것을 운용하는 마술사 병단. 그리고 막 징용한 신병조차 일기당천의 강병으로 바꿔주는 신형 장비— 강철마저 손쉽게 베어 가르는【마장 검[매직 소드]】과 온갖 마술을 무효화하며 화살도 참격도 튕겨 내는 역장 생성 방패,【마장 방패[매직 실드]】를 손에 든 병사를 9천 확보했다.

그뿐 아니라 엄격한 선발을 거쳐 선택받은 정예들에게는 중급 마술사의 공격 마술에 필적하는 위력을 발휘하며 원거리 공격을 연발할 수 있는【마장 화포[매직 캐넌]】과, 아울러 대부분의 마법 공격을 무효화할 수 있는【마장 갑옷[매직 아머]】을 지급했다. 그런 정예병의 숫자도 1천을 넘는다.

순수하게 전투 병력만 1만을 넘기는 군세.

반면에 클레이스 왕국 왕도의 인구는 4만에도 못 채우며, 그중 싸울 수 있는 인원은 기껏해야 상시 배치되어 있는【왕도 육병단】에 더하여 뜨내기 모험가로 구성된 자경단을 포함해 봤자 2천에도 미치지 못한다.

그런 데다가 이러한 혼란 속에서 제대로 싸울 수 있는 인간이 과연 몇 명이나 되겠는가?

높게 잡아도 기껏해야 수백 명이 고작 아니겠는가.

—질에서도 숫자에서도 우위를 점한 압도적인 전력 차.

황제는 치미는 웃음을 억제할 수 없었다.

마도구 관련 기술의 극한에 다다른 우리 황국에 더 이상 적은 없었다.

이번 진군은 이 같은 사실을 세계에 널리 알리기 위함이다.

이후의 **각본**은 이미 준비되었다.

클레이스 왕국은 어리석게도 『불귀의 미궁』 관리를 게을리하여 미궁 안 마물이 도시 곳곳에 쏟아지는 사태를 일으켰다.

과분한 욕심을 부려 【재액의 마룡】에게 분노를 사서 자멸의 위기에 처한 어리석은 나라.

우리 황국군은 이렇듯 못난 정치를 행하는 우매한 클레이스 왕에게서 이 나라의 국민들을, 또한 세계에 이름 높은 최중요 자원인 『불귀의 미궁』을 해방하기 위해 출진했을 따름이다.

우리는 요컨대 어리석은 왕 때문에 파멸한 나라에 손을 내밀어주는 『구세군』의 역할을 맡는 셈인가.

그렇다, 우리는 위기에 처한 사람들을 **구출**하기 위하여 이곳에 온 곳이다.

"구세를 위해, 먼저 **철저한 괴멸**을 맞이하거라."

차라리 싹 밀어버려야 이후의 운영이 수월하다.

황제는 이 땅에 새로운 도시를, 새로운 마도구 연구소를 건설할 심산이었다.

그러자면 지금 있는 건물 따위는 전부 없애버려야 나중에 더 편해
진다.

물론 어리석은 왕에게 쓸데없이 충성심만 높은 왕국의 백성들도
훗날 타오를 수 있는 불씨와 마찬가지다.
그것들은 물론 모조리 죽여 없앤다.
구제했다는 명분에 대강 필요한 최소한의 머릿수만 살려 두고서
나머지는 죽이면 그만이다.
황제는 이미 생각을 마쳤다.

다만 비정한 황제 또한 왕도가 괴멸함으로써 잃어버리게 될 것을
냉정하게 떠올려보면 조금 아쉽다는 생각은 있다.
클레이스 왕국 수도가 모조리 싹 파괴되어버리면 과거에 발굴된
뒤 왕성 보물고에서 빛을 보지 못하고 있다는 수많은 미궁 유물도
잔해물의 아래에 파묻힐 테니까.
찾아서 회수 가능한 물건도 있을 테지만, 부서져서 못쓰게 되는
물건도 많음이 분명하다.
많이 아쉽지만 포기할 수밖에 없다.
아쉽기는 아쉬운 유물일지언정 비록 어리석어도 빈틈은 없는 왕
이 이렇다 할 활용을 못한 사정까지 감안하면 썩 유용한 물품들은
아닐 터이지.

"다만— **그것**만큼은 아쉽구나."

『불귀의 미궁』에서 탐색을 마친 최심부에서 획득했다는 『흑색의 검』.

그 물건만큼은 아쉽다. 그 유물만큼은 특별하다.

어떠한 물질로도, 어떠한 마법으로도 도저히 흠집조차 내지 못했던 미지의 금속.

어떻게든 재질 및 제작법을 해명할 수 있다면 세상의 온갖 무기와 군사 장비는 비약적인 진보를 이루리라.

무기에 맞든 마법에 맞든 절대로 손상되지 않는 갑옷도. 용의 비늘마저도 단숨에 꿰뚫는 검도.

현재 알려져 있는 금속으로는 실현 불가능하다고 잠정 결론이 난 구상, 도시 하나를 증발시킬 만큼 강력한 마력포 병기.

그 밖에도 어떤 분야에든 활용이 가능하다.

그것은 세계를 바꿀 힘을 가지고 있다.

나의 손안에 들어오기만 하면 아무런 과장도 없이 세계에 혁명을 가져올 수 있거늘.

철저하게 분석해서 제조 기술을 확립하면 어느 누구도 대적할 수 없는 『무적의 군대』를 만들어 내는 것도 꿈이 아니라는 말이다.

—그만큼 아쉽도다.

무지하며 어리석은 왕의 손에 넘어가버린 것이 그 초월급 유물의 불행이었다고 말할 수 있겠군.

미련한 왕은 마지막까지 유물의 공출을 거부했다. 아무리 거듭 요구한들 자신의 눈에 보여주려고도 하지 않았다.

위기를 감지했을 지금은 이미 누구의 손에도 들어가지 못할 어딘가에 숨겨버렸을 가능성도 높다. 이대로 쭉 발견하지 못한다면 그 물건에 잠재된 힘은 아예 발현되지 못한 채 역사에 파묻혀버릴지도 모른다.

다만, 황제는 계속 생각했다.

잔해물을 뒤져『흑색의 검』을 찾아내지 못하더라도 최악의 경우 유물이 산출된 미궁만 멀쩡하면 된다.

괴물이 널린 왕국의 신민들이 총력을 기울여서 수백 년 탐색을 계속하고도 아직껏 답파하지 못한『불귀의 미궁』. 현시점의 최종 도달 계층보다 더욱 깊숙한 곳이라면 또 동일한 재질로 제조된 유물이 잠들어 있을 가능성도 충분히 기대할 수 있기 때문이다.

진보된 병기를 지닌 군대로 철저하게 공략하여 깊숙한 곳에 잠든 유물을 뿌리까지 뽑아서 손에 넣을 수 있다면 같은 성과를 또 거두기도 딱히 어렵지는 않을 것이다.

어쩌면『가장 오래된 미궁』이라 불리는 그 미궁에는 더욱 터무니없는 유물이 잠들어 있을 가능성 또한 존재하지 않겠는가.

그렇다면 나의 황국은 더욱 폭발적으로 비약할 테지.

그것이 이 세계 전체에 있어 얼마나 큰 성장의 양분이 되어주겠는가. 얼마나 큰 은총을 가져다줄지는 차마 헤아릴 수 없다.

그 어리석은 인간은 이 같은 사실도 알지 못한다.

세상 이치도 알지 못하는 어리석은 왕은 내가 베풀었던 온정에 찬 제안을 모조리 퇴짜 놓았다.

그래서 멸망하는 것이다.

놈의 아래에 붙은 신하는 한 사람 남김없이 멸망하리라.

어리석은 왕의 도시는 지난날의 보잘것없는 역사와 함께 무너져서 폐허가 되리라.

이곳에는 아무것도 남겨 두지 않는다.

타국에도 좋은 본보기가 될 테지.

"역사에 복수의 가설은 필요하지 않다. —진실이 하나 있으면 족할 뿐."

이제부터 황국이 거둔 승리의 역사만이 전해지리라.

승자가 설명해주는 역사만이 유일하며 절대적 진실.

사태의 전말을 알려주는 증언자는 황국만으로 충분하다.

다른 망발을 떠들 입 따위 필요치 않다.

혹여 왕국의 신민 중 생존자가 발생하더라도 입막음한 뒤 마지막에는 대충 노예로 팔아넘기면 그만 아니겠는가.

상업 자치구 사렌차의 상업 길드 대표와는 이미 협의를 마쳤다.

난민은 마음껏 「구입」해도 된다고.

쓸데없는 말을 떠드는 자가 있다면, 떠들 것 같은 입이 있다면 남김없이 막아버리라고.

"그나저나, 꽤 많이 남은 듯싶군."

바람이 불어 흩날리던 흙먼지가 점차 가시자 조금씩 목표 도시의 모습이 드러난다.

예상했던 만큼 어리석은 왕의 도시는 심하게 망가지지 않았다.

용은 비록 짧은 시간일지언정 요란하게 난동 부리는 듯 보였지만, 부서진 곳은 기껏해야 4분의 1밖에 불과하겠군.

대살육의 성과를 기대하며 풀어놓았던 용은 맥 빠지는 활약으로 끝났다.

왕도의 신민들은 기껏해야 절반도 줄지 않았을 테지.

이대로 가면 황국군이 상당히 많은 『반란 세력』을 섬멸하게 될 것이다.

적잖이 수고로운 작업일 터. 다만—.

"그 또한 하나의 여흥일 테지."

황제는 백발이 섞인 머리카락을 어루만지며 비웃는다.

이제부터 수행하는 것은 일방적인 살육의 연회.

나의 황국군에 대항할 만한 힘이 상대에게는 없다.

세계 각지에서 모여든 모험가들 또한 어차피 어중이떠중이 집단.

마도 병기를 완전 배치한 황국군의 적은 못 된다.

다만 조금은 마음에 걸리는 인물들이 있다.

풍부한 경험을 쌓아서 상위 스킬을 습득한 끝에 도무지 인간 같지도 않은 능력을 가지게 된 인물들.

그 중핵이 되는— 【육성】.

【천검(千劍)】 시그.

【불사(不死)】 단다르크.

【사신(死神)】 카르.

【천궁(天弓)】 미안느.

【구마(九魔)】 오켄.

【성마(聖魔)】 세인.

저것들은 모두 괴물이다.

더욱이 【불사】의 제자 【신순】 이네스와 【천검】의 오른팔 【용살】 길버트의 존재.

왕자와 왕녀도 지금은 저것들과 버금가는 힘을 길렀다고 한다.

그리고 인정하고 싶지 않으나 괘씸하며 어리석은 왕 또한 큰 무력(힘)을 가진 인물이다.

저러한 배경이 있어 지금껏 야만스럽게도 폭력으로 도리를 부정하며 줄곧 황제에게 오만불손(감히 자신)한 태도를 취했다.

—가증스러운 것들.

괴물과 다름없는 개인의 힘.

놈들, 클레이스 왕국은 저러한 힘 덕분에 독립을 유지할 수 있었다.

"다만 그것도 오늘로 끝— 시대는 큰 변화를 맞이했도다."

이제껏 황제는 미궁을 보유했을 뿐 하잘것없는 수많은 국가를 일방적으로 유린해왔다.

징병으로 대량의 빈민을 확보하고, 미궁 유물을 연구해서 얻은 지식을 남김없이 쏟아부은 최신예 마장 병기를 양산하고, 전원에게 보급하여 진군시켰다.

그것만으로도 상대 국가의 군대는 속절없이 허물어졌다.

현시대에서 군사력은 병력의 훈련 따위에 의지하지 않는다.『힘』은 지식과 연구에 의해 만들어지는 법이다.

그 증거가 지금 황제가 거느리고 있는 1만의 병력.

지금까지는 타국을 침략하는 데 기껏해야 1천의 병력을 편성하면 충분했었다.

다만 이번에는 선전 활동도 겸하고 있다.

이렇듯 세계 최강의 군대가 탄생했다는 사실을 널리 알리기 위한 진군이다.

그 때문에 최신 장비를 1만이나 준비했다.

설령 생존자가 있더라도 두 번 다시는 대항하려는 마음을 먹지 못하도록 압도하기 위한, 공포를 각인하기 위한 과잉 전력.

달리 말하자면 마도황국에 반항하는 어리석은 자가 어떠한 말로를 맞이하는지 영원히 이야기로 전해지도록 연출하기 위한 구경거^{공연}리이다.

"—제법, 볼만할 테지."

황제가 궁극을 향해 인도하는 마도 과학이 시대를 뛰어넘는 두려움의 상징, 【재액의 마룡】을 무찌르고, 진부한『전통』에 속박된 어리석은 국가를 지배한다.

이미『전설』따위 시대에 뒤쳐지는 낭설에 불과하다는 것을 온 세상에 널리 알리리라.

자신의 행실 때문에 멸망을 초래하게 된 어리석은 클레이스 왕의 추문과 함께.

"폐하, 저곳을 보십시오."

"뭐냐."

옆에서 대기하던 근위병 한 명이 손가락으로 가리키는 방향에 몇 명의 인영이 보인다.

【원시(遠視)】 마도구를 들여다보니 저 너머에는 이쪽을 매섭게 노려보는 은색 갑옷을 두른 여자가 있었다.

황국군을 가려주는 【은폐】는 이미 【은폐 제거】로 해제된 것 같았다.

"저것은, 뭐지."

"—【신순】, 이네스입니다. 틀림없습니다."

황제는 혀를 찼다.

"역시 저 여자가 이곳에 있었는가."

저 여자는 세계에 이름을 떨친 살아 있는 전설 중 한 사람이다.

글자 그대로 『신』의 은총을 하사받은 존재.

【육성】은 글자 그대로 괴물이지만, 【성(聖)】의 **상위**에 있는 명칭인 【신(神)】을 칭호에 넣어 불리는 저 여자는 더욱 우위에 서는 괴물이다.

맨몸으로 용의 브레스를 막고, 아무 무기도 없이 『왕류금속』을 절단하는 괴물 중의 괴물.

저것이 있어서였나. 용이 이렇다 할 활약을 못한 이유는.

"아니— 마침 잘되지 않았는가."

그러나 저러한 괴물—『전설』이 지배하는 시대도 이제 끝났다.

이미 지금은 우리와 같이 『지혜』를 가진 인물들의 시대다.

"저것에게 『광창』을 쏘아라."

"—예."

저 여자의 힘은 유용하다.

어떻게든 길들여서 닥치는 대로 이용해주고 싶은 욕심도 치솟았지만, 엄연히 골칫거리 왕의 신하가 아닌가.

간단히 전향시키지는 못할 것이다.

아예 세뇌하는 방법도 있겠지만, 써먹을 만한 단계까지 들여야 할 노력과 시간을 감안하면 딱히 마음이 동하지도 않는다.

아깝지만 이곳에서 죽여 처분하도록 하자.

—『광창』.

거대한 【재액의 마룡】마저 불태워버린 『마도 병기』 연구 성과의
가장 걸출한 성과.

전장에 가져온 네 문 가운데 두 번째를 지금 사용한다.

저 병기를 사용하면 제아무리 무적의 『빛의 방패』를 지닌 【신순】
일지라도 착탄하는 순간 열기에 증발한다.

『전설』이라 칭송까지 받는 인물이 또 한 명 나의 손 아래에서 침
몰하겠구나.

절세의 미모를 가진 한편으로 까마득하게 강한 괴물이 자신의 명
령 하나에 따라 소멸한다.

"—유쾌하구나. 이러니 전쟁을 그만둘 수 없지."

황제는 유서 깊은 도시가 파괴되는 광경을 관람하는 것이 좋았다.

인간이 유린당하는 광경을 관람하는 것이 좋았다.

지배한 뒤 마음에 들지 않는 인물은 굴복시키고 파멸시키는 것이
좋았다.

어리석은 왕도 똑같이 되리라.

이제부터 제 욕망을 마음껏 충족시킬 것을 떠올리면 가슴이 두근거린다.

최후까지 반항한 어리석은 왕의 분개에 찬 얼굴을 구경할 수 없다는 것이 비록 유감이라면 유감이나— 뭐, 넘어가 준다. 모든 것은 결과다.

지금은 완전 승리라는 결과.
그것만을 추구할 따름이니까.

……아니.
어리석은 왕도 신체만큼은 쓸데없이 강건하잖은가.
끈질기게 살아남을 가능성 또한 있겠다.
혹시나 만에 하나, 어리석은 왕이 살아남는다면— 그렇군.
사지를 잘라서 궁정 안 지하에 사육하는 것도 하나의 여흥일 테지.
그곳에서 죽을 때까지 자신에게 반항한 것을 후회하도록 해주마.
온갖 고문을 동원하여 울고 사죄할 때까지 줄곧 고통을 주는 것도 괜찮겠다.

그래— 괜찮다, 그리하겠다.
황제는 눈앞의 도시를 유린한 뒤 가질 즐거움을 이것저것 떠올리다가 점점 고조되는 유열과 함께 웃음을 터뜨렸다.

"준비가 끝났습니다."

"쏴라."

황제는 망설임 없이 신하에게 명했다.

그렇게 무자비한 빛이 발사된다.

초고순도 마석 『악마의 심장』에 의하여 순화·증폭된 강대한 마력이 『광창』의 포신에 쭉 흘러들어서 한 줄기의 빛나는 붉은 선을 이루며 발사되었다.

"끝이다."

유열에 차서 얼굴을 일그러뜨리는 황제 앞에서 진홍색 파멸의 빛은 꾸불꾸불하며 곧바로 표적^{이네스}에게 날아갔고, 그리고—.

"패리."

【신순】 이네스의 앞에 뛰쳐나온 남자의 전방에서 허망하게 하늘 저편으로 튕겨 나갔다.

38 은색의 파도

갑자기 우리에게 날아든 『붉은 빛』을 쳐낸 뒤 나는 빛이 발사된 방향을 지그시 쳐다봤다.

"이번에는 좀 위태로웠어……. 도대체 뭐지, 이 빛은? 게다가, 저 많은 사람들은 또 뭐고? ……무척 많이도 몰려왔군."

용의 난동에 허물어진 도시 저 너머에서 린의 【은폐 제거】로 나타난 것은 동쪽 평지를 가득 메울 기세로 나타난 수많은 사람들이었다.
어두운 보라색을 띤 갑옷을 껴입은 저 사람들은 모두 장대한 은빛의 검과 붉게 빛나는 『방패』 비슷한 물건으로 무장했다. 질서 정연하게 대열을 이루어서 척척 이쪽으로 가까워지는 광경이 보이고 있다.

"마도황국이…… 군대를 몰아 쳐들어온 겁니다. 수천, 아뇨, 저 규모를 보아 1만을 넘을지도 모르겠습니다. 이미, 얼마나 많은 군세인지 저로서는 가늠을 할 수 없군요—."
나의 의문에 대답해준 린의 목소리는 쭉 가라앉았고 얼굴이 무척 핼쑥하다.
……황국의 군대? 저 사람들이 왜 이곳에 오지?
도무지 사태를 이해할 수 없다만…….

"그러고 보니 도시 쪽 분위기도 이상하던데. 도대체 무슨 일이 있었던 거야……?"

방금 전까지는 경황이 없어서 미처 깨닫지 못했었지만, 아침나절까지는 수많은 사람들로 떠들썩했는데도 지금 주위에서는 우리 이외에 사람 한 명도 찾아볼 수 없다.

왕도 전체가 빈껍데기만 남은 느낌이다.

"이곳에 오는 도중에 오빠의 부하와 만나서 조금이나마 상황을 전해 들었습니다만……. 도시 곳곳에 다수의 마물이 출현한지라 시민들 모두 왕도 서편의 비교적 안전한 구역으로 피난했다더군요. 왕도의 병사들은 모두 이동 관리의 임무를 맡아 동원되었을 겁니다."

"그런가. 거리에 사람들의 모습이 안 보이는 이유가 그 탓이었나."

도시 안쪽에도 마물이 잔뜩 출몰했을 줄이야……. 정말 왕도에서[이곳] 도대체 무슨 일이 일어난 거지?

"그러나 방금 전 강력한 빛이 번쩍였을 때 다른 사람들도 이변을 알아차렸겠죠. 아마 이쪽에 전투 병력을 보내주기는 하겠습니다만……. 시간은 꽤 걸릴 겁니다. 게다가 도착한들 왕도의 보유 전력으로 저 숫자를 상대하기는 도저히—."

저 멀리 펼쳐져 있는 무장 집단을 바라보던 린에게 이네스가 앞에 나서며 말을 건넸다.

"린네부르크 님. 여기까지입니다. 물러나시죠. 저것은 저희가 상대할 수 있는 규모의 전력이 아닙니다."

"네. 그렇게 하죠. 저희는 철수해서 오라버니와 합류합니다……. 선생님은 어떻게 하시겠어요?"

"나 말인가? ……이런 상황인데, 굳이 물어볼 것도 아니잖아."

린은 나에게 어떻게 하겠냐고 물어봤지만……. 당연히 나도 같이 도망칠 생각이다.

거참, 이런 상황에서 도망을 안 치는 선택지는 애당초 없을 텐데……. 왜 구태여 질문을 하지?

마치 나 혼자 이곳에 남는 선택지가 있다는 듯한 말투다.

이 아이는 나를 뭐라고 생각하는 걸까…….

"그렇겠죠. 굳이 여쭤볼 문제도 아니었어요. 어리석은 질문이었습니다."

린은 그렇게 말한 뒤 나에게 미소 지었다. 대강 이해해준 것 같다.

─이해해준 게 맞겠지?

불안하니까 일단 제대로 소리를 내서 말하자.

"그래. 나도 당연히, 도마─."

"적측, 공격이 옵니다! 제 뒤로 가십시오!!"

불쑥 이네스가 소리를 높여 외쳤다.

이네스가 보는 방향으로 나도 눈을 돌렸더니 하늘에서 대량의 적 자색 광탄이 들이닥치는 장면이 보였다.

저것은 틀림없이 맞은편의 대규모 군세에서 발사된 마법의 빛.

수많은 광탄들이 우리의 머리 위쪽에 빗발처럼 내리쏟아진다.

"【신순】."

이네스가 즉각 『빛의 방패』를 전개해서 마법 공격의 폭풍을 막아 낸다.

덕분에 이쪽으로 적의 공격이 들이치지 못한다.

다만―.

"아차……. 이래서는 도망칠 틈이 안 난다."

상공에서 날아드는 마력탄이 쉴 새 없이 쏟아지며 호우처럼 주변 일대를 타격한다.

주위의 지면이 순식간에 파여 흩날렸다.

이래서는 도망칠 수 없다.

도무지 몸을 빼낼 겨를이 나지 않는다.

"……실수했습니다. 저 군세를 확인하는 즉시 도망부터 쳐야 했어요."

린이 조바심 가득 찬 표정으로 주위를 둘러봤다.

나도 이 상황에서 어째야 하나 망설이던 중 이번에는 로로가 소리 높였다.

"……저, 저쪽에……! ……또, 뭔가가 빛나—!!"

로로가 손가락질하는 방향을 보니 이번에는 복잡한 문양을 새긴 거대한 까만 통 비슷한 물체가 붉은 빛을 쏟아 내고 있었다.

가만히 두면 거대한 용조차 떨어뜨렸던 강렬한 빛이 날아들겠지.

"또— 공격이 옵니다."

린은 저 멀리 번쩍이는 붉은 빛을 보고 더욱더 핏기가 가신 표정을 짓고 있었다.

—어쩔 수 없군.

나는 각오를 다지며 한 발짝 앞으로 걸어 나아갔다.

"선생님……? 어쩌시려고요?"

"도망칠 곳이 없다면…… 세게 때려서 틈을 만들 수밖에."

내가 가지고 있는 흑색의 검은 어떤 구조인지 용을 추락시켰던 빛을 튕겨 낼 수 있다.

그렇다면 내가 전방으로 나설 수밖에 없겠지.

"도망칠 곳을, 만든다—? 대체, 어떻게."

"내가 치고 나가서 도망 다니며 잠시나마 시간을 벌어보겠어. 그 틈에 셋이서 도망쳐라."

"하, 하지만, 선생님."

린이 불안해하는 얼굴로 나를 바라본다. 솔직히 나 또한 불안하다.

하지만 나는 전투 자체는 서툴러도 이리저리 도망 다니는 행동은 꽤 익숙하다.

내가 태어나 자란 오두막집에서 생활할 때는 곧잘 저녁 식사를 위해 알을 빼먹으러 가서 산새 떼에게 습격받고는 했다.

그러나 새 떼쯤이야 쉽게 따돌릴 수 있었고, 귀중한 단맛을 확보하고자 빼앗은 벌집 때문에 수많은 독벌 떼에게 습격받고도 어찌어찌 다친 곳 없이 도망쳐서 귀가할 수 있었다.

그렇다면 저 많은 인원을 상대로도 죽기 살기로 뛰어다니면 무사히 빠져나오는 정도는 가능할 것이다.

"괜찮아, 무작정 돌격하려는 게 아니야. 멀쩡하게 돌아올 생각이니까 걱정은 하지 마라."

무모하게도 저 군세에 대뜸 돌격해서 혼자 싸우자는 생각은 하지 않는다.

기껏해야 내게 가능한 것은 상대의 주의를 흩뜨리는 정도.

저 빗발 같은 마법 공격을 애써 피해 다니며 시간을 끄는 것이 고작이다.

다만 시도를 할 가치는 있겠지.

시간만 잘 끌어주면 세 사람이 도망칠 틈은 만들 수 있는 데다가 린이 말했던 대로 잠시만 버티면 왕도의 병사들이 구하러 와줄지도 모른다.

낙관이 조금 지나친 것 같기도 한데……. 지금은 작은 가능성을 믿어볼 수밖에 없다.

"—알겠습니다. 그러면 저도 모자란 힘이나마 최선을 다해 거들어드리겠습니다."

"……그런가? 그렇다면, 부탁 좀 하자."

곧이어 린은 내 등에 살며시 손을 대더니 뭔가 마법을 준비하기 시작했다.

뭔가 편리한 방어 마법이라도 걸어주려나 싶어서 나는 조금 기대했다.

"그럼 충격에 대비해주세요."

……응? 충격?

"……린, 지금 혹시…… 아까 전처럼 날려주려고?"

"네. 다만 이번에는 위력을 제대로 조절할 테니 괜찮습니다."

린은 그렇게 말한 뒤 나에게 미소 지었다.

—아니야, 그게 아니라고.

잠깐 기다려달라.

아마도 린은 무엇인가 오해를 하고 있는 것 같다.

이 각도면 확실하게 저 군세로 돌격하는 코스가 된다.

나는 딱히 저 대규모 군세 상대로 결사의 특공을 감행할 생각 따위 하지 않았다.

근처를 달려 다니면서 주의를 끌어 적군의 공격을 분산시키려는 의도로 한 말이었다만.

……린에게는 나의 의도가 전혀 전달되지 않은 것 같다.

"잠깐만 기다—."

"무운을 빕니다. —【풍폭파】."

나의 당혹감은 아랑곳 않은 채 린의 마법이 발동됐다.

폭풍을 받아 내면서 등에 터무니없는 충격을 느낀다.

—큰일 났다.

나는 지금 검을 평범하게 손에 들고 있었다.

린이 날려준 무시무시한 위력의 마법.

그것을 『흑색의 검』도 사이에 두지 않은 채 직접 몸으로 받아 낸다면 이번에는 진짜 죽는다. —바짝 긴장해서 나는 정신없이 지면을 박차며 앞으로 나아갔다.

첫 발짝과 두 발짝에【신체 강화】를 전력 발동하여 가속하고, 뒤늦게 따라온 폭풍이 거듭 내 몸을 밀어줘서 날려 간다.

—다행이다.

어찌어찌 즉사는 모면했다.

다만 곧바로 상공에서 내리쏟아지는 마력탄을 막아주고 있었던 이네스의 『빛의 방패』가 눈앞에 바짝 다가든다.

그것은 급하게 자세를 낮춘 뒤 약간이나마 지면과 틈이 난 『방패』를 지나쳐 빠져나왔지만— 이번에는 마법 공격의 폭풍이 나에게 마구 쏟아진다.

큰일 났다— 부딪힌다—!

이미 상당히 속도가 붙은지라 마력탄은 터무니없이 빠르게 내게 닥쳐든다.

반사적으로 몸을 비틀어 탄도를 보고 피하면서 전진하지만— 결국은 한계가 있다.

탄막이 밀집하는 지점을 딱 노려서 냅다 돌진하면 당연히 다 피할 수 없다.

나는 얼결에 흑색의 검을 옆으로 휘둘렀다.

"패리."

그러자 눈앞에 바짝 날아들던 무수히 많은 마법탄이 **튕겨** 나갔다.

─살았다.

아무튼 역시 생각이 맞았다.

이 검은 용의 『빛』도 튕겨 냈었고, 방금 전 붉은색 『빛』도 튕겨 냈다.

어떤 원리인지는 알 수 없지만, 이 흑색의 검은 마법을 튕겨 낼 수 있는 듯하다.

다만 이 무거운 『흑색의 검』을 휘둘러서 내가 제대로 튕길 수 있는 대상은 기껏해야 몇 개뿐.

눈앞에 마구 날아드는 대량의 마력탄 전부를 대체 어떻게 감당하란 말인가.

이제 어떻게 하지?

이대로 저곳에 돌진해서 자멸할 수밖에 없는 것인가.

……아니. 정말로 감당할 수 없나?

나는 이제까지 쭉 목검으로 목검을 쳐내는 훈련을 계속했다.

더욱 말하자면 십수 년 동안에 거의 한 가지 훈련에 매진해왔다.

그 결과 1천의 목검을 한 호흡으로 튕겨 내는 실력은 갖추었다
만……

그렇지만 조금 무거운 무기를 들었을 뿐인데 파지법이며 휘두르
는 요령이 완벽하게 달랐다.

무거운 검을 들고는 익숙하게 쥐고 휘둘렀던 목검처럼 똑같이 휘
둘러지지 않는다.

—하지만 나 또한 차근차근 이 검에 익숙해져왔다.

거듭거듭 검을 휘두를 때마다 『흑색의 검』의 **무거움**이 내 손에 친
숙해지는 것을 느꼈다.

그리고 거듭 린에게 날려 다니는 경험을 하는 동안에…… 이 심상
치 않은 **날렵함**에도 익숙해졌다.

아마도 방금 전 튕겨 냈던 느낌을 떠올리면 날아오는 마법탄에는
무게가 없는 듯 느껴졌다.

거목을 튕겨 내는 동작보다 훨씬 편하다.

그렇다면—.

"패리."

내가 있는 힘껏 검을 휘두르자 **수백**의 마력탄이 동시에 튕겨 나가
며 소멸했다.

—이런 정도면 버틸 수 있다.

나는 검을 휘두르는 동시에 재차 힘껏 발을 디디며 가속한다.

마력탄이 우스울 만큼 싹 사라지기에 더 이상은 피할 필요도 없어졌다.

이런 정도라면 더 많이 버틸 수 있다.

역시 상당히 익숙해졌다. ―이 날렵함^{속도}에도, 무거움에도.

몸은 좀 지쳤어도 기력이 솟구친다. 그렇다면―.

"―갈 데까지 가보도록 할까."

이대로 코스를 유지하면 나는 곧 적군 세력에 돌입한다.

아니, 이미 속도가 너무 붙어버려서 궤도 수정은 불가능할 것이다.

다만 이미 쏟아진 물이다. 밀어붙인다.

나는 체념과 함께 각오를 다졌다.

―이렇게 된 이상, 이대로 쭉 가속한 채로 돌입한다.

섣불리 속도를 낮추기보다는 훨씬 좋다.

다행히 도망치는 재주에는 자신이 있다.

위험을 느꼈을 때 전력을 다해 도망치면 된다.

포위당한 상태에서도 도망쳐주겠다.

뭐, 만약에 도망칠 수 없게 된다면― 그때는 그때 생각하자.

조금이라도 시간을 끌어야 린과 이네스와 로로는 이곳에서 도망치기가 수월해질 테니까.

그렇게 나는 각오를 다진 뒤 재차 다리에 힘을 넣어서 지면을 밟아 부수며 가속했다.

—너무나 거센 속도에 시야가 비뚤어진다.

눈에 비치는 전부가 물 흐르듯 사라져 간다.

마치 다른 세계에 와버린 것 같다.

눈 한 번 깜빡일 틈도 없이 나는 적 대열의 가장 앞쪽에 다다랐다.

첫 번째 한 사람— 상대는 묵중한 갑옷을 껴입은 채 검과 방패를 들어 올리고 있다.

"패리."

나는 혼신의 힘을 담아서 검을 휘둘렀다.

그러자 아무 반동도 없이 상대의 손에 들린 장대한 검이 튕겨 올라갔다.

—다행이다.

혹시나 막아 낼까 봐 걱정했었는데 불상사는 없었다.

상대는 육중한 장비를 갖춰 입었지만, 고블린 수준의 반응 속도도 못 된다.

내 눈에는 마치 멈춰 있는 듯 보이기까지 한다.

다른 병사들도 비슷비슷하게 느린 느낌이었다.

—그렇다면.

"패리."

나는 다음 한 번의 휘두름으로 한 번에 **수십**의 검을 튕겨 냈다.

일제히 수많은 검이 하늘에 날아오른다.

그럼에도 아직 여유가 있었다.

그렇다면— 다음에는 **백**을 튕겨 낸다.

그럼에도 별반 반동은 느껴지지 않았다.

그렇다면 다음은 이백. 삼백.

그다음은 더 많이 사백으로 늘렸다가— **오백**.

신기한 감각이었다.

아직도 한참 여유가 있다.

이 검이 너무 무거운 탓인지도 모르겠지만, 상대가 쥔 검의 무게가 깃털만큼도 느껴지지 않는다.

그렇다면, 다음은—.

"패리."

내가 혼신의 힘을 담아서 검을 휘두르자 한 번에 **천**의 검이 하늘로 튕겨 올라갔다.

—뭐야.

별 대단한 일이 아니다.

한 호흡에 대략 천 자루까지라면 충분히 가능하다.

그래, 산에서 목검을 튕겨 내던 훈련과 거의 똑같은 감각이었다.

—그렇다면야.

나 같은 사람도 시간 끌기는 충분히 가능하지 않을까.

그런 생각에 나는 힘이 남아 있는 한— 체력이 버텨주는 한 적들의 무기를 계속 튕겨 내주겠다고 각오를 다졌다.

그렇다, 나는 한결같이 뛰어다니며 오직 상대가 손에 든 물건을 튕겨 내기만 하면 된다.

나의 역할은 어디까지나 시간 끌기니까.

쓸데없는 생각은 관두고 모든 신경을 오직 눈앞에 있는 물체를 튕겨 내는 데 집중하기로 결정했다.

◇

그때—.

하늘에 은색의 파도가 나타났다.

그것은 생물처럼 꾸불거리며 하늘을 나는 새처럼 우아하게 호를 그리다가— 완만하게 회전하면서 햇살을 반사했다.

"—음?"

마도황국의 병사들도 처음 잠깐은 무슨 사태인지 알 수 없었다.

황제에게 하사받은 무기가, 분명 일기당천의 힘을 내려준다던【마장 검】이 불현듯 손안에서 사라지더니 깨달았을 때는 하늘을 날아 다니고 있었다.

은빛을 흐릿하게 반사하며 빙글빙글 돌아 떨어지는 수천 자루의 **강철마저 베어 가르는** 마도의 검— 저것들의 습격을 막기 위하여 많은 병사들은 반광란 상태에 빠져 반대쪽 손에 붙들고 있던 【마장 방패】를 들어 올렸다.

다행히도 뛰어난 마도 방패의 성능 덕분에 하늘에서 떨어지는 흉악한 칼날이 튕겨 나가며 또 하늘에다가 드문드문 은색의 파도를 만들었다.

병사들은 일단은 무사했기에 안도했다.

그것도 잠깐뿐.

—이번에는 『방패』가 사라졌다.

검과 마찬가지로 알아챌 틈도 없이 휙 사라졌다.

병사들은 자신의 방패를 찾아 무의식중에 또 하늘을 올려다봤다.

아니나 다를까, 역시 방패는 저곳에 있었다.

병사들에게 무적의 방어력을 내려주기 위한 방패는 방금 전 자신들이 방패로 튕겨 내었던 검의 ^{저것} 아득한 상공을 우아하게 빙글빙글 돌면서 날아다니고 있었다.

그 의미를 이해한 자는 즉각 자신의 몸을 지키고자 움직여서 대열을 흐트러뜨렸지만, 오직 공세를 취하기 위해 편성된 대열에는 도망칠 만한 공간이 충분하게 존재하지 않았다. 병사들은 서로 간에 단단한 갑옷을 마주 부딪치다가 털썩 나자빠지고, 다른 병사들의 아래에 깔린 채 몸을 움직이지 못하는 자가 하늘을 올려다보며 비명 지른다.

모든 것을 꿰뚫는 흉악한 마도의 검이— 방어 수단을 잃어버린 자들의 머리 위로 내리쏟아졌다.

—아비규환.

마물과 용에 유린당하여 약화된 왕국 백성을 베어 갈라야 했을 【마장 검】이 차례차례 정신없이 도망치는 병사의 팔에, 다리에, 어깨 및 몸체에— 운 나쁜 인물에게는 신체의 온갖 부위에 박혀 들어갔다.

병사들은 비명 지르며 검날을 피해 갈팡질팡 도망 다녔다.

사기가 높은 몇몇은 다시 검을 주워 들고는 정체불명의 적에 맞서서 다음 습격을 대비하고자 패기를 쥐어짜 검을 겨누었지만, 기껏 겨눴던 검은 속절없이 다시 또 하늘로 날아 사라졌다.

병사들은 어찌 된 영문인지 알 수 없었다.

아무것도 안 보인다. 아무것도 안 느껴진다.

그런데 또 무기가 홀연히 사라졌다.

—뭔가 이상하다.

지금 이곳에서 말도 안 되는 사태가 일어나고 있다.

모든 병사가 이 비정상적인 사태를 인식한 뒤 혼란에 빠지고 공포에 떨었다.

무적의 군대라 믿고 있었던 자신들의 연약함을 일순간에 이해했다.

황국의 병사들을 불쑥 덮쳤던 정체불명의 공격.

분명 압도적 우위를 점했을 자신들이 어떤 공격에 당했는지도 알지 못한다.

주변 전장은 일순간에 혼란의 극한을 맞이했다.

무기를 내던지고 울부짖는 자, 주저앉아서 신에게 기도하는 자, 피투성이가 되어 도움을 청하는 자— 승리를 확신했던 행군은 눈 깜짝할 새에 절망을 낳는 비장한 분위기에 휩싸였다.

거듭 무기를 다시 주워 든 강한 의지를 가진 인물도 두 번, 세 번, 네 번 되풀이되는 괴현상에 마음이 꺾인다. 거듭 덮쳐드는 위협의 정체를 도저히 파악할 수 없어서 공포에 휩싸인 채 아군끼리 서로 찌르는 사태도 벌어졌다.

그렇게 전장에서 급속도로 전의(戰意)가 사라져 가는 와중에— 문득 병사들은 일제히 높은 하늘에 솟아오른 커다란 검은 그림자를 목격한 뒤 눈을 의심했다.

—우선 거대한 통 형태의 물체가 **넷**.

—그리고 커다란 십자가 형태의 물체가 **셋**.

저것들은 아마도 병사들이 곧잘 보았던 병기 같았다.

더 정확히 말하자면…… 황국군의 결전 병기인『광창』네 문과 모든 공격을 막아주는 절대 방어 마도구인『영웅의 방패』세 기로 보였다.

영광의 빛과 함께하는 황국군의 승리를 확약해주는 초월급 병기.

즉 황국이 자랑하는 최첨단 마도 과학의 상징이 바로 저것이다.

그런데— 왜 저 병기들이 하늘에 떠 있나?

위쪽을 올려다보는 모든 병사들이 의문을 느꼈다.

천천히 회전하며 머리 위에서 떨어지는 일곱 개의 물체는 순서대로 굉음을 울려 퍼뜨리며 지면에 격돌— 지상에서 새삼 현실을 목격하게 된 병사들은 다시금 의기소침했다.

주위를 살펴보면 제압 병기『광창』은 거대한 통 형태의 네 문 전부가 대지에 깊숙이 박혀 들어갔다. 방어 마도구『영웅의 방패』는 십자가 형태의 본래 모습을 떠올리지 못할 만큼 무참하게 비틀린 채 망가졌고 정교하게 회로를 각인한 마도의 빛도 모조리 사라졌다.

누구의 눈에도 저것들이 더 이상 이렇다 할 도움이 되지 못함은 명백했다.

사상 최강의 결전 병기라는 자랑을 들어왔던『광창』과『영웅의 방패』, 그리고 병사들의 주 무장인『검』과『방패』를 잃었다는 것— 그것은 결국 이 행군의 완전한 실패를 의미한다.

현실을 이해할 만큼 이성이 남은 인원이 대부분이었다.

다만 개중에는 분명한 이치에도 굴하지 않는 인물이 있었다.

거듭거듭 검을 주워서 용감하게도 적을 찾으려 하고 싸우려 하는 굳건한 심지의 소유자가.

다만 강직했던 마음도 곧 꺾였다.

치켜든 검과 함께 모습조차 보이지 않은 「무엇인가」에 마치 유리 세공처럼 무참하게 산산조각이 나서 바스러질 때까지 별로 긴 시간이 걸리지는 않았다.

"—도대체 뭐냐, 이것은. 대체…… 무슨 일이, 일어났는가—?"

전군의 지휘를 맡은 황국의 장군은 힘없이 중얼거리는 것이 고작이었다.

왕도 정복의 의기가 가득 들끓던 행군이 이제는 무력감과 실망, 그리고 공포와 절망이 지배하는 자리로 전락했다.

그렇게 점점 드문드문해지는 은색의 파도가 왕복을 일곱 번 헤아릴 무렵에는 모든 병사의 사기가 바닥을 쳤고— 더 이상 검을 주워 들려는 인원조차 사라져버렸다.

분명 무적을 자랑했을 황국의 1만 군대는 단 한 명의 사망자도 발생하지 않은 채 거의 괴멸에 가까운 상태를 맞이하게 되었다.

39 황제의 준마

황제는 전방에서 밀려드는 은색의 파도를 불가해한 심정으로 쳐다보고 있었다.

"저것은, 뭐지—?"

마치 생물이나 어떤 현상처럼 꾸불거리며 하늘에 펼쳐지는 은색의 파도에 황제는 눈길을 빼앗겼다.

어쩌면 곧잘 보았던 『검』의 무리 같기도 했다.

황제는 저 검을 자주 보았다는 인상을 받았다.

보면 볼수록 자신이 황국군 병사들에게 하사한 【마장 검】과 똑 닮은 형태였다.

다만 저것들이 대체 왜 하늘을 날아다니는가 이유를 도저히 떠올릴 수 없다.

—도대체 무슨 일이 일어났지?

의문을 느꼈던 직후, 황제는 자신의 등 뒤에 **누군가**가 서 있다는 사실을 깨달았다.

"……누구냐."

황제는 급히 고개를 돌려 저자가 누구인지를 확인하려고 했다.
쓱 보니 저자는 **까만 무엇인가**를 손에 든 남자였다.
남자도 이쪽을 빤히 쳐다보면서 황제와 눈을 맞췄다.
하지만 눈이 마주친 순간, 남자는 환상처럼 홀연히 사라졌다.

"─저자는, 뭐지."

갑자기 남자가 서 있었던 지면이 깨져 나가며 주위에 땅울림이 일
어났다.
황제가 자랑하는 말은 이변을 두려워하며 히힝 울었다.
그 직후, 하늘을 날아다니던 무수히 많은 은색의 검이 차례차례
주위 황국군 병사들에게 내리쏟아진다.
병사들은 온갖 공격을 튕겨 내주는 무쌍의 방패, 【마장 방패】를
들어 올려서 공격을 일제히 쳐냈지만, 이상하게도 반대편 손에는
분명 빠짐없이 하사했었던 【마장 검】이 보이지 않는다.

황제는 고삐를 세게 잡아당겨서 겁먹은 말을 진정시키고 이 상황
은 어찌 된 영문인지 옆에 대기하고 있던 근위병에게 물었다.

"……이것은 대체 어떻게 된 일이더냐. 도대체 무슨 사태가 벌어
진 게냐."

다만 대답은 없다.

근위병들은 멍하니 하늘을 쳐다보며 뭔가 혼잣말을 중얼거리고 있었다.

황제도 얼결에 같이 고개를 들어 올려다보니 그곳에는 **판자 형태의 무엇인가**가 날아다니는 광경을 볼 수 있었다.

저것들도 어딘가에서 본 기억이 있는 형태인 듯하다.

황제는 재차 신하들에게 물었다.

"뭐냐, 저 판자 조각은."

다만 아무도 대답을 하지 않았다.

모두가 재차 하늘에서 내리쏟아지는 검을 피하는 데 열중하느라 황제의 목소리는 귀에 들어오지 않은 듯했다.

병력들의 두 손에는 더 이상 아무것도 쥔 장비가 없었다.

—뭐냐, 이것은. 무슨 일이 일었나.

황제가 의문을 느끼던 때에 또다시 등 뒤에 남자가 나타났다.

"또 네놈인가."

황제가 놀라는 한편 저 남자를 관찰하다가 다시 눈이 마주쳤다.

그 순간, 황제는 남자의 얼굴을 떠올렸다.

"네놈은— 분명."

분명 이 남자는, 【신순】 이네스의 앞에 뛰쳐나왔던 인물이 아니었던가?

방금 전 【원시】 마도구로 보았던 남자. 자신의 기억은 잘못되지 않았다.

……아니. 하지만, 조금 이상하다, 황제는 또 의문을 떠올렸다.

그렇다면 어째서 이 남자가 **이곳에** 있지?

이 남자는 아득히 먼 지평선 너머, 분명히 【원시】 마도구의 관측 한계 거리와 가까운 위치에 있지 않았던가?

아까 관측한 뒤 불과 30초도 지나지 않았을 텐데.

어떻게 이곳에 와 있지?

아니, 지금 상황에서는 일단 차치하자. 더욱 큰 문제가 달리 있으니까.

이 남자는 아마도 자신이 마도황국의 『황제』라는 사실을 알고 있을 것이다.

다른 병사에게는 눈길도 안 주고 일직선으로 시선을 던지고 있다.

이 남자의 목적은 도대체 뭐지?

……아니. 지금 상황에서 남자의 목적은 하나밖에 없을 터이다.

황제의 생명을 쟁취하는 것.

—다른 목적은 생각할 수 없다.

"―까힛."

남자가 자신의 생명을 노린다는 것에 갑자기 생각이 미치자 황제의 목구멍 안쪽에서 기묘한 소리가 새어 나왔다.

최고의 무기를 하사하여 굳게 믿었던 신하들이 전혀 쓸모가 없다.

이토록 많은 병력들을 거느리고 있는 자신이 지금은 완전한 무방비 상태.

언제나 곁을 지키고 서서 위협을 막아주던 근위병들도 주위의 혼란에 휩쓸려서 정신을 못 차리는 모습이었다.

현 상황을 이해하면서 황제의 몸은 잔뜩 움츠러들었고 공포에 굳어버렸다.

다만 곧 모든 공격과 마법을 튕겨 내주는 황금색으로 빛나는 최상의 방어구, 왕류금속으로 제작한 『패황의 갑옷』_{카이저 아머}이 온몸을 지켜주고 있다는 것을 떠올리며 침착한 태도를 되찾았다.

―그렇다. 올 테면, 어디 와봐라.

주위 병력이 쓸모없더라도 자신은 몸소 싸울 수 있다.

이 몸의 검법은 달인에게도 부족함이 없도다―.

그렇게 자신감을 가진 황제는 허리에 찬 칼집에서 황금색으로 빛나는 특제 『패황의 검』_{카이저 블레이드}을 뽑아 들고는 말에 올라탄 채 기백을 담아 공격 태세를 취했다.

다만 남자는 갑자기 황제에게 흥미를 잃은 것처럼 눈을 돌리더니

141

다시 홀연히 사라졌다.

"……뭐냐. 안 덤비는 게냐."

황제가 안도하던 때 이번에는 하늘에서 뭔가 커다란 물체가 떨어졌다.
검은 통 형태의 무엇인가가 엎어지면 코가 닿을 황제의 지척에 꿍음을 울리며 박혀 들어갔다.

"께흑."

기겁하고 놀란 황제는 자랑하고 아꼈던 말에서 거꾸로 떨어져 흙을 삼켜야 했다.
아득바득 땅속에 박힌 얼굴을 들어 올리고 눈앞에 있는 검은 마철제 통을 보았을 때 기시감을 느꼈다.

……이상하다. 어째서, 이 물건이 하늘에서……?

황제의 눈앞에 떨어져 지면 깊숙이 박혀 들어간 물체.
그것은 마치 마도황국의 신형 결전 병기 『광창』과 비슷하게 보였다.
하지만, 이상하다.
방금 전까지 아군의 결전 병기 『광창』은 전부 어리석은 왕의 도시를 겨누고 있지 않았던가.

그런데 왜 느닷없이 자기 눈앞의 지면에 박혀 들어갔는가. 도저히 납득할 수 없다.

몹시 황망하여 주위를 둘러보니— 그 밖에도 비슷하게 생긴 검은색 통이 세 개, 굉음을 울려 퍼뜨리며 지면에 박혀 들어가는 광경이 보였다.

"어째서냐. 어째서, 저것들이 땅속에 박혀 있느냐."

그러나 황제의 말에 대답해주는 인물은 없다.

황제는 평소였다면 격노했을 신하들의 무례도 신경을 못 쓸 만큼 눈앞의 광경을 보고 혼란에 빠져 있었다.

"무슨 일이 일어난 게냐—. 이게 다 대체 무엇이냐."

황제가 혼잣말처럼 의문을 되풀이하던 중 또다시 등 뒤에 「웬 남자」가 나타났다.

남자는 딱히 어떠한 행동에 나서지도 않은 채 단지 황제를 가만히 바라보다가 또 소리도 없이 사라졌다.

"도대체 뭐냐, 저 남자는."

황제의 머릿속은 의문투성이였다.

온갖 의문을 정리하기 위하여 죽기 살기로 머리를 회전시켰다.

……자신은 분명 전장에 1만의 병력을 이끌고 왔다.

적어도 포진은 완벽했을 터. 과한 전력이라고도 말할 수 있었다.

일개 병졸이 일기당천의 전사로 뒤바뀌는 검을 하사했고, 만 개의 방패를 하사했다.

장비는 더할 나위가 없을 만큼 호화로웠다.

그런 대군으로 몹시 약화되었을 클레이스 왕의 숨통을 끊어줄 단계에 진입했었다.

어떻게 생각해봐도 질 수가 없는 전투였을 터인데.

이렇듯 계산을 마쳤기에 자신은 구경꾼, 유람객의 기분으로 단순한 **관객**이 되어 구태여 전쟁터까지 따라오지 않았던가.

일반병에게 하사한 【마장 검】에 【마장 방패】, 또한 특별히 가려서 뽑은 정예에게 하사한 【마장 화포】와 【마장 갑옷】에 더하여 심지어는 전설 속 【재액의 마룡】조차 처단할 수 있는 『광창』 네 문을 갖추었고, 어떤 강력한 마법일지언정 튕겨 내는 무적의 대형 방어 마도구 『영웅의 방패』를 셋이나 배치함으로써 모든 위험성을 배제한 뒤―.

―그렇다, 잊고 있었다. 방패는 어찌 되었나?

무적의 대형 방패는 어디에 갔단 말인가?

그 물건만 있다면 어떤 강력한 공격이 날아오든 간에 어떤 복병이 나타나든 간에 막아 내었어야 할 터인데.

대체 방패는 어디에 가버렸는가―?

황제는 간절한 마음으로 주위를 둘러본다. 곧이어 지면에 박힌 네

개의 검은색 통 주위에서 우왕좌왕 도망 다니는 병사들과, 더 안쪽
에 무참하게 비틀린 십자가 형태의 어떤 물체가 세 개 굴러다니는
광경을 목격했다.

저것은 설마……. 아니, 아니겠지. 그럴 리 없다.
황제는 저런 물건을 결코 본 기억이 없었다.
저것은 자신이 알고 있는 방패와는 다르다.
황제의 기억에 있는 『영웅의 방패』는 순백으로 빛나고, 정교하게
각인한 회로는 마도의 빛이 가득 차 있고, 장엄하게 느껴질 만큼 위
엄이 흘러넘치기에— 결코 저따위 처참한 고철 덩어리는 아니었다.

"설마, 파괴되었다는 말인가."

저것은 모든 것을 튕겨 내는 궁극의 방어 병기.
필승 무패의 마도황국 군대를 수호해주는 무적의 방패.
그런데, 대체 왜, 저러한 꼴이 되었지?

"어째서, 이런 사태가 일어났는가."

황제는 알 수 없는 것이 너무나 많았다.
그렇게 황제의 머리가 의문으로 잔뜩 팽창되었을 때 또다시 웬 정
체불명의 남자가 나타났다.
손에는 불길한 **흑색의 검**을 들고서.

"……저것은, 뭐냐. ……설마."

황제는 그때 처음으로 저 검의 존재를 인식했다.

그 순간 저것이 무엇인지를 이해하고 무의식중에 눈을 커다랗게 떴다.

—틀림없다. 저것은 초월급 유물,『흑색의 검』.

맞다, 분명하다. 자신의 눈이 잘못 보았을 리 없다.

저것은 한 번이나마 어리석은 왕이 손에 든 광경을 보았던 이후 황제가 줄곧 가지고 싶어 갖가지 수단을 강구했던 미궁 유물,『흑색의 검』의 특징과 완벽하게 일치했다.

그리고 다시 의문을 느꼈다.

저것이 진정『흑색의 검』이라면…… 저 남자는 대체 정체가 무엇이란 말인가?

어리석은 왕이 결코 손에서 놓으려고 하지 않았던 특별한 검을 어째서 저 남자가 손에 들고 있는가?

그리고 대체 왜 저 남자는 아무렇지도 않다는 듯이 평범하게 **한쪽 손으로** 검을 들고서 버틸 수 있는가?

저 미지의 금속은 절대 평범한 인간이 소지하고 다닐 수 있는 물건이 아니다.

—저것은 모든 부분에서 특이한 존재이다.

어째서인지 온갖 마법을 **전혀 받아들이지 않는** 특수한 성질에 더
하여 왕류금속으로도 고룡의 어금니로도 최경금속마저도 흠집을 낼
수 없는 파격적인 단단함.
오리하르콘 아다만타이트

아울러 무엇보다 강건한 병사가 열 명 달라붙어도 들어 올릴 수 없다
는 상식을 뛰어넘는 비정상적인 중량. 그것이 저『흑색의 검』의 특질.

한데 저 물건을 **한쪽 손으로** 들고 다닌다? 그게 웬 웃기지도 않는
말인가.

한쪽 팔로도 백 명을 날려버린다는 기막힌 괴력으로 이름을 떨친
어리석은 왕조차 두 손으로 휘두르는 것이 고작이거늘. 저『흑색의
클레이스 왕
검』을, 저리도 거뜬하게.

"……어찌 이리도, 황당한 현실이 있단 말인가."

그렇다면 저 남자는 클레이스 왕 이상의 실력을 갖추었다는 의미
괴물
가 된다.

—그런 인간이 존재할 리 없다.

다만 저 물건이 정녕『흑색의 검』이라면 모든 현실에 납득이 간다.
그리고 저것을 한쪽 손으로 휘두를 수 있는 존재가 만약 존재한다면.
……모든 계산이 뒤집힌다. 뒤집혀버린다.

"……너무나, 황망하구나."

입을 비집고 나오는 것은 이해를 거절하는 말이었다.

다만 황제는 이미 이해하고 있었다. 이미 인정할 수밖에 없는 상황이었다.

대체 무엇을 어떻게 손썼는지는 알지 못한다.

어떤 방법을 사용했는지는 알지 못한다……. 다만, 확신이 있다.

눈앞의 광경은 전부 이 남자가 저지른 짓이 분명함을.
(파국)(이 작자)

─지금 저 남자가 『흑색의 검』을 소지하고 있다는 사실.

그것은 다름이 아닌 어리석은 왕 본인이 검을 **양도했다**는 것을 의미한다.

즉 이 남자는 어리석은 왕의 선봉장이다.

하지만 저딴 남자의 정보는 어디에서도 들어오지 않았다.

어찌 생각해봐도 왕국의 주력이거늘. 그런 인물이 설마 누구에게도 알려지지 않은 채 존재할 수 있다는 말인가.
(적)

왕국 첩보를 명령받은 부하는 설마 저 핵심적인 전력을 파악하지 못했다는 말인가.

그 탓에 이러한 꼬락서니다.

─그래, 이 남자가 전부 **혼자서** 저질렀다.

1만 병력의 『검』과 『방패』가 소실되었고, 황국군 전체가 혼란의 극한에 치달은 것도.

『광창』이 무참하게도 지면에 박혀 들어간 것도.

『영웅의 방패』가 저리 처참한 몰골로 전락한 것도.

현실을 받아들임으로써 황제의 얼굴에 고통 가득한 표정이 떠오른다.

정말이지 악몽이라는 생각밖에 할 수가 없었다.

다만 도무지 납득을 못 하겠다.

대체 왜 어째서 눈앞의 남자는 저런 대단한 힘을 보유하고도 황제를, 자신을 죽일 절호의 기회를 포착하고도 몸성히 살려 놓았는가?

어째서 이런 장난을 칠 이유가 있나?

황제의 존재를 인식했음에도, 몇 번이나 눈을 마주쳤음에도 이 남자는 자신을 무시하듯 번쩍 나타났다가 휙 사라지기를 반복했다.

몇 번이나, 몇 번이나.

……마치 자신의 반응을 보고 비웃는 것처럼.

그렇게 생각한 순간, 마주하고 있었던 남자가 갑자기 소름 끼치도록 입꼬리를 끌어 올렸다.

"—히익."

저 의미 불명의 미소 띤 얼굴을 목격한 황제는 목구멍 안쪽으로부터 메마른 비명을 내질렀다.

또한 곧바로 저 비웃음의 의도를 직감했다.

―역시 이 남자는 자신이 누구인지를 정확히 파악하고 있다.

아울러 파악을 마치고도 이 남자는 자신을 **희롱하고 있다**.

황제를 궁지에 몰아넣어서 공포에 경련하는 얼굴을 보며 즐거워하고 있다.

……그렇다. 이 괴물은 모든 것을 알면서도 자신에게 치욕을 주고, 마음껏 희롱한 뒤에 고문해서 죽일 작정이다.

황제는 자신이 어리석은 왕을 붙잡았을 때 하려고 생각했던 행위를 떠올리며 확신에 다다랐다.

그렇게 하지 않을 이유가 전혀 없었다.

이 남자의 힘이라면 아주 수월하게 해낼 수 있다.

안 하겠다는 것이 아니다. ―아직 안 했을 뿐.

황제가 거기까지 생각했을 때 남자는 또 소름 끼치도록 입꼬리를 끌어 올리며 비웃음 같은 미소를 떠올렸다.

"으힛."

불현듯 황제의 하복부에서 무엇인가 뜨끈한 것이 새어 나와 다리를 타고 흘러내렸다.

직후 남자는 웃음 짓더니 또 눈앞에서 환상처럼 사라졌다.

"—웃—?!"

찰나, 황제는 자신이 해야 할 행동을 떠올렸다.

요컨대—.

황제는 말에 다시금 올라타서 혼란에 빠져 우왕좌왕하는 모든 신하에게 등을 돌린 채 근력을 몇 배나 증폭해주는 『부여』가 각인된 왕류금속 재질의 최상급 마도 마구를 장착한 자랑스러운 준마를 몰아치며 전쟁터에서 혼자 전속력으로 도주했다.

40 훈련소의 교관들

내가 정신없이 눈앞의 검을 잇따라 튕겨 내다가 문득 깨달았을 때는 그 많은 사람들을 다 지나쳐 나와 있었다.

그렇게 멈춰 서 돌아섰더니 요란한 금색 갑옷을 몸에 걸친 노인이 역시 금색의 마구를 장착한 말에 올라탄 채 이쪽을 쳐다본다.

"……누구냐."

눈이 마주치자 노인은 나를 보면서 짤막하게 물어봤지만, 나는 무심코 저 기발한 차림새에 먼저 눈길이 쏠렸다.

……뭘까, 저 노인은.

아무튼 느긋하게 대화나 주고받을 짬은 없었다.

방금 전 튕겨 내었던 검이 떨어지는 광경을 확인했으니까.

병사들이 무기를 주워 일제히 들이닥친다면 나 따위 일순간도 버티지 못할 것이다.

서둘러라. 아직 쉴 때가 아니다.

한 자루라도 많이— 쳐내라.

그렇게 나는 또 병사들 속에 뛰어들어서 죽기 살기로 뛰어다니며 오로지 무기를 쳐냈다.

병사들은 검뿐 아니라 신기한 『방패』도 들고 있었다.

그것으로 떨어지는 검을 받아치려고 하기에 겸사겸사 방패도 일단은 튕겨 냈다.

도중에 아까 붉은 빛을 발사했던 거대한 까만색 통과 뭔가 비슷하게 붉은 빛을 밝히고 있는 하얀 십자가 비슷한 물건이 눈에 들어왔던지라 부랴부랴 전력을 쏟아서 전부 높이 쳐내버렸다.

내가 지금 하는 행동은 시간 끌기밖에 되지 않는다.

다만 안 하기보다는 훨씬 도움이 된다.

그런 생각으로 한바탕 눈에 들어오는 무기들을 싹 튕겨 낸 뒤에 또다시 대열의 최후미, 아까 본 금색 갑옷을 입은 노인이 있는 장소로 되돌아왔다.

"……또 네놈인가."

노인은 나를 발견하더니 또 말을 걸어왔다.

인사라도 나눌까 생각은 들었는데 거의 숨 쉴 틈조차 없이 무기를 튕겨 내며 다니고 온 터라 숨이 차올라서 목소리가 나오지 않았다.

"덤벼라."

노인은 말 위에서 나를 내려다보며 겁먹은 표정으로 허리에 찬 검을 뽑아 겨눴다.

　다만 노인은 팔도 가늘고 저 얇은 검을 쥔 손마저 떨리는 모습이었다.

　나를 목숨을 빼앗으러 온 위험한 녀석이라고 생각해서 겁먹었을 테지.

　이런 상황에서는 무리도 아니었다.

　일단 저 노인의 검을 튕겨 낼 필요는 없겠다는 생각이 들었다.

　누가 어떻게 봐도 검을 휘두를 만한 자세조차 못 되니까.

　내게 호신용 검을 겨누며 저항의 의지를 드러내는 것에 불과하다.

　그러니까 나는 말에 올라타 있는 저 금색 갑옷을 입은 노인을 무시한 채 떨어진 무기를 줍기 시작하는 병사들에게 달려 나갔다.

　다시 한바탕 무기를 쳐내다가 깨달았을 때는 또 대열의 가장 바깥쪽— 노인이 있던 장소에 돌아와 있었다.

　그곳에서 나는 잠시 멈춰 서 심호흡을 했다.

　달려 다니며 무기를 튕겨 내는 동안에는 숨을 들이마실 틈도 없다.

　가끔 이렇게 공기를 마셔주지 않으면 쓰러져버린다.

　나는 아등바등 공기를 가슴 속 깊숙이 들이마시다가 또 노인과 눈이 마주쳤다.

　다만 자꾸만 보게 되는 저 노인은 말에서 떨어졌는지 얼굴에 흙을 묻힌 채 지면에 주저앉아 있었다.

뭔가 안 좋은 일이 있었나—?

저 노인, 괜찮은 걸까.

조금 걱정되는 마음은 있었지만, 또 검을 주워 드는 사람이 눈에 들어온다.

병사들이 무기를 들게 놔둘 순 없었다.

급한 마음에 또 군세 안쪽에 뛰어들어서 닥치는 대로 검과 방패를 튕겨 냈고—.

다시 숨을 들이마시기 위하여 같은 장소에 돌아왔을 때 노인은 몹시 겁먹은 표정을 보여줬다.

어쩌면 저 노인의 눈에는 내가 무척 무서운 인물로 보이는지도 모르겠다.

다리를 멈춘 채 잠시 마주 보려니까 노인의 얼굴이 점점 더 일그러지며 당장에 눈물을 쏟을 것 같은 표정으로 바뀌어 간다.

—잠깐만, 그게 아니야.

나도 좋아서 이런 곳에 와 날뛰는 게 아니야.

당장 도망치고 싶은 심정은 마찬가지다.

노인은 이대로 두면 겁에 질려서 덜컥 죽을까 봐 걱정될 만큼 잔뜩 위축된지라 몹시 안타까운 모습이었다.

상대가 비록 쳐들어온 나라에 속한 인물이라지만— 부들부들 떠는 노인이 조금은 염려된다.

나는 하다못해 공격의 뜻이 없다는 것, 노인에게 적의가 없다는 것만이라도 알려주고 싶어서 있는 힘껏 미소 띤 얼굴을 지어주었다.

"―히죽―."

조금 어색했는지도 모르겠다.

격한 운동을 한 탓에 호흡도 허덕이고 얼굴도 딱딱하게 굳었다.

그래도 조금이나마 나의 마음이 전달되면 좋겠다.

나는 친절하게, 힘껏 입꼬리를 끌어 올렸다.

"―읏?!"

그러자 노인을 얼굴을 경직시켰다.

아마도 보아하니 노인은 떨리는 몸을 아직껏 진정하지 못하는 듯싶다.

……괜찮은 걸까. 내 마음을 알아주려나?

내 진심이 제대로 전해졌을지 조금 불안했지만, 또 멀리서 검을 손에 쥐는 병사가 눈에 들어왔다.

저 병사들이 무기를 들게 놓아둘 순 없다는 다급함에 나는 또다시 전력을 다해 달리고자 했다.

다만 갑자기 내 다리가 시키는 말을 따라주지 않았다.

그러고 보니까 나는 이른 아침에 가볍게 식사를 한 이후 이렇다할 음식을 먹은 적이 없었다.

게다가 아까 독개구리와 싸웠을 때 피를 상당히 토했다.

그 정도는 괜찮을 거라 생각했었지만— 이후에 곧장 기묘한 붕대남자와 싸웠고, 린이 날려준 혼신의 일격에 등 떠밀렸다가 곧장 커다란 용의 공격을 거듭 막아 냈었다.

그뿐 아니라 이렇게 마구잡이로 운동까지 했다.

슬슬 한계가 올 즈음이기는 했구나.

빨리 마무리 짓고 도망쳐야 할 텐데—.

그렇게 생각했을 때 무릎이 털썩 허물어졌다.

"—윽—!"

아차.

자기 체력의 한계를 잘못 판단했다.

다만 아직은 이곳에 가만히 멈춰 서 있어서는 안 된다.

멈춰 서면 이곳에서 몰매를 맞을 뿐이다.

다리가 망가져버리면 도망칠 방법도 없다.

【로우 힐】에도 한계가 있다.

상처는 치료할 수 있어도 피로 및 공복은 달래주지 못한다.

숨 쉬기도 힘들었다. 공기가, 부족하다.

"―꺼흑―."

폐도 상당히 무리하게 부려 먹었을 테지.
살짝 피를 토했다.
곧장 몸 움직임이 둔해진다.
큰일 났다. 더는 다리가 안 움직이다.
머릿속이 몽롱해지고 주위 풍경이 뿌예진다.
나는 자신의 한계를 넘어 너무나 격렬하게 움직이고 말았다.
일순간, 현기증이 솟구치며― 의식이 두절되었다.

그러다가 다시 정신을 차렸을 때 나는 검을 쥔 병사 몇 사람들 안쪽에 포위당한 처지였다.

더는 도망칠 수 없다. 검을 쥔 손이 안 올라간다. 다리도, 안 움직인다.
검을 주워 든 병사가 일제히 들이닥쳤다.

여기까지다.
여기에서 나는 죽음을 맞이한다.

다만 최대한 힘껏 시간은 끌었다.

린과 이네스, 로로는 무사히 도망쳤을까?

하다못해 세 사람은 꼭 살아남아다오—.

가만히 기원하며 나는 하늘을 올려다보고 죽음을 각오했다.

하지만 그때, 상공에 별 같은 무엇인가가 반짝이는 광경이 보였다.

"—?"

저 하늘을 가득 메우는 무수히 많은 빛은 마치 유성처럼 꼬리를 늘어뜨리며 이쪽으로 자꾸자꾸 가까워지다가—.

"성천궁충(星天弓衝)."

눈부시게 빛나는 화살의 비가 주변 일면에 쭉 내리쏟아졌다.

그것은 새 떼처럼 공중에서 꾸불꾸불 궤도를 바꾸며 병사들의 팔이며 다리를 차례차례 정확하게 꿰뚫어 전투 불가능 상태로 몰아넣는다.

"—저것은."

나는 과거에 똑같은 광경을 딱 한 번 본 경험이 있다.

저것은 분명 【사냥꾼】 교관의 기술이었다.

끝까지 매달리던 나에게 이게 마지막이라며 보여주었던 【사냥꾼】

의 오의.

천공에서 지상의 모든 목표를 정확하게 쏘아 꿰뚫는 절기.

팔다리를 꿰뚫린 병사들은 신음 소리를 지르며 잇따라 바닥에 엎어진다.

다만 검을 주워 들고는 무시무시한 표정을 지은 채 나에게 달려드는 인물도 있었다.

―이제 끝이구나. 더 이상은 몸이 전혀 움직여주지 않는다.

"용멸극섬충(竜滅極閃衝)."
<small>드래그 클레이브</small>

그러나 나의 주위에 달려들던 병사들은 불쑥 휘날리는 돌풍에 나가떨어졌다.

고개 돌리자 그곳에는 낯익은 얼굴의 남자 한 명이 황금색 창을 겨누어 들며 서 있었다.

저 남자는― 저 창을 든 남자는.

"와준 건가, 알…… 아니, 할버…… 램버트."
"길버트다."

창을 든 남자, 길버트는 주위를 조용히 둘러봤다.

"진짜 뭘 어떻게 한 거냐? 이 상황은 대체……. 아니, 어차피 댁

이 저질렀겠지. 저 군세 안쪽에 혼자 돌진하는 바보가 있다는 말을 듣고서 누구인가 궁금했는데 아주 납득이 되는군."

길버트는 말을 늘어놓다가 웃더니 창을 어깨에 올렸다.
그러던 중 길버트의 뒤쪽에서 다수의 병사가 검을 휘두르며 다가드는 광경이 보인다.
위험하다. 소리쳐 알려주고 싶어도 목에 피가 걸려서 목소리가 안 나왔다.

사우전드 예지
"천인(千刃)."

다만 걱정했던 내가 민망하게도 병사들은 일순간에 무수히 많은 참격을 맞은 모양새로 온몸에서 피를 분출하며 쓰러졌다.
나는 지금 본 기술도 기억에 남아 있었다.
저것은 분명.

"빨리 좀 다니자, **스승**. 먼저 도착해버렸잖아."
"……미안하구나. 다른 자들도 곧 따라온다."

그곳에 나타난 인물은— 잊을 리 없다.
다소 나이는 먹었어도 나는 저 얼굴을 잘 기억하고 있다.
소드맨
허리에 한 자루 장검을 꽂아 넣은 저 남자는【검사】교관.
내가 동경했던 직업인【검사】훈련소의 지도 교관이었던 남자.

그런 남자가 나를 돌아보면서 이렇게 말했다.

"뉘신지 모르겠으나 정말 큰 도움을 받았군. 한데…… 미안하네만 뒷일은 우리에게 맡겨주게나. 이런 상황에 끝내 아무것도 하지 않는다면 【왕도 육병단】의 면목이 서질 않으니. 하다못해 뒤처리만이라도 맡아 처리하겠네."

그렇게 말한 뒤 교관은 차분한 동작으로 허리에 꽂혀 있었던 검에 손을 올리더니 단박에 옆으로 쭉 뽑아 휘둘렀다.

"천살검(千殺劍)."
사우전드 블레이드

그러자 거의 눈에 보이지도 않는 속도로 천 개의 칼날이 전장을 마구 휩쓸어— 곳곳에서 핏방울의 꽃이 피어올랐다.

—그래, 이것이다.
이것이 내가 쭉 동경했던 【검사】 본연의 모습.
내가 오래도록 목표로 했던 기술.
나는 딱 한 번 목격할 수 있었던 이 기술을 동경하여 줄곧 목검을 쳐내며 훈련했었다.
애써 노력하고도 결국에 나는 아무런 【스킬】도 습득하지 못했지만.

그래도 어떻게든 저 경지에 가까워지고 싶다.

그래서 겉모양이나마 흉내 내려고 나는 **천 개의 목검**을 튕겨 내고자 했다.

진짜를 손에 넣을 수 없다면 외형이라도 비슷하게, 가짜라도 좋았다.

그런 비뚤어진 노력의 결과가 천 개의 목검을 단지 억지로 튕겨 내는 기술.

다만 내 기술은 어디까지나 흉내일 뿐.

물론 진짜처럼 베어 내지는 못한다.

지난 십수 년, 얼마나 진짜를 한 번 더 보고 싶다고 바라왔었던가.

지금 진짜가 나의 눈앞에 있다.

내가 잇따라 전개되는 【검사】의 【스킬】을 정신이 나간 채 감격에 차서 지켜보던 중 또다시 다른 인물이 두 사람 시야에 나타났다.

"……저기요, 시그. 무턱대고 죽이면 안 된다고 말했잖아요. 분명 주의 부탁드렸을 텐데요. 시체는 정보를 쉽게 뱉어주지 않는단 말입니다."

"허허! 세인. 자네, 요구가 좀 과하구나. 이런 대군이 상대인데……. 아무래도 좀 심한 요구가 아닌가?"

한 사람은 하얀 로브를 걸치고 눈이 가느다란 성직자 같은 모습의 인물. 다른 한 사람은 얼굴을 뒤덮을 만큼 하얀 수염을 풍성하게 길렀고, 새카만 로브를 몸에 걸치고 있는 그야말로 마술사 같은 풍채의 노인이었다. 나는 저 두 사람도 잘 알고 있다.

복장과 말투. 틀림없다.

하얀 로브를 두르고 차분하게 웃음을 띠는 남자는 과거에 나를 보살펴줬던 【승려】교관.

다른 한 사람, 쾌활한 노인은 【마술사】교관이었다.

저들은 달려드는 병사들을 전혀 돌아보지 않은 채 아주 느긋하게 대화를 이어 나간다.

"그런 말씀은 마시죠, 오켄. 시체가 된 이후 이야기를 들으려면 정말 피곤하니까요. 오히려 산 사람이 훨씬 더 **고분고분하게** 말을 잘 듣습니다."

"허허! 그야 자네에게 『취조』를 받을 바에야 차라리 죽는 게 좋겠다고 말하는 녀석이 잔뜩 넘쳐나는 까닭 아닌가."

"……천만에요. 분명 오해입니다. 다들 마지막에는 울면서 제게 고맙다는 말을 해줍니다. **사지 멀쩡하게, 매우 건강하며** 평범한 몸으로 치료해줘서 고맙다고 말이죠. ……팔과 다리는 **고치면** 몇 개든 다시 만들어줄 수 있으니까요."

노인은 핼쑥한 표정을 지은 채 옆쪽 남자에게서 거리를 벌렸다.

"……세인, 자네……?"

"그냥 장난입니다."

"……이런 소리를 늘어놓으니까 다들 무서워하는 게 아닌가? 제발 부탁이니 살 떨리는 발언은 삼가주지? ……응?"

"섭섭하군요. 전쟁터에 나선 긴장을 풀어드리기 위한 가벼운 장난이라니까요."

"……전혀 우습지 않네."

저들은 아무것도 아니라는 듯이 몰려드는 병사들을 단숨에 격파하며 대화를 계속하고 있다.

한 사람은 두 손에 **아홉 개의 마법**을 동시 발동하면서.

한 사람은 날아드는 검을 **맨손**으로 막고 오히려 빼앗아 후려치면서.

"슬슬 나머지도 올 무렵이지 않습니까? 미리 준비하는 게 좋겠군요."

"알고 있다네. 이렇게나 마구 농락을 당한 처지잖은가. 활약의 기회를 놓칠 순 없지……. 자네들, 준비는 다 되었는가?"

""" — 예 —.""""

갑자기 검은 로브를 몸에 두른 인물 몇 사람이 투명한 덮개를 치워 내듯이 나타났다.

아마도 전원이 【은폐】를 써서 이곳까지 이동한 것 같았다.

"제창하게나 —."

【마술사】 교관이 커다랗게 두 손을 휘둘러 올리자 아홉 개의 눈부시게 빛나는 마법진이 손안에 나타났고, 동시에 같은 마법진이 주위의 로브를 두른 남자들 앞에도 하나씩 나타났다.

""『대지의 주박』."""
<small>어스 바인드</small>

순간 주위의 지면이 솟구치더니 당황하는 병사들의 다리를 집어 삼켰다.

그리고 불쑥 다리를 덮은 흙 족쇄 때문에 몸을 움직이지 못하고 깜짝 놀라는 병사들의 저 너머에서 땅을 쿵쿵 울리며 돌진하는 갑옷 차림의 집단이 보였다.

"허허! 이제야, 고대했던 왕도 방위대 【전사 병단】이 드디어 등장하는구나⋯⋯. 어이구, 전원 눈에 핏발이 섰군. 죽이지 말란 소리는 저쪽에 해주는 게 맞지 않겠나?"

"못은 박아 두었습니다. 저 사람들이 가장 걱정이니까요. 자신들이 지켜야 할 도시가 파괴되어서 가장 울화가 치솟았을 사람들 아니겠습니까."

거대한 방패를 앞에 내세우고 단단한 갑옷으로 몸을 감싼 병사들은 흙먼지를 피워 올리며 돌진하다가 기세를 살려서 곧장 황국의 병사들을 들이받았다.

다리를 지면에 고정당한 황국 병사들은 속절없이 차례차례 나가 떨어진다.

개중에서도 선두에 서 있는 남자, 묵중한 인상의 은색 갑옷을 장비했고 덩치가 보통 사람의 세 배는 될 법한 거한은 방패도 검도 지니지 않은 채 몸뚱이 하나로 돌진하여 흙 족쇄에 다리를 고정당한 병사들을 차례차례 하늘 높이 날려버리고 있다. 단지 돌진을 했을 뿐인데 저런 위력이다.

나는 저 인물도 또렷이 기억하고 있다. 저 심상치 않은 체구. 잘못 볼 리가 없었다. 저 사람은 3개월 동안 내 훈련을 살펴보고 도와준 【전사】 훈련소의 교관 본인이었다.

나이 지긋한 마술사 교관은 하늘로 날려 가는 황국의 병사들을 바라보면서 한숨 쉬었다.

"어이구, 험한 몰골이구나. 저거 몇 명은 죽지 않았겠나?"

"……남의 일처럼 말씀하시는군요. 이 작전은 당신이 제안했잖습니까."

"뭐, 어쨌거나 적을 행동 불가능 상태로 몰아넣어서 일방적인 공격을 가하는 게 가장 편하잖은가. 이런 숫자를 상대로 정정당당히 맞붙는 것은 바보짓일세."

"뭔가 묘하게 즐거워 보입니다, 오켄."

"허허! 몇 살을 먹어도 전투에 나서면 피가 끓는다네. 아무튼, 이쪽에서 『감옥』은 만들어 둘 터이니 뒷일은 자네들에게 맡기도록 하겠네, 세인."

"예, 맡겨주십시오."

"자, 잘들 보게나─ 순식간일 터이니. 이보게들, 준비는 되었는가."

"""예."""

그렇게 【마술사】 교관과 검은 로브를 입은 집단은 재차 무엇인가 마법 스킬을 발동시켰다.

""""『암석 감옥』.""""
(스톤 프리즌)

그러자 불쑥 지면에서 높이가 사람 신장의 열 배쯤 되는 견고한 암벽이 솟아올랐다.

그 암벽은 방패 든 남자들에게 나가떨어져서 산처럼 쌓인 황국의 병사들 주위를 둘러싸더니 눈 깜짝할 새에 거대한 『암석 감옥』을 만들었다.

"―그럼 가볼까요, 여러분."

그리고 또 투명한 막이 벗겨지는 모양새로 하얀 로브를 몸에 걸친 집단이 이곳에 나타났다.

"자, 생존자 전원을 **구출해서** 회개시키고 오죠. 사망자는 정보도 노동력도 안 되니까요."

"……그 표현, 역시나 좀 무섭네만."

뒤늦게 온 검을 손에 든 집단과 함께 하얀색 로브 집단은 『암석 감옥』 안쪽으로 밀려들었다. 감옥 바깥에서 우왕좌왕 도망 다니는 병사들은 【전사】 교관의 거대한 팔에 붙잡혀서 차례차례 벽 안쪽에 날아 들어간다. 문득 깨달았을 때는 암벽 위쪽에서 검은 로브 집단과 활을 손에 든 집단이 쭉 늘어서서 주위를 내려다보고 있었다.

지금, 왕국의 병사들이 이곳을 완전하게 지배하고 있다.

그렇게— 모든 황국의 병사들이 『암석 감옥』에 수감되어 항복할 때까지 긴 시간이 걸리지는 않았다.

41 추격의 마룡

"노르 선생님……. 괜찮으세요?"

전투의 마무리를 지켜보다가 내가 기진맥진해서 쓰러질 뻔했을
때 린과 이네스, 로로가 달려와줬다. 린은 내 상태를 보고 곧바로
뭔가 회복 마법을 써줬고, 덕분에 체력이 상당히 회복되었다.
어떤 마법인지는 잘 모르겠는데 이제는 몸을 움직일 수 있을 지경
까지 회복이 됐다.
역시 이 아이는 굉장하구나. 뭐든 다 해내버린다.

"그래, 덕분이 꽤 좋아졌어. 고맙다, 린."

몸 상태가 제법 괜찮아진 나는 바닥에 주저앉아 있다가 일어서서
흑색의 검을 주워 들었다.

"……정말 괜찮으십니까? 조금 더 쉬셔도 됩니다만."
"아니, 충분해. 이제 몸이 좀 움직이네."

그래도 역시 배가 꽤 고팠다.
가능하면 지금 배를 좀 채우고 싶은 마음이지만……. 상황이 이렇

않은가.

더 욕심을 부릴 순 없겠다.

주위에서는 병사들이 분주하게 움직이고 있다.

하얀 로브 집단이 갑옷을 껴입은 집단과 함께 암석 감옥에 들락날락하며 수감해 놓은 황국의 병사들을 순서대로 데리고 나와 부상을 치료해주거나 뭔가 캐묻고 있다.

"……어떤가, 시그. 뭔가 솔깃한 정보는 있었던가?"

가까이에서 얘기 나누는 목소리가 들렸다.

고개 돌려서 보니 【마술사】 교관과 【검사】 교관이었다.

"……그래. 세인이 심문해서 지휘관에게 자백을 받아 냈지. 복병은 없다. 이곳에 있는 병력이 전부라는군. 왕도 내부는 카르가 다시 수색해서 더 이상 숨은 위협은 없다고 보고가 들어왔네. 확실할 테지."

"그러면 드잡이질은 대강 다 끝난 셈인가. 허허!"

【마술사】 교관이 흐뭇이 대답하며 집게손가락으로 긴 수염을 빙글빙글 만지작거리고 있다.

"다만 황제가 안 보이더군. 도망친 것 같다."

"─황제? 웬 뚱딴지같은 소린가? ……설마, 황국의? 그 음험한 영감이 이곳에 왔었다는 말인가?"

173

"그래. 복수의 포로가 똑같이 증언했지. 거짓 정보가 아니야. 금색의 갑옷을 입은 남자다."

"거 희한한 사람이군. 혹시 그 녀석…… 바보가 아닌가? 군사력에 꽤나 자신이 있었을 터이나 국민들더러『현제(賢帝)』라 부르도록 시키는 인물이라기에는 사려가 매우 부족하군. 허허!"

"……금색 갑옷? 그 노인 말인가."

무심코 목소리가 나온 나에게 두 사람이 고개 돌린다.

"……자네, 짚이는 사람을 보았나?"

"그래. 금색 갑옷을 입은 묘한 노인이라면 아까 만났었지. 타고 다니는 말에도 똑같이 금색 갑옷을 입혀 놓아서 무척 눈에 띄더군."

【마술사】교관은 무엇인가 골몰히 생각하는지 여봐란듯이 수염을 쓰다듬으며 고개를 갸웃거렸다.

"말에, 금색 갑옷이라니……. 설마『왕류금속』재질의 마구인가? ……오호라. 비록 외형이야 취미 고약하다는 말이 나올 터이나 제법 폭넓은 용도로 활용되는 우수한 장비이니까 말이지. 지휘관의 말에 채워줄 장비라면『부여』는 【근력 강화】와 【바람막이】, 그리고 【화살 반사】 정도이려나? 그렇다면 이리 잽싸게 도망친 것도 납득이로군. 어디, 이미 상당히 먼 곳까지 도망쳤을 게야. 어찌 대응을 할 텐가?"

【마술사】교관은 풍성하게 기른 하얀색 턱수염을 쓸어 만졌다.

"……국경을 지나 도주했다면 더 이상 쫓아갈 방법이 없지. 녀석을 놓친다면 태세를 재정비해서 다시 침공에 나설 것이다."

"그리할 테지……. 황국 안에 들어가면 군사를 주둔시킨 관문도 다수 위치하고 있는 데다가 큰 계곡에 놓인 다리도 있잖은가. 당연히 황국 국적의 인간이 아니면 통과시켜주지 않을 게야."

"그럼 포기하는 건가?"

"아니, 아니지. 그 못된 영감을 궁지에 몰아넣을 수 있는 천재일우의 기회일세. 가만 앉은 채 놓쳐서야 쓰겠나. 다만, 이미 국경을 넘어갔을지도 모르는 터라……. 어이구, 하늘을 날아 쫓아가는 게 아닌 한에야, 끙."

―하늘이라.

"방법이 없다면 어쩔 수 없지. 추적은 포기하고 다음 공격에 대비하는 방비책을 마련하겠다."

"너무 서둘러 결론 내리지는 말게나. 조금 더 머리를 쥐어짜면 좋은 방안이 나올지도 모르잖은가?"

"방안이 있는 건가?"

"아니, 이제부터 고민을 좀……."

"느긋하게 회의를 할 시간은 없군."

"그럼 써먹을 방법이 있는 것 같은데."

"······뭐라고?"

문득 한 가지 방법이 떠올랐던 나는 두 사람의 대화에 끼어들었다.

"자네······. 지금, 뭐라 말했나? 써먹을 만한 방법이 있다니, 무슨
뜻이지?"
"방금, **하늘을 날아가자**는 얘기 말이야. 아마 써먹을 방법이 있는
것 같아서 알려주려고."

노교관이 몸을 돌려서 내 얼굴을 쳐다봤다.

"······허허. 재미있는 말을 꺼내는 녀석이구나. 대체 어떻게 하늘
을 날아 쫓아갈 텐가? 뭐, 나 하나쯤이야【부유^{플로트}】로 날아갈 수 있겠
지. 그렇다고 나 혼자 쫓아가서 녀석들을 확 붙잡아 오기는 불가능
하다네."
"아니, 분명히 여러 사람이 날아갈 수 있어."
"여러 명이서? 그런 편리한 방법이 있단 말이더냐······? 속도는
어느 정도이고? 따라잡지 못하면 아무 의미가 없네만."
"그 부분도 아마 괜찮을 거야. 비행 속도는 꽤 빠를 테니까. 뭐,
그 녀석이 아직 살아 있어야 쓸 만한 방법이지만."
"······그 녀석? 또 누구 말인가?"

누구는 아니고. 음, 그 녀석은 인간이 아니니까. 게다가 부탁을

과연 들어줄지 확실하게 보장도 못 한다만.

"아마도 괜찮을 거다. 이 아이가 힘을 써주면 어떻게든 될 거야."

나는 바로 곁에 있었던 로로의 얼굴을 빤히 바라봤다.

"……엥. ……뭐야……? ……나?"
"……허허……? 그 아이는, 『마족』의…… 아이로구나. 오호, 옳거니. 그러면 어디, 들려주겠나? 자네의 묘안이 무엇인지를."

달리 할 일이 있다는【검사】교관과 헤어진 뒤 우리는 얼마 전【붉은 빛】에 맞아서 용이 추락했던 장소로 갔다. 그곳에는 온몸이 까맣게 탄 거대한 용이 쓰러져 있었다.
움직이지도 않아서 이미 죽었나 생각했는데 귀를 가져다 대니 심장은 아직 움직이는 것 같았다. 굉장한 생명력이다.

서둘러 치료하면 살아날지도 모른다.
그런 이유로【마술사】교관이 서둘러【승려】교관을 데려와서 곧바로 용의 치료가 시작되었다.

"제가 이제껏 다양한 사람들과 동물을 치료했습니다만……. 이렇게 커다란 『용』을 치료하기는 처음이군요."

【승려】교관은 그렇게 말한 뒤 웃고는 숯처럼 새까맣게 탄 용의 비늘에 손을 가져다 대서 조용히 무엇인가를 읊조렸다. 그러자 순식간에 까맣게 불타 문드러졌던 비늘이 새로 자라나고, 쭉쭉 갈라졌던 발톱과 이빨도 재생된다. 터무니없는 힘이다.

눈 깜짝할 사이에 거의 시체와 다름없었던 용에게 생기가 돌아온다.

린에게 말을 들었는데 회복 마법은 체력이 꽤 소모된다고 했다.

실제로 내게 마법을 걸어줬을 때 린은 살짝 지친 기색이었고, 나 또한 【로우 힐】을 쓴 뒤에는 배가 고프다.

이토록 거대한 생물을 치료하려면 무척 힘들 것이다.

"……세인 선생님. 역시 저도 도와드릴까요?"

"이런 정도는 아무것도 아니랍니다. 제게는 전문 분야니까요. 게다가 린. 당신, 조금 무리를 했군요? 지금은 더 이상 힘을 써서는 안 됩니다. 쉬고 계세요."

"네……. 알겠습니다."

혹시 나 때문에 린이 뭔가 버겁게 힘을 써버렸던 게 아닐까.

뭐든지 다 해낸다는 생각에 너무 의지했는지도 모르겠다. 대화를 듣고 잠깐이나마 반성했다.

"그건 그렇고."

승려 교관은 용의 신체에 손을 얹은 채 얼굴만 돌려 쳐다보더니 웃었다.

"정말로 많이 자랐군요— 노르. 못 알아볼 뻔했습니다."
"뭐라? 이 남자가…… 노르라는, 말인가?"

아무래도 승려 교관은 나를 기억해주나 보다.
마술사 교관은 싹 잊고 있었던 것 같지만.

"그래, 정말로 오랜만이야. 그쪽은 두 사람 다 전혀 변하질 않았군."
"후후, 마주하고 바로 알았습니다. 체격은 많이 달라졌어도 얼굴 생김새와 분위기는 옛날과 똑같은걸요. 빈사에 처한【재액의 마룡】을 부활시켜달라는 게 대체 누구의 제안인가 놀랐습니다만……. 바로 당신이었군요. 당신의 부탁이라면 힘을 아끼지 않고 도와드려야죠. 오켄의 부탁이었다면 문답 무용으로 거절했을 테지만 말입니다."

승려 교관은 나의 기억 속에 있는 옛 모습과 똑같이 친절하게 웃음 지었다.

"허허! 자네, 옛날에 만난 노르인가? 어딘가에서 본 듯한 얼굴이라는 생각은 했네만……. 덩치가 꽤나 커다래졌어. 나는 전혀 못 알아봤다네! 시간 흘러가는 게 정말 빠르이. 그로부터 10년은 훌쩍 지나지 않았나?"

마술사 교관도 뒤늦게나마 나를 떠올렸나 보다.

혹시 완전히 잊어버렸을지도 모르겠다고 생각했던 만큼 저절로 기쁜 마음이 든다.

"15년쯤 됐군. 교관, 나도 또 당신들과 만나게 될 줄은 몰랐어. 아직까지 살아 있었구나."

"허허……? 자네, 은근슬쩍 못된 소리를 하는군? 나야 100년은 더 여유롭게 팔팔 살아갈 자신이 있네. 자네보다 오래 살 계획이니까 알아 두게나? 허허헛!"

"하하, 농담도 바뀐 게 없군. 기력이 좋아 다행이야."

"아니, 딱히 농담 삼아서 한 말은 아니네만……? 나는 언제나 팔팔하다네! 허헛!"

노인은 자랑스럽게 턱수염을 만지작거리며 즐거이 웃는다.

역시나 내가 잘 알고 있는 표정이었다. 정말 반갑다.

"그나저나, 이 녀석이 소문 자자한 【재액의 마룡】인가……. 박력이 엄청나구먼. 『전설』 속 존재를 이렇게나 가까운 곳에서 살펴볼 수 있게 되다니. 아무튼 오래 살고 볼 일이야."

"그러게 말입니다. 저도 설마 직접 만져볼 수 있을 줄은 생각도 못 했습니다."

"다만…… 정말로 괜찮은 겐가? 노르. 이 거대한 녀석이 또 난동부린다면 나는 막아 낼 자신감이 별로 없다네?"

마술사 교관은 떨떠름한 표정으로 용의 거대한 몸을 올려다봤다.

이 용이 난동 부리면 물론 나 또한 막아 낼 자신은 없다.

뭐, 아무튼 간에 지금 이곳에는 나 따위와 비교도 안 되는 강자가 잔뜩 있기도 하고, 게다가 무엇보다도— 로로가 있지 않은가.

"걱정하지 않아도 돼. 로로가 여기 있으니까."

"……로로, 말인가? 그게 자네의 이름이로군."

내가 로로에게 눈을 돌리자 마술사 교관도 같이 눈길을 준다.

두 시선을 받은 로로는 움찔 어깨를 떨었다.

"……허허. 그래, 자신은 얼마나 있는가, 로로 군."

"으읏……. 저, 전혀…… 자신 없는데."

"……허? 허헛……?! 자, 자신이 없다……? 이게 웬……?"

마술사 교관은 불쑥 절망에 휩싸인 사람처럼 어두운 표정을 지은 채 나의 얼굴을 돌아봤다.

……그렇게까지 어두운 표정은 안 지어도 될 텐데.

로로의 자신감 없는 모습을 보고 걱정하는 마음은 이해된다만.

"괜찮아, 교관. 이래 보여도, 로로는—."

내가 로로의 능력을 설명해주려던 때에 갑자기 대지의 밑바닥에서 끓어오르는 듯한 땅울림이 발생했다.

마치 지진 같다는 생각도 들었지만, 아마도 용의 신음 소리이겠다.

"슬슬 용이 의식을 되찾는 것 같군요."

"벌써 말인가? 굉장하군."

"허, 허허허…… . 정말, 괜찮은 게 맞는가……?!"

"그래. 로로, 부탁하지."

불쌍할 만큼 얼굴에서 핏기가 싹 가신 노교관에게 로로의 『힘』을 설명해주고 싶었지만, 뭐, 괜찮을 테지.

내가 나서서 설명하기보다 실제 보고 깨닫는 것이 훨씬 빠를 테니까.

"……으, 응."

로로가 눈을 감는다. 직후, 용이 거대한 목을 들어 올렸다.

지면에 누워 있었을 때도 터무니없이 큰 녀석이라는 인상을 받았는데 역시 올려다보게 되니까 더욱 커다랗다는 느낌이다.

곧이어 용은 사지를 대지에 박아 세우며 일어나서 턱을 하늘로 뻗어 포효했다.

노여움을 느끼게 하는 통곡이 대지를 뒤흔들고, 주위에 서서 버티지 못할 만큼 큰 충격이 치달린다.

근처에 있을 뿐인데 온몸의 피부가 찌릿찌릿 떨린다.

"—역시, 커다랗구나."

용은 장대한 턱을 빙글 회전시키더니 우리를 보고 돌아섰다.
수정같이 빛나는 거대한 눈동자가 발밑에 있는 존재를 바라봤다.
—저 용과 시선을 마주하고 있다.
단지 그뿐인데 전율이 일어난다.
거대한 생물을 무서워하는 것은 본능적인 감정일 테지.

"……다행이야. 부탁한 대로 다 들어줄 것 같아."

하지만 로로는 저 거대한 용을 앞에 두고도 침착했다.

"그런가. 굉장하구나."

터무니없는 결과를 아무렇지도 않게 만들어 내며 대답해주는 소
년을 보고 불안해하던 교관도 감탄한 것 같았다.

"허허……. 정말 굉장하구나. 이게…… 뭐라고 해야 하는가……. 진
정, 굉장하구나……? 아니…… 정말로, 이거…… 끝내주는구먼……?"

이번에는 반대로 너무 놀라니까 걱정이 된다.

뭐, 나는 이렇게 될 줄 알고 있었던 만큼 애당초 걱정하지도 않았지만.

역시 이 광경은 몇 번을 봐도 굉장하다.

저 거대한 용이 조그마한 소년 로로를 앞에 둔 채 얌전하게 따르고 조용하게 앉아 있다.

용은 몸을 구부려서 나지막하게 땅울림 같은 소리를 내며 으르렁거리고 있다.

저 목소리의 의미는 나 또한 어렴풋하게 알 수 있었다.

"그렇군, 화가 난 모양이구나."

나는 산속 생활이 길었던 까닭인지 동물의 감정을 조금이나마 알아볼 수 있다.

이것은 동물들이 무엇인가에 조용히 분노하는 음색―.

자신의 소중한 무엇인가에 상처를 받아 어떻게든 갚아주고자 벼르는 때의 느낌이다.

"응…… 화난 것 같아. 그, 그리고…… 감사의 말도 했어. 치료해줘서 고맙다고."

"그런가."

분명 땅울림 같은 목소리의 안쪽에 우리에 대한 배려와 비슷한 감정이 느껴진다.

이 용은…… 악룡이라는 생각만 쭉 했었는데 사실은 의외로 포악한 면만 가득한 것도 아닌 듯싶군.

"놀랍군……. 세세한 말까지 나눌 수 있나? 굉장하구먼, 굉장하구먼……! 이보게, 로로 군……. 나중에 통역을 좀 맡아주겠나? 이런저런 연구를 진척시킬 수 있겠어."

"오켄, 순서가 틀렸습니다. ─우선은 별거 아닙니다, 대답부터 해야죠."

용을 상대로 어린아이처럼 눈을 빛내는 노인과 차분하게 웃음 지으며 손을 흔드는 【승려】교관.

대조적인 두 사람을 앞에 둔 용이 또 목으로 나직하게 소리를 냈다.

"지금 이 용이 뭐라 말했는지 알아듣겠는가? 로로."

"응……. 이 아이, 원수를 갚아주고 싶대……. 아마도. 그러니까 명령해주면 좋겠다고 말했어."

"뭐, 뭣이라……. 명령해달라……? 저 마룡이 명령에 따를 지경으로 길들였다는 말인가?! ……그, 그것참, 굉장하구먼……! 진짜…… 굉장하구먼……!!"

이 노인, 아까부터 굉장하다는 말밖에 못 하는 듯싶은데 마음은 이해된다.

솔직히 나도 줄곧 똑같은 심정이었다.

"그래, 맞아. 로로는 굉장하지."

"……아니, 그게 아니라. 이 용은, 노르가 한 말을―."

『크으아아―.』

로로가 무엇인가 꺼내던 말은 용의 포효에 싹 지워졌다.

"……벌써, 빨리, 가고 싶은가 봐."

"그렇군."

"허허……. 오호라. 요컨대 자네의 묘안이라는 것은 이 용의 등에 타 날아가자는 말이었군."

"그래, 이제는 다들 알았겠지. 이 녀석 위에는 몇 명이든 올라탈 수 있을 테니까."

"……굉장하구먼. ……허허. ……호쾌하구먼! 멋지군! 나도 같이 따라가고 싶구나!"

"안 됩니다, 오켄. 당신은 암석 감옥의 관리를 맡아줘야죠. 같이 갈 처지가 못 됩니다."

"아, 알고 있다네……. 말만 해봤을 뿐이야."

무척 아쉬워하는 노교관을 놓아둔 채 로로와 이네스, 그리고 린이 차례차례 용의 등에 올라탄다.

"로로와 린도 가는 건가?"

"네. 마룡에게 로로도 동승하려면 옆에서 지켜줄 사람이 필요하니까요. 이네스와 제가 그 임무를 맡겠습니다."

"……그러고 보니, 그렇겠군."

그러고 보니 거기까지는 생각을 안 했다.

로로가 가지 않으면 아무도 용과 이야기를 나누지 못한다.

하지만 이런 어린아이를 위험한 곳에 보낼 순 없잖은가.

어떻게 해야 하나……?

"어차피 저도 따라갈 생각이었습니다. 선생님도, 물론 같이 가시겠지요?"

"나? ……응……? ……나도, 간다……?"

아니…… 잠깐만, 기다려달라.

나는 하늘을 날아가는 수단을 가르쳐주려는 생각이었을 뿐 별로 나까지 같이 갈 의도로 한 말은 아니었다만.

아니, 따라가려거든 갈 수는 있다.

애당초 말을 꺼낸 사람이 나라서 같이 가는 게 좋다는 것은 대강 알겠다.

……다만 한 가지 큰 문제가 있었다.

나는 높은 곳이 좀 거북하다.

절대 안 된다는 말은 아니지만…… 매우 거북하다.

높은 벼랑 위쪽에 서기만 해도 몸이 움츠러들어서 아무것도 할 수가 없다.

아래만 안 보면 어찌어찌 움직일 수는 있지만…….

솔직히 높은 곳에 가자는 것은 별로 내키지 않는다.

다만 나 때문에 임무를 맡게 된 로로를 보내고, 정작 말을 꺼낸 본인이 안 가겠다고 내빼면 꼴이 좀 우스울 듯싶다.

"알겠다ㅡ. 나도…… 가도록 하지."

나는 각오를 다진 뒤 린에게 대답했다.

"저도 같이 가겠습니다. 어리석은 인간의 뒤치다꺼리는 마지막까지 맡아줘야 할 테고요, 『대화』는 저희의 특기 분야잖습니까? 그렇죠? 카르."

"……너와 똑같이 취급하지 마라. 나는 장난으로 상대를 공포에 빠뜨리는 짓은 안 한다."

불현듯 등 뒤에 새카만 차림으로 몸을 감싼 가면남이 나타났다.

혹시 지금까지 쭉 저기에 있었던 걸까. 전혀 알아차리지 못했다.

얼굴 대부분을 가면으로 가려 놓았지만, 나는 저 모습을 본 기억이 있다.

저 사람은 내가 훈련을 받던 때 지도를 맡아주었던 【도적】 교관이었다.

"오랜만이구나, 노르. 나도 데려가라. 놈들의 【은폐 강화】 마도구를 받아 왔다. 이렇게 큰 녀석을 타고 날아가겠다면 【은폐】는 필수이지. 내가 그 임무를 맡아주마."

"그래, 고맙군."

"카르 선생님, 잘 부탁드립니다."

"허헛! 이네스에 카르, 그리고 린네부르크 아씨까지. 이 인원이면 소수 정예여도 걱정할 필요 없겠군. 그럼 시간도 얼마 없겠다, 당장 출발을ㅡ."

"ㅡ잠시 기다려주게. 나도 같이 태워주겠나. 교섭을 맡을 인물도 필요할 테지."

우리가 용의 등 위에 올라타려던 때에 또 뒤쪽에서 귀에 익은 목소리가 들렸다.

"ㅡ오라버니?"

그곳에는 린의 오빠가 있었다.

그리고 또 바로 뒤쪽에 한 사람 더, 낯익은 인물이 서 있었다.

"ㅡ아버님까지, 무사하셨군요."

"그래. 걱정을 끼쳤구나. 너도 무사해서 다행이다."

린이 아버지와 재회하며 기뻐하는 동안에 린의 오빠는 곧장 이네스를 향해 걸어가서 말을 건넸다.

"이네스. 미슬라에 안 가고 돌아왔구나."

"……예. 명령 위반의 처벌은 달게 받겠습니다."

"아니……. 오히려 어리석은 명령을 내린 사람은 나다. 왕도에 돌아와주어 고맙다, 이네스. 노르 공도 돌아와줘서 정말 큰 도움이 되었군."

"뭐, 느긋하게 여행이나 할 상황이 아니었으니까."

"……그래. 보는 바대로 심각한 상황이지."

"—다만, 아직도 끝이 안 났을 테지? 가려면 서두르는 게 좋을 듯 싶군."

"그래, 옳은 말이야. 그럼 아버님, 다녀오겠습니다."

"그래. 부탁하마, 레인. 현지에서 내려야 할 모든 판단은 네게 일임하겠다. 이제는 네가 오히려 우리나라의 상황을 잘 파악하고 있는 입장이 아니더냐. 결과는 나중에 알려주면 된다."

"네."

그렇게 다들 용의 등에 올라타고, 나 또한 주뼛주뼛하며 용의 등에 올라타려고 할 때 린의 아버지가 막 엉덩이를 붙였던 나를 불러 세웠다.

"노르 공."

"음?"

"자꾸 의지하게 되어 미안하군. 두 아이를 잘 부탁하겠네."

"……그래, 걱정하지 마. 무사히 돌아올 테니."

"믿겠네."

린의 아버지는 내 눈을 똑바로 주시하며 상처와 주름이 새겨진 얼굴에 부드러운 미소를 지어 보였다.

"……좋아, 날자."

로로의 조용한 말에 반응하듯이 용이 커다랗게 날갯짓했다.

그냥 날갯짓인데 주변 일대에 세찬 폭풍이 불어닥친다.

강풍에 휩쓸려 날아가는 잔해물과 흙먼지가 흩날리는 와중에 충격과 함께 용의 거체가 솟아오르면서 우리는 하늘을 향해 날아올랐다.

"가는군."

"그래."

거대한 용이 날아서 떠나간 뒤에 우뚝 서 있는 암벽의 그늘에서 한 명의 인물이 얼굴을 드러냈다.

그 옆에는 은색 갑옷으로 몸을 감싼 거구의 인물이 서 있다.

【검성】시그와 【순성】단다르크라고 불리는 두 사람은 점점 작아지는 용의 그림자를 바라보면서 나란히 말이 없다.

잠시 묵묵히 하늘을 바라보다가 묵중한 갑옷을 몸에 착용한 거한이 입을 열었다.

"이봐, 시그. 정말 괜찮았나? 저 녀석⋯⋯. 노르한테 인사라도 하지 그랬냐."

"딱히 상관없다. 저 소년이 무사히 살아 있었다는 것을 알았지. 그것만으로도 충분하다."

"그래도 너, 저 녀석을 찾아다녔잖아? 저 녀석이 사라졌던 게 자기 책임이라며 줄곧 넋두리를 늘어놓았었지."

"그것은 너도 마찬가지일 텐데."

"그야, 뭐, 그때는 다들 비슷하게 책임을 느꼈지만 말이다⋯⋯. 설마하니 네가 할 일을 전부 내팽개치고 『그 소년을 찾으러 떠나겠다』라며 짐을 꾸리기 시작했을 때는 되게 불안했거든? ⋯⋯그런 녀석을, 드디어 만났는데 말이야."

"이제 되었다. 나의 볼일은 이미 끝났으니까."

"끝났다?"

"……애당초 우리가 나설 무대는 없었다는 결말일 뿐. 우리가 그 **소질 가득한** 소년을 맡아 가르치겠다는 것은— 터무니없는 자만에 불과했다. 그 소년이 설마 저러한 지경의 인물이 되었을 줄이야."

두 사람은 주위 일면에 흩어져 있는 검과 방패, 그리고 적의 주력이었을 마도 병기의 잔해를 둘러봤다.

저것들은 고작 한 명의 인물이 1만을 넘는 병사들 속에 뛰어들어서 전부 후려쳐 날려버린 결과라는 것이 도저히 믿기지 않았다.

"……그렇군. 저 녀석 앞에서는 우리 【육성】도 고개를 못 들지. 오켄 영감이 말했던 대로 가만히 놔뒀는데 알아서 다 자라버렸어. 게다가 황당할 만큼 강하게— 이래서는 마치 동화책 속 영웅님 같잖냐. 진짜 웃음만 나오는군."

단다르크가 가만히 말한 뒤 어깨를 으쓱거리고 거대한 몸을 유쾌한 웃음과 함께 흔들었다.

"……단다르크. 왕도의 복구 작업이 끝나면 손을 빌려다오. 나는 하나부터 열까지 다시 단련하겠다. 아니면…… 따라갈 수가 없으니."

허리에 찬 검에다가 손을 얹으며 조용하게 말을 꺼내는 남자의 얼굴은 몹시 진지했다.

"이런, 이보게. 설마 이 나이에 도전자 행세를 할 셈이야? 상관없지만……. 우리도 나이 지긋하게 먹은 사람들이니까 웬만하면 조용히 자기 자리를 지키는 것은 어떤가?"

"검의 길에는 끝이 없다. 자신의 미숙함을 뼈저리게 깨달은 이상 무사태평하게 검을 녹슬게 놔둘 순 없지. 지금부터라도 죽을 각오로 매진하지 않는다면— 영원히 저 남자의 뒤에서 낙오될 테니."

"……뭐, 네가 열심인 녀석이라는 건 이미 잘 알지만 말이야."

매사에 융통성이 없는 오랜 친구의 말에 단다르크는 머리를 긁적이며 한숨 쉬었다.

"……그렇게 대단한가? 난 직접 못 봐서."

"그래. 나는 지금 게을렀던 자신이 진심으로 부끄럽다네. 다른 사람에게 무엇인가를 가르칠 수 있다며 제자리걸음을 할 때가 아니었던 거지."

그렇게 말하며 【검성】 시그는 손가락으로 칼집을 톡톡 매만지고 있다.

이 동작은 이 남자가 몹시 기분이 좋을 때 보이는 움직임이라는 것을 오래도록 알고 지내온 단다르크는 잘 알고 있다.

"그렇다기에는 무척이나— 기뻐 보이잖냐."

정확한 지적인지라 잘 웃지 않는 남자가 입꼬리를 크게 끌어 올린다.

"……당연하다. 저런 광경을 보게 되었잖은가."

친구의 대단히 드문 웃는 얼굴을 본 거구의 남자도 활짝 웃었다.

"뭐, 동감이군……. 저런 대단한 광경을 보게 된다면야, 누구든 마찬가지지."

두 사람은 제자리에 나란히 선 채 하늘 저편으로 날아 떠나가는 【재액의 마룡】이 시야에서 사라질 때까지 가만히 배웅했다.

42 빛나는 큰 방패

우리는 틀림없이 이쪽 방향으로 도망치고 있을 황제를 쫓아 마룡의 등에 올라타 하늘을 날아가서— 곧 국경을 넘었다.

지금 【재액의 마룡】에는 【은폐 강화】 마도구를 쓴 【은성】 카르 선생님이 【은폐】를 걸어 놓았다.

이곳까지 세 개쯤 되는 도시와 관문을 지나왔지만, 지상에서는 아무도 알아차리는 낌새가 없다.

덕분에 마도황국의 영토를 아무에게도 방해받지 않은 채 전진할 수 있었다.

다만—.

"도망친다면 반드시 이 방향일 텐데— 어떤가? 뭔가 발견했나?"

"아니, 목표 비슷한 인물은 【탐지】 범위에 없군. 그쪽은 어떤가, 린네부르크 님."

"아니요……. 저도 아까부터 쭉 찾아봤는데 눈에 띄는 게 없습니다."

나와 카르 선생님은 각각 【탐지】, 【매의 눈】, 【원시】, 【투시】 스킬을 사용하며 주위를 계속 수색하고 있다.

하지만 황제의 종적은 전혀 찾아내지 못했다.

출발하고 제법 긴 거리를 나아왔는데도 불구하고.

"【은성】과 린, 두 사람이 똑같이 아무것도 못 찾아냈다면 이미 상당히 먼 앞쪽까지 달아나버린 듯하군. 최악의 경우— 놈은 이미 황도에 도착했을 가능성도 있다."

우리가 탄 용은 커다란 계곡 접어들었다. 양쪽 벼랑에 놓인 긴 다리가 보인다.

저것이 예로부터 왕국과 황국을 구분하는 경계선이었다고 일컬어지는『강철의 다리』.
아이언 브리지

저 다리를 넘어가면 황제를 추적하기는 더욱 어려워질 것이다.

저 너머에는 삼엄한 요새가 다수 지어져 있다.

황제가 거주하는 본거지『황도』는 저 너머에 있고, 그곳까지 도망치도록 허용하면 붙잡는 것은 매우 어렵다.

모두가 잘 알고 있는 사실이었다.

먼저 카르 선생님이 입을 열었다.

"여기까지 온 마당에 아쉽겠지만, 철수하는 길도 고려해야 할 테지. 이 앞은 본격적으로 황국의 지배 영역이다. 클레이스 왕국과 국경 부근에는 수많은 요새가 있고, 자릿수가 다른 병력이 배치되어 있지. 무턱대고 진입할 순 없다. ―어찌할 텐가?"

"그렇군―."

"노르 선생님께서는 어떻게 생각하십니까? ……선생님?"

오라버니와 카르 선생님이 대화하던 중 나는 노르 선생님에게 의견을 구하고자 말을 붙였지만, 선생님께서는 지상에는 눈길도 안 주고 하늘을 우러러볼 뿐 줄곧 말씀이 없으셨다.

눈을 꾹 감고 줄곧 무엇인가를 깊이 생각하는 모습이고 내 물음에도 전혀 반응을 보이지 않는다.

대체 어떠한 생각을 하고 계실까.

내가 의문을 느끼면서도 선생님의 등을 바라보던 때 불현듯 시야 저편에서 빛나는 것이 눈에 들어왔다.

【원시】스킬로 확인하니 금색 갑옷을 걸친 말이 터무니없는 속도로 땅을 달리고 있다.

"저곳― 뭔가 있습니다. 엄청난 속도로 이동 중이에요."

"저놈이다. 드디어 찾았군, 놈이 황제다. 하지만 이미 황도의 방어망이 지척인 위치구나. 쫓을까, 철수할까. 지금 당장 판단을 마쳐야 한다."

황제가 말을 몰아치며 거대한 마철제^{마나 메탈} 문 너머로 빨려 들어갔다.

그 주변에는 돌과 마철을 뒤섞어서 지은 거대한 성벽이 솟아 있고, 또 상부에는 전장에서 보았던 검은 통 형태의 마도 병기나 몇 문이나 배치되어 있었다.

그리고 벽 너머에도 다수의 요새가 쭉 늘어서 있다. 이 앞쪽은 마철로 건조된 위용 넘치는 병기가 쭉 늘어서 있는 구역이다.

대대로 마도황국의 황제가 인접해 있는 왕국의 힘을 경계한 끝에 50년의 긴 세월에 걸쳐서 지어 올렸던 거절의 벽.

이대로 황제를 추적하겠다면 우리는 현재의 소수 인원으로 사지와 다를 바 없는 저곳에 뛰어드는 셈이다.

"……계속 추적하려면 **저것들**을 넘어갈 필요가 있단 말씀이군요."

"맞다. 아마 불가능하지는 않겠지만, 나는 저곳을 돌파해서 무사히 돌아올 수 있다고는 상상도 안 되는군. 갈 때는 차라리 괜찮다. 다만 돌아오는 길에는 어쩔 수 없이 【은폐】의 효과가 약해진다. 무사히 복귀할 수 있다는 기대는 안 하는 것이 좋겠지."

카르 선생님도 나와 똑같은 우려를 품고 있는 듯했다.

"카르의 말은 당연히 이해된다만, 이곳에서 저놈을 놓아주는 선택지는 없다."

오라버니가 씁쓸한 얼굴로 말했듯이 지금 이곳에서 황제를 놓치면 반드시 더욱 증강된 병력으로 곧 보복에 나설 것이다.

이번에 왕국으로 쳐들어왔던 병사들은 대부분 빈민과 농민, 아울러 이웃 나라에서 대량 발생한 난민을 징용하여 편성되었다. 황국은 초심자나 마찬가지인 인원에게 뛰어난 무기와 방어구를 들려줌으로써 눈 깜짝할 새에 강력한 병력을 갖출 수 있다.

마도황국의 힘은 이렇듯 강력한 마도구를 「반복 생산할 수 있다」는 생산력에서 비롯된다.

뛰어난 무기와 방어구는 자원만 확보하면 얼마든지 양산이 가능하다.

덧붙여서 영토 확대에 쭉 힘을 써왔던 황국은 자원을 풍부하게 비축하고 있다.

가장 무시무시한 것은 저들이 인간마저도 소비 가능한 「자원」으로 취급한다는 데 있다.

지금 저 나라에는 온갖 『자원』이 잔뜩 넘친다.

황제 본인이 일으키는 전란 때문에 늘어난 빈민 및 난민에게 「부와 명예」를 주겠다며 사탕발림으로 병사를 징발한다.

그렇게 하면 **숫자**를 간단하게 확보할 수 있다.

이미 전쟁은 시작되었다.

저들은 약간의 시간만 주어지면 전력을 증강할 수 있다.

이번 출진에서 큰 패배를 겪었던 만큼 다음에는 더욱 강대한 병력과 장비를 갖춘 이후에 쳐들어온다.

지금 황국에 절대 시간을 주면 안 된다.

만약 가만히 방치했다가는—.

"레인 님, 린네부르크 님. 그러면 저에게 **섬멸** 허가를 내려주십시오."

불현듯 이네스가 우리 앞쪽에 걸어 나왔다.
그러고는 **섬멸**의 허가를 내려달라는 말을 꺼냈다.

"……섬멸?"

나는 지금 이 순간까지 매우 중요한 사실을 잊고 있었다.
이네스가 어째서 【육성】을 상징하는 【성】보다 더욱 **상위**에 있는 칭호를 받아 불리는지를.
『전설』이 될 만하다는 평가까지 받는 인물의 능력을.

【신순】이네스. 지닌 능력의 본질은 **단지** 지키는 것이 아니다.
【신순】과 나란히 【신검】이라는 이름을 하사받았는데도 불구하고 이네스가 평소에 굳이 『방패』를 자처하는 까닭은 지키는 능력이 더 뛰어나기 때문은 아니다.
오히려 반대. 『검』은 지나치게 강력한 터라 **이렇다 할 사용 기회가 없다**는 데서 기인한다.

그렇다, 나는 완전히 잊고 있었다.
너무나 오래 이네스와 함께 지냈던 까닭에, 이네스가 내게 너무나 고분고분 따라주었던 까닭에 완전히 간과하고 말았다.
이곳에 있는 걸물은 노르 선생님 한 분이 아니라는 사실을.

터무니없이 **파격적**인 인물이 또 한 명 나의 눈앞에 같이 있다는
사실을.

"카르 선생님이 말씀하셨듯이 이대로 저희가 끝내 전진하겠다면
이곳은 퇴각로의 역할도 하게 됩니다. 그렇다면 지금 미리 저것들
을 **섬멸**하는 것이 현명하겠죠."

눈 아래에 펼쳐져 있는 **요새군**을 섬멸하자고 이네스는 마치 당연
한 절차라는 듯이 말한다.
확실히 이네스의 말이 맞았다.
퇴각로로 써야 할 길이라면 위협은 미리 배제하는 것이 좋다.
정말 가능하다면, 당연히.
그리고 이네스는 정말 **가능하다**. 가능케 한다.

"그래. 없애버려라, 이네스—. 마음껏, 힘을 써서."
"분부 받들겠습니다."

이네스도 평소였다면 이러한 말을 꺼내지 않았다.
애당초 다른 사람을 쓸데없이 다치게 하는 성품이 아니니까.
조금 의외라는 생각을 했다. 하지만 잘 생각하면 당연한 사실.
지금 황국에 불쾌감을 느끼는 게 비단 이 용뿐은 아니다.
오라버니도, 물론 나도.
또한 **이네스**도 화가 났을 따름이다.

자신이 태어나서 자란 곳, 목숨을 걸고 지키겠다고 맹세했던 도시가 기껏해야 야욕 때문에 엉망진창 짓밟혔으니까.

—말로 표현하지 않았을 뿐 이네스는 줄곧, 줄곧 조용히 화를 삭여야만 했다.

"……로로. 미안하지만 이 용에게 말을 전해주겠나. 지금부터 **가능한 한 낮게** 날아가달라고. 그리고 사람 하나가 잠시 머리 위에 오르겠지만, 아무쪼록 기분 상하지 말아달라고."

"……으, 응……. 알았어. 말해 둘게."
"그럼 부탁하지."

이네스는 조용히 용의 등 위를 걸어가 곧장 긴 목을 담담하게 지난 뒤 마룡의 머리 위에서 멈춰 섰다.
즉각 용이 급강하하자 눈 깜짝할 새에 우뚝 서 있는 마철 요새가 눈앞까지 육박한다.
우리는 가속을 못 견뎌 떨어지지 않도록 용의 등에 아득바득 달라붙었지만, 이네스는 용의 머리 위쪽에 선 채로 가녀린 팔을 커다랗게 휘둘러서 【재액의 마룡】의 거체를 덮어서 가릴 만큼 거대한 『빛의 방패』를 만들어 냈다.
또한 곧바로 『방패』를 더욱 커다랗게 넓혀서 **횡으로 후려쳤다.**

"【신순】."

한 줄기의 빛이 수평으로 달려 나가자 위용을 자랑하는 마철 요새가 갈라져서 깔끔하게 위아래 두 개로 조각이 났다.
동시에 요새에 설치되어 있는 모든 검은색 포문이 터져 나간다.

이네스는 잇따라 두 번, 세 번 거대한 『빛의 방패』를 휘둘렀고, 그때마다 눈앞에 있는 거대한 건축물이 동강 난다.
용은 지면에 아슬아슬 스칠 듯 날아가고, 이네스는 다가드는 모든 것을 베어 넘긴다.

그렇게 우리는 곧 하나의 방어망을 돌파했다.
용은 가속하자 또 다음 요새가 눈앞에 들이닥친다.
수많은 포문이 우리에게 겨냥되었다.
하지만—.

"【신순】."

다시 또 눈부신 섬광이 뻗어 나가자 굳건하게 우뚝 선 요새는 눈 깜짝할 새에 주사위처럼 조각조각 나서— 우리의 옆을 잔해물 파편이 되어 흘러가 사라진다.
마주하는 사람 전부를 위압하는 것 같았던 건축물들이 잇따라 단순한 금속 덩어리가 되어 대지에 소리를 내며 허물어졌다.

그런 광경이 눈앞에서 자꾸 되풀이된다.

"……굉장해."

이네스의, 진정한 힘.
【육성】전부가「결코 적대하고 싶지 않다」라고 말하게 만든 클레이스 왕국 최강의 『방패』이자 최강의 『검』.

"이제— 퇴각로는 확보되었습니다."
"……그렇군. 수고 많았다."

요새군을 조각조각 절단한 이네스는 숨 한 번 헐떡이지 않았다.
단지 바라보기만 했던 내 심장이 격렬하게 고동을 치고 있는데도.
그러나 오라버니도 카르 선생님도 더없이 침착하게, 무시무시한 광경을 목격했는데도 전혀 동요하지 않은 채 잔해물이 로로에게 맞지 않도록 막아주고 있었다.
정말 굉장한 사람들이구나.
심지어 노르 선생님은 아까 전부터 눈을 꾹 감고 하늘을 우러러보며 미동도 하지 않는다.
마치 이렇게 될 것을 전부 예측했다는 듯.

"—황제의 말이 보이지만 예상보다 더 빠르군. 용이 이 이상 빨리 날아갈 순 없나?"

"……응. 최대한 서둘러주고 있기는 한데……. 우리가 떨어지지 않게 태워주려면 이게 한계인가 봐."

"그런가."

황제는 말 달리는 속도를 더욱 빨리하며 날아가는 듯한 기세로 지면을 박차 나아간다.

아군의 【은폐】는 한참 전 해제되었다. 우리의 존재를 확인한 뒤 전력을 다해 도망치고 있을 것이다.

왕류금속 마구로 강화된 저 준마는 우리가 탄 용이 날아가는 속도보다 훨씬 빠르다.

이대로 가면 황제가 먼저 황도에 도착한다.

"……린. 각오를 다져 두거라. 이곳에서 우리가 어찌 활약하느냐에 따라 전쟁의 추세가 달라질 테니. 우리는 이대로 황제를 쫓아 황도까지 간다."

레인^{오라버니} 왕자는 내게 각오를 요구했다.

목적지는 상대의 본거지, 『황도』. 무엇이 숨어 기다리고 있을지 알지 못한다.

그러나 신기하게도 내 마음에는 전혀 불안이 없었다.

―나의 주위에는 **대단한 사람들**이 많다.

왕국 최강의 『방패』, 【신순】이네스.

아울러 나와 고작 여섯 살 차이인데도 이미 왕에게서 클레이스 왕국의 내정 권한을 받았고, 왕의 다음가는 위치로 【왕도 육병단】을 지휘하는 나의 오라버니, 레인. 더욱이 모든 갖가지 기척을 차단할 수 있고, 왕도의 첩보 부문에서 활약하는 【도적】들 전부를 통솔하는 【은성】카르 선생님과 전설에 등장하는 【재액의 마룡】의 거대한 신체조차 일순간에 치료한 【유성】세인 선생님. 그러한 전설 속 용조차 길들이는 마족 소년, 로로.

그리고 누구보다도.

【재액의 마룡】과 혼자 끝까지 맞서 싸우며 용이 날리는 『파멸의 빛』조차 거뜬히 막아 냈을 뿐 아니라 1만의 군대를 순식간에 무력화시켰고 지금 막 벌어진 처절한 광경에도 아주 약간의 동요조차 내비치지 않았던 노르 선생님.

이분은 지금도 팔짱을 낀 채 지그시 하늘을 올려다보고 있다.

우리 대화를 분명히 다 들었을 텐데 한 마디도 꺼내지 않는다.

—아니.

아마도 선생님은 지금 조용히 듣고 계실 것이다. 우리의 『각오』를.

아마도 선생님만 한 강자라면 황국에 혼자 돌입하더라도 거뜬히 살아 돌아올 수 있을 것이다. 실제 선생님께서는 황국이 침략 때 들고 왔었던 최첨단 병기도 장난감이나 다를 바 없지 않았던가.

황국에 들어갈 텐가, 차라리 물러날 텐가. 언뜻 난해한 듯한 갈등도 선생님께는 아주 하찮은 문제에 불과할 것이다.

……가끔 생각이 든다.

선생님이 지금껏 보여준 것은 진짜 실력의 극히 일부가 아니냐는 의문.

실제 이분은 지금까지 자신이 굳이 공격을 하는 기색조차 내비친 적이 없었다.

이제껏 겪은 사건도 몸에 떨어지는 이슬을 털어 내는 사소한 손짓 정도라고 생각한 것이 아니었을까.

그런 인물을 따라가려고 하는 내가 마땅히 싸워야 할 적의 앞에서 겁부터 집어먹으면 어쩌자는 말인가.

"네. ―저 사람들이 누구를 건드렸는지 뼛속 깊이 깨닫게 해주죠."

내가 힘주어 대답하자 말없이 하늘을 올려다보고 계시던 선생님은 용의 거센 날갯짓과 함께 끄떡하며 고개를 위아래로 움직여주시는 듯 보였다.

……정말 이분은 바닥이 보이지 않는다.

전투에서 보인 무력도, 사려 깊음도. 이런 분께서 우리의 곁에 계셔주신다.

도무지 질 것 같다는 생각이 안 든다.

그래, 아무것도 전혀 걱정할 필요가 없는 셈이다.

지금 떠올릴 수 있는 온갖 『최강』이 내 곁에서 함께하니까.

43 마도의 불꽃

마도황국의 수도, 네르.

대륙 경제를 떠받치는 하나의 요체이자 주변 소국가를 거느림으로써 정치적으로도 중앙이 되는 거대한 도시.

광대한 도시(토지)를 수호하는 군건한 마철제 성벽 안쪽에 우뚝 솟아오른 것은 유난히 더 두꺼운 흑철의 마도 문, 그것에 동력을 전달하기 위해 각인한 마법 문양에는 희미한 빛이 흐르고 있다.

고도의 마도 기술에 의해 어떤 종류의 지능을 부여받은 흑색 대문은 불현듯 제 몸에 각인된 문양을 발광시키며 가까이 접근하는 주인의 존재를 감지한 뒤 스스로 열렸다.

그렇게 소리도 없이 열린 대문의 틈을 휘황찬란한 황금색 갑옷을 두른 노인이 눈에 보이지도 않는 속도로 지나쳐 간다.

이어서 노인과 같은 황금색 갑옷을 착용한 말은 단숨에 곧장 황도의 중심에 있는 가장 높다란 건축물로 뛰어들었다.

"―가증스럽구나. 참으로, 가증스럽구나."

황금 갑옷을 입은 인물은 정교하고 장엄하게 장식된 건물 안에 들어가 곧장 말에서 내린 뒤 험악한 표정으로 악담을 하며 마도의 힘으로 구동하는 황제 전용의 시설, 【비행 승강기(엘리베이터)】에 올라탔다.

목적지는 세계를 다스리는 『태상^왕』을 자처하는 남자가 앉는 곳, 옥좌가 존재하는 최상층.

【비행 승강기】는 남자가 본래 있어야 했을 『제왕의 방』까지 옮겨다줬다.

그렇게 남자가 방에 들어가자 그곳에 있던 신하들은 몹시 꾀죄죄한 황제를 보고 놀라서 소리 높였다.

"……폐하? 어찌 된 일이옵니까. 차림새가 대체, 게다가 다른 자들은 어디 놓아두시고 혼자서……?"

황제 부재중 대행을 맡은 정무관은 당혹감을 숨기지 못했다.

왜냐하면 눈앞에 있는 황제는 지금쯤 1만 병력을 이끌고 이웃 나라 클레이스 왕국에 쳐들어가서 전투 중이어야 하기 때문이다.

"—이미 끝났다. 그것들은 도움이 되지 않았지. 가증스럽긴……. 아무리 좋은 무구^{장비}를 하사해도 전혀 못 써먹을 무능한 것들뿐이니 당할 도리가 없지 않은가."

황제는 메마른 입술을 깨물었다.

자신은 그때 한심하게도 공포에 휩싸여서 도망쳤다.
다만 지금에 이르러서는 오직 분노만이 치밀어 오른다.
어째서 작정하고 잔뜩 데려온 병력들이 제대로 힘도 못 쓴단 말인가.

어째서 유능하다고 생각한 신하들은 허술하기 짝이 없는 작전을 입안했단 말인가.

그들을 믿은 자신이 바보 같지 않은가— 가증스럽다.

그리고 지금도 황제 본인이 나라에서 가장 유능하다고 믿어 총애했던 남자가 꼴사납게도 당황하며 창밖을 쳐다보고 있다.

"폐, 폐하. 저것은, 무엇입니까—?!"

신하의 목소리가 잔뜩 떨린다. 황제도 같은 방향을 쳐다본다.

"……무슨 일이냐……? ……저, 저것은, 설마."

황제도 옥좌의 방에 있는 커다란 창문 바깥을 내다보며 당황했다.
평소와 같이 저것은 무엇이냐, 물을 수 없었다.
저것은 방금 전 자신이 왕국의 하늘에서 목격했던 존재였으니까.
낯익은 거구가 황도 상공을 날아서 곧장 황성으로 향하고 있다.

"……저것은【재액의 마룡】? —어째서, 저것이 여기에."

황제는 진심으로 의문을 느꼈다.
황제는 이곳까지 곁눈질 한 번도 안 하며 준마를 최고 속도로 몰아 달려왔다.

말의 갑옷에 『부여』한 【바람막이】 가호 덕분에 진짜 바람이 된 것처럼, 쏜살처럼 쭉쭉 달려올 수 있었다.

이런 속도라면 절대 아무도 쫓아오지 못한다. —그렇게 생각하며 황도에 도착할 때까지 뒤도 안 돌아봤지만, 신기하게도 도중에 말이 갑자기 속도를 올렸었다.

정신 못 차리고 말의 등에 달라붙어 있었던 황제는 이유를 알지 못했지만, 지금 모든 원인이 분명해졌다.

저것이, **이유**다.

"어떻게— 저것은 분명 『광창』으로 처단했었거늘."

누구에게 하는 말인지 황제가 의문을 드러냈다.

다만 신하의 대답을 기다리지 않고 곧 스스로 답을 찾았다.

동시에 몸이 뼛속부터 떨리기 시작한다.

"설마, 저것을 다시 되살렸다는 말인가."

그렇다. 그 나라에는 비정상적인 회복술을 익힌 악마와 같은 남자, 【유성】 세인이 있다.

가증스러운…… 작자가 저 용을 부활시켰으리라.

"한데, 어째서."

어째서 저 용이 놈들에게 유리하도록 움직여주는가.

신성교국에서 닥치는 대로 사냥한 탓에 지금은 희소한 자원이 된 『마족』은 모두 상업 자치구 사렌차에서 온 노예상이 장악하고 있을 것이다.

그런데 어째서.

혼자서 되뇌다 말고 황제는 곧 모종의 가능성이 존재함을 깨달았다.

즉각 황제의 머리는 분노에 지배된다.

"그 남자……!! 배반했는가! 그 작자들! 그 남자는 어디에 있나아앗!"

상업 자치구에서 왔다는 『노예상』.

강건한 수인족 무리를 관리하고 마족을 사역하며 강대한 마물조차 뜻하는 대로 부린다.

분명 그 수상쩍은 남자가 뭔가 수작을 부렸을 테지. 그렇다, 틀림없다.

그토록 우대해줬고 사례금도 듬뿍 얹어서 주었거늘.

황제는 주먹을 꽉 쥐며 분노에 몸을 떨었다.

"……루드 공 말씀입니까? 글쎄요, 방금 전 급한 볼일이 생겼다며 상업 자치구로 떠나셨습니다."

"제기랄, 너구리 자식……! 어리석은 것아, 어째서 붙잡아 두지 않았느냐!"

"……폐, 폐하께서 그 남자에게는 특별 대우를, 명하— 끄윽—?"

황금 갑옷을 두른 황제에게 목을 콱 붙잡힌 측근 남자는 괴로워하며 눈살을 찌푸렸다.

아무리 노인이라지만 『왕류금속』으로 근력이 증강된 힘은 평범한 인간이 버틸 수 없었기에 신하는 아무 저항도 못 하며 바닥에 나가 떨어졌다.

"······이제 되었다, 그것을 쓴다. 저 용은 그것으로 불사르겠나."
"······폐 ······폐하······? 그, 그것이라, 말씀하심은."

남자는 황제의 횡포에 컥컥거리면서도 끝까지 자기 역할에 충실하게 의도를 묻는다.

"『신의 벼락』을 쓴다. 준비해라."
"폐, 폐하······. 외, 외람되오나."

다만 황제의 명령을 듣고도 항상 충실한 남자가 말대답했다.
낯빛에는 초조감이 잔뜩 떠올라 있다.

"아직 그것은 시험 단계인지라— 조준이 정확하게 맞질 않아서 지금 당장 사용하기는 위험합니다······! 게, 게다가, 도시 한복판에서 느닷없이······!"
"어리석은 것아. 눈앞에 있는 존재가 안 보이더냐. 저것의 『빛』은 모든 것을 불사른다. 가만히 불타 죽겠다는 말이냐. 당장 움직여라."

"그, 그러나, 현 단계에서 무리하게 사용하면 뜻밖의 2차 피해가 발생할 가능성도— 뭐, 뭔가 다른 수단을 준비해서."

황제는 다시금 반대 의견을 제시하는 남자의 말을 가로막고 있는 힘껏 걷어차버렸다.

여태 황제의 충실한 종복이었던 남자는 세차게 날아가서 벽에 부딪치고 더 이상은 움직이지 않았다.

황제는 잠시 벽 방향을 바라보다가 방 안에 있었던 또 한 명의 남자 보좌관에게 다시 명령했다.

"시작해라. 한 발만 쏘면 충분하다. 쏘면 저것은 추락한다. 얼마 전 『광창』으로 증명이 끝났다. 더욱 강력한 위력으로 쏘면 아무런 문제도 없지."

"……예, 예엣."

"아울러 포신에 【마력 추적】을 부여하라……. 조준이 안 되어도 다른 수단으로 보충하면 그만 아닌가, 저 무능한 녀석. 절대 빗나가면 안 된다."

"예, 예엣! 분부를 받듭니다."

충실한 신하는 황제의 명령을 실현시키고자 곧장 움직였다.

땀 흘리는 황제의 얼굴에 희색이 떠오른다.

—그래, 이제 끝이다.

예정은 대폭 달라졌으나 마도 과학의 정수이자 지고의 마력포를 동원하여 전설 속【재액의 마룡】을 물리침으로써 마도의 힘을, 황국의 힘을 온 세상에 널리 알리겠다.

결과는 달라지지 않는다. 이 용을 추락시키면 곧 목적을 이룰 수 있다.

가증스러운 이웃 왕국을 부수는 것은 그다음이어도 좋다.

이미 오늘을 맞이하며 전쟁의 불씨는 타올랐다.

이제부터는 어리석은 신하가 제안했던 계략 비슷한 작전이 아니라 정면으로 맞부딪치도록 하자.

지고의 병기『신의 벼락』을 개량하여 정면 대결로, 순수한 무력으로 박살 내는 방책을 채택하겠다.

애당초 국력에서 압도하는 만큼 잔재주 따위 필요하지 않았다.

위풍당당한 모습이야말로 나의 황국에 어울린다.

그 위용을 상상하자 얼굴에 활짝 웃음이 피어난다.

다음에는 기필코 이긴다.

이번 원정에서는 다소 희생이 발생했지만, 정보를 확보한 만큼 성과는 있다.

게다가 무엇보다 죄다 무능하기만 한 장군들이 아닌 본인이 직접 지휘를 맡을 테니까.

황제는 고양되는 기분을 느끼며 자신의 권위를 상징하는『옥좌』에 앉았다.

"……아직인가. 서둘러라."

"예, 예엣. 바, 방금 막 【통화 마도구^콜】로 관리실에 지시를 내렸습니다. 지금 포수와 연결합니다……. 잠시만, 기다려주십시오."

"빨리 해라, 굼벵이 녀석."

곧 포병과 연결된 【통화 마도구】에서 목소리가 들렸다.

『【신의 벼락】— 포, 포격 준비가 끝났습니다.』

"곧바로 쏴라. 당장에."

『하, 하오나— 지금 황도 감시대에서 연락이 들어왔습니다. 저 용의 등에, 무언가가.』

"닥쳐라, 쏴라."

찰나의 사이를 두고 옥좌의 방을 밝게 비춰주던 마도의 빛이 약해졌다.

【신의 벼락】은 이곳, 황도의 모든 마력^{마나}을 필요로 한다.

황도의 곳곳에 설치된 무수히 많은 『마력로(魔力爐)』에서 만들어지는 방대한 마력— 그것을 한곳에 모아 응축하고 발사하여 신조차 불사른다는 지고의 벼락.

그것이 【신의 벼락】.

전장에 지참할 만한 크기의 『광창』과는 차원이 다른 위력.

황국 마도 기술의 정수를 결집한 인류 지혜의 결정.

"—후후, 하하하."

황제는 큰 창문 바깥을 내다보며 웃음 지었다.

그것은 여유와 동정이 담긴 조소였다.

저 용도 달리 생각하면 가엾은 존재다.

얼마 전 한 차례 죽을 뻔했다가 기껏 다시금 부활했는데 또 포격에 맞아 추락하게 될 테니.

이리도 가엾은 『전설』이 또 있을까. 어쨌든 더 이상의 기회는 없다.

이번에는 흔적도 남지 않도록 싹 날려주겠다.

황제가 마음속으로 비웃음을 지은 순간, 【신의 벼락】에 모든 마력을 보낸 황도에서 불빛이 전부 사라졌다.

그리고 바로 황도의 한 지점에서 빛이 팽창하다가 이윽고 가라앉았던 태양이 다시 나타나는 듯한 강렬한 빛 덩어리가 『왕류금속』과 『마철』 합금으로 제조된 장대한 포신으로부터 사출되었다.

그것은 붙인 이름처럼 【신의 벼락】의 위용을 떨치며 하늘을 찢어발기고 똑바로 「용」에게 향한다.

다만 이것은 신의 빛이 아니로다, 황제는 생각했다.

인간의 빛이다. 인간이 만들어 낸 지혜의 빛.

이 지상에서 가장 우수한 지혜가 만들어 내는 지고의 빛은 심지어 마력 파동에 각인된 『가호』를 받아 표적^{대상}에서 빗나가지도 않는다.

아무리 도망친들 회피는 성립하지 않는 필멸의 빛. 적중되면 반드시 무엇이든 간에 소멸된다.

황제는 격렬한 빛을 제 몸에 뒤집어쓰며 비웃었다.

이 사태를 수습하면 다음에는 저것을 왕국에 직접 쏘아주겠노라고.

조금이나마 미궁에 흠집이 나겠지만, 더 이상은 개의치 않으리라.

우리는 이미 신의 영역에 다다를 수 있는 힘을 손에 넣었으니까.

얼마 전에는 어리석은 가신 녀석들 때문에 온전하게 힘을 다 발휘하지 못했을 뿐.

그러나 다음에는 다를 것이다.

내가, 『현제』 본인이 지휘를 맡을 테니까.

—황제의 얼굴이 더한 유열로 비뚤어진다.

자, 이제부터가 진짜 시작이다.

놈들에게는 뜻밖에도 쓴맛을 보았다.

이제 복수를 수행할 때가 온 셈이구나.

황제는 곧 다가올 희망으로 가슴을 가득 채우며 자신이 만들어 낸 신성한 빛이 용의 몸체를 집어삼키는 광경을 관람하기 위하여 몸을 쭉 내밀었다.

다만—.

"패리."

눈부신 태양처럼 빛나는 강렬한 빛은 어째서인지 용의 **바로 위쪽**으로 솟아올랐다.

"······아······?"

솟아오른 빛은 쭉 상공을 향해 떠오르다가 나무의 가지가 갈라지듯이 분열했다.

황제가 어리둥절하며 상황을 지켜보는 가운데 무수히 많은 숫자로 갈라진 빛은 곧장 호를 그리며 아래 방향으로 궤도를 바꾸더니 거듭 분열하면서 수많은 유성이 되어 황도에 내리쏟아졌다.

"······아앗 ······아······?"

황제는 정신을 못 차리며 멍하니 떨어져 가는 빛의 궤적을 눈으로 좇았다.

분열된 빛은 마력파에 각인된 대로 **큰 마력**에 이끌려서 수정된 궤도를 따라 날아간다.

【마력 추적】의 가호를 받아 빛이 이끌려 가는 곳 중 하나에 ─ 닥치는 대로 마구 사들이고 흡수한 여러 나라에서 강제로 헌상을 받아 모았던 대량의 마석을 집적하여 건조한 곳, 황도에서도 첫째가는 마력 공급원 ─『마도 노심』를 갖춘 마도구 연구 시설군이 있었다.

그곳은 【신의 벼락】의 포신이 배치되어 있는 황국 최상의 기술과

지식이 결정을 맺는 땅.

그곳에 있는 것은 오랜 시간에 걸쳐서 황국이 걸어왔던 역사 그
자체.

또한 어느 나라보다도 우수한 권위를 증명한 마도황국의 힘의 원
천이었다.

하늘에서 떨어지는 빛이 황국의 근간 전부를 떠받치는 복수의 마
력 공급원으로 곧장 향하는 것을 황제는 멍하니 쳐다봤다.

그중에서『마도 노심』으로 향하는 빛의 줄기들은 한층 더 강하게
반짝이고 있었다.

마치 처음에 만들어졌던 장소로 다시 이끌리는 것처럼 빨려 들어
가는 수많은 빛을 목격하며 황제는 뒤늦게나마 눈앞에서 일어나고
있는 사태를 이해했다.

"―머, 멈춰…… 라. 멈춰, 다오……! ……그곳은, 그곳만큼은―!"

황제는 누구에게 하는 말인지 부르짖었지만, 더 이상은 말을 들어
주는 사람이 없었다.

주위의 신하들은 이미 어딘가로 물러난지라 황제는 옥좌의 방에
혼자 남겨져 있었다.

그렇게『제왕의 방』창문으로 보이는 황도의 하늘은 온통 눈부신
백색으로 물들었고―.

"—멈…… 멈춰라—."

그날, 황도에 있는 모든 마도의 불꽃이 사라졌다.

44 옥좌의 방

내가 얼마나 정신을 잃고 있었을까.

용의 등에 올라타 하늘을 날아가도 아래만 안 보면 괜찮으리라……. 나의 막연한 환상은 금세 부서졌다.

출발 전 나는 온 힘을 다하여 눈을 꽉 감은 채 무작정 하늘만 올려다보면 적어도 지면은 눈에 안 들어올 테니까 어떻게든 되지 않을까— 안이한 기대감을 가졌으나 실제는 상상조차 하지 못했던 공포의 연속이었다.

우선 생각했던 것보다…… 엄청 흔들린다.

상상했던 비행과 달리 용이 위로 아래로 엄청 움직이더라.

그런 와중에 눈을 꾹 감고 버티면 쓸데없이 공포만 더 솟아오른다.

주위에서 이야기 소리가 들려오다가 린이 뭔가 물어본 것 같기는 한데 무슨 대화가 오가는지 도통 이해를 못할 만큼 심장이 고동치는 터라 제대로 대답을 해줄 정신이 아니었다.

예상 밖의 진동이 내장을 자극하고, 한동안 아무것도 안 먹었는데도 몇 번이나 토할 뻔했다.

그럼에도— 나는 견뎠다. 어찌어찌 도중까지는 계속 버텼다.

도중까지는, 간신히 버틸 수 있었다.

―다만 곧 한계가 찾아왔다.

용이 느닷없이 급강하하기 시작했으니까.

나는 공포로 눈앞이 새하얘져서 이후 뒷일은 잘 기억나지 않는다.

그동안 용의 등에서 떨어지지 않았던 것은 기적에 가깝겠다.

다만 정신이 다시 들었을 때는 눈앞에 얼굴을 불태우려는 기세로 몹시도 눈부시게 반짝이는 빛이 있었고―.

즉시 위험한 상황임을 직감했다.

"―뭐, 지―?"

막 정신을 차렸던 나도 저 빛이 위험하다는 것을 곧바로 알 수 있었다.

저것은 용이 쏘아 뱉었던 『빛』보다도, 용을 불태웠던 『붉은 빛』보다도 훨씬 더 강렬한 빛.

만약 우리 전원이 저 빛에 휩쓸리면 모두들 얼마 전 용처럼 새까맣게 타버릴 테지.

나는 즉각 검을 쥐고 용의 등 위를 전력으로 박차며 빛 속으로 뛰어들었다.

빛에 가까워졌을 뿐인데 눈 깜짝할 새에 피부가 타들어 가는 감촉을 느꼈다.

하늘 너머로 뛰쳐나가는 공포 때문에 무심코 눈을 감아버렸지만, 어차피 도저히 눈을 뜬 채로 버틸 상황은 아니었다.

끔찍한 열에 피부가 타오르는 것을 느낀다.

다만—.

"패리."

나는 아득바득『흑색의 검』을 휘둘러 빛을 하늘로 밀어 올렸다.

그러자 검의 손잡이에 전해지는 반동과 함께 눈을 감은 채로도 빛이 튕겨 나가서 멀어지는 것이 느껴졌다.

내가 흠칫하며 눈을 뜨자 하늘로 솟아오르는 빛의 기둥과 날갯짓하는 용의 모습이 보였다.

—다행이다.

용에 직격하는 사태는 모면했구나.

거대한 빛의 기둥은 아득히 하늘 위로 아름다운 호를 그리며 분열하다가 폭발하는 모양새로 여러 방향에 각각 뿔뿔이 흩어져서— 마치 유성 무리처럼 꼬리를 끌며 지상으로 향해 날아간다.

그것은 무의식중에 눈길을 빼앗길 만큼 환상적인 광경이었지만, 나는 곧 자신이 하늘의 높은 곳에 있다는 것을 떠올리며 몸을 경직시켰다.

"—아."

그렇게 나는 전력을 다하여 용의 등에서 뛰쳐나왔던 기세 그대로 공중을 힘차게 날아간다.

부유감 때문에 살아도 산 것 같지가 않았으나 나는 어찌할 도리도 없이 근처에 있던 높다란 건물에 머리부터 처박았다.

무시무시한 충격이 내 몸을 덮친다.

간신히 손에 든 검을 방패로 써서 다행이었지만, 건물 외벽은 튼튼한 금속으로 만들어졌기에 터무니없이 단단했다.

다만 이렇듯 단단한 벽에 부딪치고도 내 몸은 곧바로 멈춰주지를 않는다.

잇따라 두꺼운 구조의 벽이 닥쳐들었고, 그때마다 나는 흑색의 검으로 냅다 부숴버리며 몸을 지켰다.

같은 대응을 반복하며 벽을 몇 개인가 쳐부쉈을 때— 나는 바닥을 굴러가면서 어느 틈엔가 넓은 방 안에 도착했다.

"……다행이야. 멈췄구나."

어찌어찌 지상에 낙하하지 않고 멈출 수 있었다.

나는 가슴을 쓸어내리며 발아래에 딱딱한 바닥이 있다는 행복을 음미했다.

정말 운이 좋았다.

……아무튼, 여기는 어디지?

위치를 알아보고자 고개 돌리는데 금색으로 빛나는 갑옷을 몸에 착용하고 있는 낯익은 노인이 눈에 들어왔다.

분명히 아까 전 만났던 노인이다.

저런 기괴하고 요란한 갑옷을 입은 노인이 흔하진 않다.

노인은 갑옷과 똑같이 황금색으로 번쩍번쩍 빛나는 요란한 모양새의 의자에 앉아 있었고, 또한 주위에는 어두운 자주색 갑옷을 장비한 병사들이 다수 늘어서 있다.

저 갑옷은 겉모양에 조금 차이는 있어도 얼마 전 마주쳤던 병사들이 입은 갑옷과 똑 닮았다.

……그렇다면 역시 그 집단은 황국의 병사였겠군.

요컨대 나는 위험한 장소에 불쑥 들어와버린 것 같다.

다만 분위기가 좀 이상하다.

"무, 무슨 짓들이냐! 네놈들, 이것은 모반이니라……?! 알고서 하는 행동인가."

"……각오하십시오. 전부 황국의 존속을 위해서입니다."

병사들은 불쑥 나타난 내게 눈길도 안 주고 노인을 포위한 채 뭔가 말하며 검을 뽑았다.

왠지 당장에 검을 휘두를 것 같은 분위기다.

저 노인은 아마 황국의 『황제』라고 말을 들었는데……. 혹시 아니었던 건가?

"당신은 이곳에서 죽어주셔야 합니다."

"—머, 멈춰—. 살려, 살려다오……. 누구 없는가!!"

"폐하. 이미 이곳에 당신께 복종하는 병력은 없습니다. 후사는 저희 10호법이 이어받을 테니 아무쪼록 편안히 영면하십시오."

"힉."

"그러면 이만— 작별입니다."

갑옷을 입은 병사들 중 유난히 키가 큰 남자가 노인을 향해 커다란 곡도를 내리 휘둘렀다.

"패리."

나는 단박에 노인의 앞까지 전진해서 키가 큰 병사의 곡도를 튕겨냈다.

크게 휘둘렀던 곡도는 병사의 손을 벗어나서 방 안 천장에 박혀들어갔다.

"⋯⋯아⋯⋯?"

"—힉."

나의 모습을 본 노인은 몸을 움츠렸다.

불쑥 끼어든 나 때문에 놀랐는지 검을 놓쳐버린 병사가 거칠게 소리 지른다.

"누, 누구냐, 네놈!! 이 작자를 지키겠다는 것인가! 방해하지 마라……. 이 어리석은 황제 때문에! 이따위 어리석은 군주를 떠받들었던 탓에 우리나라가……!!"

"……사정은 잘 모르겠지만 진정해라."

나와 노인은 병사들 틈에 포위당하는 위치로 몰렸다.

저들은 또 크기가 제각각인 검은 통 모양의 물건을 꺼내 들어서 우리에게 겨눴다.

"네놈, 차림새를 보건대— 용병인가?"

"……쳇. ……이런 복병을 숨겨 놓았던 건가."

일제히 날아드는 마력의 탄환.

"패리."

나는 커다랗게 검을 휘둘러 마력탄을 전부 쳐냈다.

"—아니?!"

"……숙련된 용병이다. 전원이 협공한다."

"잠깐, 오해다."

"달리 이 상황을 어찌 해석하라는 말인가."

방금 전 같은 공격이라면 대처하지 못할 이유가 없지만…… 이야기를 안 들어주는 것은 곤란하다.

상대가 많아서 이대로 가면 노인을 무사히 지켜 내지는 못할 수도 있겠다.

병사들은 노인의 앞에 선 나에게 일제히 무기를 겨누었다.

"―노인장. 엎드려 있어."

잠시 노인은 가능한 낮은 자세로 버텨주는 게 좋겠다.

곧장 판단을 마치고 나는 곧장 노인의 머리를 붙잡아서 힘주어 바닥에 눌러주었다.

"네, 네놈⋯⋯?! 감히, 무례하게― 끄으아걁."

"⋯⋯앗."

다만 마음이 급해서 힘이 조금 과하게 들어가버린 바람에 노인의 머리가 바닥으로 깊숙이 파묻혔다.

⋯⋯저질렀구나. 괜찮을까.

"⋯⋯캬힛⋯⋯!!"

다행이다⋯⋯. 아직은 숨이 붙어 있구나. 괜찮은가 보다.

아마 튼튼해 보이는 황금색 관 비슷한 물건 덕분에 무사했던 것 같다.

"네 녀석⋯⋯. 누구인지 정체는 모르겠으나 다 끝장날 판에 이따위 남자에게 충성을 바친들 좋은 결과는 없을 것이다."

"아무렴. 이 남자는 국가를 돌이킬 수 없을 지경으로 망가뜨렸다. 제 몸을 바쳐서 속죄할 의무가 있지. 물러나라."

"잘은 모르겠는데 대화로 해결할 순 없는 문제인가?"

"그게 가능하다면 옛날에 벌써 해결했을 것이다!!"

역시 저들은 많이 흥분한 탓에 대화가 안 이루어진다.

""""—죽어라—.""""

우리를 포위한 병사들이 일제히 덮쳐들었다.

단도, 채찍, 쌍검, 갈고리발톱, 그리고 뭔가 요란하게 빛나는 희한한 막대기……. 병사들은 온갖 다양한 무기를 손에 들고서 오직 노인을 처단하겠다는 목표로 내리 휘둘렀다.

하지만—.

"패리."

나는 또다시 모든 무기를 쳐냈다.

다행히 병사들이 움직이는 속도는 썩 대단하지 않았다.

노인 한 명에게 우르르 몰려와서 덮치려 하는 행동을 보아 실력에 별 자신감이 없는 사람들이겠지.

저런 수준의 병사라면 나 혼자서도 충분히 대응할 수 있을 듯했다.

"네 녀석, 정체가 뭐지……? 차림새를 보건대 황국의 인물은 아닐 터인데."

"아마 고용된 모험가일 테지—. 그리 대단한 힘을 가지고도 어째서 저따위 남자의 곁을 지키는가. 이미 저 노물에게서 받을 보수는 기대할 수 없을 것이다."

"확실히 나는 고용된 모험가 나부랭이지만, 고용주는 저 노인이 아니다만? 역시 무언가 착각을 하는 게 아닌가 싶군."

"닥쳐라. 그렇다면 우리를 방해하지 마라. 그 남자는 죽음으로 죗값을 치러야 한단 말이다."

홀쭉한 병사가 부르짖으며 무엇인가 집어 던졌다.

순간— 눈부신 섬광. 큰일 났군. 이것은 폭탄이라는 물건일 테지. 공사장 해체 현장에서 쓰는 광경을 본 적이 있다.

폭풍은 나의 【패리】로도 어떻게 할 수가 없다.

이 노인을 이곳에서 서둘러 빼내야만 한다.

"위험해."

나는 반사적으로 여전히 바닥에 박혀 있었던 노인의 옆구리를 걷어찼다.

"꾸웩."

내게 걷어차인 노인은 힘이 좀 지나쳐서 머리부터 벽에 박혀 들어가 하반신만 축 늘어졌다.

……아차. 좀 세게 걷어찼나?

아니, 아마도 문제없을 것이다.

바닥에 틀어박았을 때보다 힘 조절에 신경을 썼고, 저 금색 갑옷도 무척 튼튼하다.

분명 아직은 죽지 않았을 테지……. 아무튼.

"어째서지. 어째서 잔뜩 몰려들어 폭력을 쓰지? 상대는 노인이잖나. 아니, 애당초 저 사람이 너희 황제잖아."

"……황제**였던** 남자다. 아니, 그 남자는 이제부터 **마지막 책무**를 수행해야 한다. 그 남자는 자신의 죽음으로 죗값을 치러야 한다. 지금 이곳에서 우리가 손수 죽여야 명분을 내세울 수 있다."

"말뜻이 전혀 이해되지 않는데."

"네 녀석은 이해하지 못해도— 된다."

병사들 중 유달리 키가 큰 남자는 그렇게 말을 마치자마자 다수의 폭탄을 노인에게 겨눠 내던졌다.

—빠르다. 단순히 튕겨 내기에는 이미 늦었다.

곧 발생할 폭풍의 여파로부터 빼내고자 나는 서둘러 노인의 다리를 붙잡아 벽에서 있는 힘껏 뽑아낸 뒤에 바닥으로 굴렸다.

너무 세차게 힘주어 뽑아낸 탓에 노인은 바닥을 공처럼 요란하게 굴러가며 맨 처음 앉아 있었던 금색 의자와 부딪쳤고, 의자와 함께 노인이 머리에 쓴 금색의 관이 깨졌다.

"—아힛……!!"

하지만 역시 튼튼한 갑옷 덕분에 몸은 무사한 것 같았다.

이번에도 조금 난폭한 조치이기는 했지만, 죽어 나가는 신세보다야 나을 테지.

……그나저나, 문제는 이 남자들이다. 대체 왜 이렇게까지 집요하게 노인을 공격하지?

"……이봐. 잠시 진정하고 같이 이야기를 나눠보는 게 어떨까? 저 노인한테는 스스로 싸울 힘도 아예 없잖아? 아니, 일부러 죽이지 않아도 가만 놔두면 슬슬 자연으로 돌아갈 나이 같은데."

"그딴 느긋한 소리를 할 겨를은 없다……. 이미 우리에게는 찰나의 여유도 없단 말이다……! 적은 이미 국내에 쳐들어왔다! 게다가 전설 속 【재액의 마룡】을 거느리고서!! 우리에게 맞서 싸우려는 뜻이 없음을 당장 증명하지 않으면 돌이킬 수 없는 사태가 벌어진다!! 서둘러 이 남자의 목을 바치지 않는다면 우리나라는— 우리나라는……!"

그때 우리가 마주 노려보고 있는 널찍한 방에 차분하고 낭랑한 목소리가 울려 퍼졌다.

"—잠시 기다리시죠. 죽이면 안 됩니다. 배려는 감사하오나 죽일 필요는 없습니다……. 죽은 사람은 죗값을 치르지 못하니까 말이죠."

모두가 고개를 돌려 바라본 곳, 그곳에 네 명의 인물이 서 있었다.
새로 나타난 인물들을 확인한 병사들이 손을 멈췄다.
저들은— 【승려】 교관과 【도적】 교관.
그 뒤쪽에는 린과 린의 오빠가 있다.

"와주었구나. 다행이야."
"……선생님, 무사하셨군요."
"그래. 죽는 줄 알았지만……. 운이 좋았지. 이네스와 로로는? 얼굴이 안 보이는군."
"로로는 지금 이 건물 주위를 날아다니는 마룡의 등에 있습니다. 이네스는 같이 용을 지켜주고 있지요. 저희만 선생님을 쫓아 이렇듯 내려왔습니다."
"그런가."

방의 커다란 창문 바깥을 내다보면 건물 주위를 날아다니는 용이 보였다.
등에 탄 로로가 이쪽으로 손을 흔들고 있다.

"노르 공."

린의 오빠가 노인의 행색을 살펴보며 말했다.

"나머지 뒷수습은 바라건대 모쪼록 우리에게 맡겨주셔도 되겠는가. 이런 『대화』는 우리가 맡을 임무이니 말이지."
"그래, 부탁하지. 대화로 끝낼 수 있다면 그게 최고니까……. 도무지 내 이야기는 들어주려고 하질 않더군."

정말이지 다른 사람들이 와줘서 큰 짐을 덜었다.
저 병사들은 내 이야기를 전혀 안 들어주는지라 아주 난감하던 차였다.
아마도 지금은 분위기가 대화를 받아주려는 듯하니까 전문가들에게 맡기면 잘 처리해줄 것이다.

"은혜는 잊지 않겠네. 린, 노르 공을 용이 있는 곳으로 모셔 가서 치료를 해드리거라. 언뜻 보아도 상당히 무리를 하신 듯싶구나."
"네, 알겠습니다, 오라버니. 그럼, 가시죠. 노르 선생님."
"노르 공……. 이곳까지 정말 큰 신세를 졌군."
"그래. 뒷일은 잘 부탁하지."

나는 나머지 일 처리는 세 사람에게 맡기고 그 자리를 뒤로했다.

◇

　레인 왕자는 대대로 세습되어 황도 수호의 역할을 담당하는 10호법의 얼굴들을 마주하다가 조용하게 입을 열었다.

　"……오랜만에 만나 뵙는군, 10호법 여러분. 부디 검을 거두어주시길. 배려에는 대단히 깊은 감명을 받았으니 우리는 저 남자에게 볼일이 있네. 가능하면 산 채로 넘겨주시기를 요청드리고 싶군."

　왕자의 차분한 처음 한마디에 대답하며 이 자리에 있는 열 명 중 가장 커다란 체구를 가진 남자가 나섰다.

　"……레인 왕자. 우리는 이 남자를 넘겨드리는 데 아무 이견도 없소. 우리에게는 더 이상 귀국과 교전을 할 의사가 없소. 저 노물의 목을 베려고 움직였던 이유는 오직 여러분에게 용서를 청하기 위한 최소한의 선물이라 생각했기 때문일 따름. 귀국에 전면적인 항복의 뜻을 전하는 바요. 사죄의 증명이 부족하다 말씀하신다면 우리 10호법의 목을 내어드리지. 이 전쟁을 막지 못했던 것은 다름 아닌 우리의 책임이기도 하니."

　그 인물은 방금 전 황제에게 곡도를 내리 휘둘렀고 폭탄을 집어 던졌던 남자였다.

"다시금, 배려에는 감사하네. 다만 정중히 사양하도록 하지. 우리 나라는 더 이상 시체 따위를 필요로 하지 않네. 그보다도 먼저 그 남자와 **이야기**를 나누고 싶을 뿐. 이것저것 **차분하게** 말이지. 미안 하지만 귀국과의 대화는 이후에 다시 진행해도 되겠나."

"물론 무방하오. 우리는 이의를 제기할 만한 입장이 아니니."

"이해해주어 감사하네."

온도가 없는 음색으로 답례의 말을 마친 왕자가 바닥에 주저앉아 있는 인물을 노려보자 시선을 받은 노인은 몸을 움츠렸다.

"……흐익……! 살려…… 요, 용서를……."

노인의 입에서는 한심한 목소리가 새어 나왔다.

"……용서? 지금…… 귀하는 **용서해달라** 말씀을 했나?"

왕자는 싸늘한 눈초리로 노인의 얼굴을 빤히 쳐다보다가 입꼬리 를 살짝 비뚤어뜨렸다.

"그래, 그래야지. 물론 **용서할 작정**이야. 우리는 아주 자비로운 마음을 갖고 이곳에 왔으니까."

"저, 정말인가……?! 그, 그러면……."

"우리나라에서 오늘에 이르기까지 부자연스럽게 행방불명된 사람이 스물세 명 있지."

"―뭐?"

표정이 없는 얼굴로 왕자는 계속 말했다.

"그리고 오늘 희생된 사람이 있다. 마물의 발톱에 내장이 파인 자―열두 명. 무너진 건물 아래에 깔린 자― 열아홉 명. 화재를 피해 도망치려다가 결국은 불타 죽은 자― 열세 명. 날아든 잔해물에 팔이며 다리가 부러진 자― 서른여덟 명. 가슴이나 척추가 부서진 자― 열여섯 명. 다리와 팔, 손목이 잘린 자― 여섯 명. 갖가지 원인으로 두개골이 부서진 자― 스물일곱 명. 추가로, 도시 안쪽에서 난동을 부린 마물에게 온몸이 찢겨지고 부서져 차마 쳐다볼 수 없이 처참한 육편이 된 자가 **일백스물일곱 명**. ―이상이 우리나라에서 직접 피해를 받은 사람들을 합한 숫자다. 내가 파악을 마친 대략적인 『희생자』에 불과하다만."

"……그, 그게…… 어쨌다는 말이더냐……?"

"방금 전 내가 **용서하겠다** 말을 했었지? 말했던 대로 용서할 작정이다. 만약에 귀하가 지금 읊어준 사람들과 **똑같은 고통**을 감당할 수 있다면 이번 전쟁에서 귀하가 저질렀던 죄를 면책해주려는 생각이지. 그 이후 종전과 보상을 위하여 국가 간 공평한 『대화』를 진행하고 싶군. ―이 제안에, 이 자리에서 이의를 제기하려는 사람이 있는가.”

“”“”“”“이의 없소.”””””

그 자리에 있는 황제를 제외한 모든 인물이 소리 높였다.
노인의 얼굴에 경련이 일어났다.

“자, 잠깐만—? 그 말은 도대체 무슨 뜻이지……? 또, 똑같은……
고통이라니……?”

불안 가득한 표정을 지은 노인에게 등 뒤로 한 명의 인물이 다가
가서 친절하게 말을 건넸다.

“걱정 마세요. 똑같은 고통이라는 말은 그냥 표현일 뿐 죽진 않습
니다. 괜찮아요.”

하얀 로브를 몸에 걸친 남자는 가만히 말한 뒤 무척 선량한 웃음
을 지어 보였다.

“—당신을 절대 **죽이지 않습니다.** 죽은 사람은 반성도 회개도 못
하니까요. 당신은 어떤 고통을 겪어도 절대 죽지 않을 겁니다. 제가
책임을 지고, 아무리 죽음이 가까워져도 몇 번이든 소생시켜드리겠
습니다. 몇 번이든, 몇 번이든. 그러니까 아무 걱정도 필요 없어요.

245

고분고분 자신의 죄를 받아들이기를 권장합니다. 설령 다리가 날아가도, 두개골이 부서져도, 내장이 짓뭉개져도, 결국에는 제대로 대화를 나눌 수 있는 상태로 회복시켜드릴 테니까요."

하얀 로브를 걸친 남자는 노인에게 미소 지으며 무엇인가 주문 비슷하게 담담히 설명했다. 곧이어 검은 가면의 남자가 말을 잇는다.

"……자신이 모든 고통을 다 받아들일 수 있을지 불안한가? 하지만 아무것도 문제는 없다. 그동안 너는 결단코 의식을 잃지 못할 테니까. 고통에 몸부림치고 정신을 내던지고 싶어도 너는 절대로 감각을 잃지 못한다. 미치지도 못한다. 내가 분명하게 보증해주지. 부조리한 악의에 휩쓸려서 원통하게 스러져 갔던 사람들의 고통을― 네가 제 몸으로 남김없이 맛볼 수 있도록 내가 전력을 다해 거들어주마."

공포에 허물어지려고 하는 노인을 앞에 두고 왕자도 더욱 말을 보탠다.

"―물론 귀하가 국민들 앞에 추태를 보일 우려도 필요치 않아. 우리는 시끄럽게 일 벌이는 것을 선호하지 않지. 주변의 【차음(遮音)】을 철저하게 준비해 두지. 분명 들어주기도 고역일 귀하의 비명 소리는 결코 바깥에 새어 나가지 않아. 아무리 도움을 청하더라도 절대 아무도 가까이 오게 놔두지 않아. 그러니까 안심하고 마음껏 울며불며 부르짖도록. 귀하의 한탄은 결코 아무도 귀담아듣지 않을 테니까."

"—까힛."

노인은 과한 공포로 말을 잃었다.
그럼에도 있는 힘껏 쥐어짜서 애원을, 하고자 했다.

"……요, 용서를……!"

"……답답하군, 이미 다 말해주었잖나? 모든 것을 **용서할 작정이**
라네. ……만약 귀하에게 진정 속죄하려는 마음이 있다면 말이지."

하얀 로브 남자가 다시 천천히 앞에 나서서 노인의 귓가에 대고
속삭이듯 말을 흘려 넣었다.

"—다들 말이죠, 너무나 많이 아파하셨다더군요. 운 좋게도 제때
치료를 받은 분도 계셨습니다만, 많은 분들이 돌아가셨습니다. 제
가 꽤 대단해도 이미 생명을 완전히 잃어버린 사람을 되살리기는
불가능하니까 말이죠. 그런 점에서 생각해보면 당신은 굉장한……
행운아군요. 이곳에 뛰어난 치료사가 같이 있으니까요. 팔이든 다
리든, **모가지든 간에** 저라면 몇 번이든 다시 만들어드릴 수 있습니
다. —당신은, 정말이지 **행운아야.**"

"……흐어……."

하얀 로브 남자의 말을 듣게 된 노인의 얼굴에서 시체처럼 핏기가 싹 가시고 바닥에는 악취를 풍기는 액체가 퍼져 나갔다.

왕자는 겁에 질린 노인을 가만히 내려보다가 담담한 어조로 말을 건넸다.

"—착각은 하지 말아주게나. 우리도 좋아서 굳이 이러한 짓을 하려는 게 아니니. 지금 우리가 귀하에게 바라는 것은 하나다. 우리나라의 국민이 받은 아픔을 정확하게 알아주는 것. 단지 그뿐이다. 이래 보여도 상당히 감면을 해준 셈이야. 희생된 사람은 방금 전 언급했던 목록 이외에도 더 많이 있으니까. 집을 잃은 자, 직업을 잃은 자, 부모를 잃은 자, 아이를 잃은 자— 헤아리자면 끝이 없군. 이 같은 죄업을 **단순한 고통**만으로 넘어가주겠다는 뜻이다. 귀하가 우리나라에 행한 처사를 **고작 고통**만으로 용서해주겠다는 뜻이라네. 수많은 생명을 희생케 했던 네놈의 목숨을 빼앗지도 않고 말이지. ……전후 보상의 **교섭**은 그 이후에 **사지 멀쩡하게** 회복된 네 녀석과 우리가 진행할 예정이다……. 어디까지나 법에 따라서 **공평하게** 말이지."

잔뜩 겁먹은 눈빛을 짓는 노인의 귓가에 왕자는 일체의 표정이 싹 사라진 얼굴을 가까이 가져가서— 얼음처럼 차가운 목소리를 불어넣었다.

"어떤가, 우리나라는 아주 자비롭지— 않은가?"

45 왕도 귀환 1

린에게 치료를 받는 동안에 나는 무척이나 높다란 건물 위에서 주변 풍경을 바라봤다.

황국의 수도는 무척 참혹한 지경이었다.

무서워서 바로 아래는 못 내려다봤지만, 거리 곳곳에서 시커먼 연기가 피어오르고 있다.

아마도 내가 건물에 격돌하는 동안 무엇인가 일이 더 있었던 것 같은데 짚이는 게 없다.

내가 튕겨 냈던 강력한 빛 덩이.

혹시나 아까 쳐냈던 빛 덩어리가 도시를 이렇게나 파괴해버린 걸까.

"이 광경은…… 아까 빛 덩어리가 떨어졌기 때문인가?"

"네, 말씀하신 대로예요. 선생님께서 튕겨 내었던 강한 마력광이 분열되어 황도의 여러 곳곳에 내리쏟아졌습니다. 저기 연기가 피어오르는 시설은 전부 빛 덩어리에 불탄 곳이에요."

"……그런가, 좀 미안하게 됐군."

그때는 빛을 받아치는 데 온통 정신이 쏠려서 뒷일을 전혀 고려하지 못했다. 그 탓에 이렇게나 큰 피해가 발생했을 줄이야.

"아뇨……. 선생님께서 신경을 쓰실 문제는 아닙니다. 그 빛은 엄연히 황국에서 날린 공격이었고, 선생님은 적의 공격으로부터 저희를 지켜주신 것에 불과합니다. 죄의식을 느낄 필요는 없다는 것이 제 생각이에요."

"그렇다 해도, 좀. ……혹시 누군가 죽진 않았을까……?"

혹시나 싶어 마음이 무거워진다.

"그 부분은…… 딱히 걱정하지 않으셔도 괜찮을 겁니다. 오라버니가 말하길 아까 빛 덩이에는 【마력 추적】이 부여되어 있었다더군요. 즉 파괴된 곳은 주로 마도 연구 시설과 『마력로』가 있는 시설입니다."
"……마력로?"
"네. 『마력로』는 공간 마력 밀도가 높아서 애당초 사람은 출입이 허락되지 않은 시설이죠. 마도 연구 시설도 파괴된 곳은 주로 마력 밀도가 높은 장소입니다만, 마찬가지로 사람이 오래 머무르지 못하는 곳입니다. 사람이 많은 거주 지역은 타격을 안 받았다니까 인적 피해도 거의 없을 겁니다."
"……그런가. 정말 피해가 없으면 좋을 텐데."
"물론 그 시설들은 이 도시에서 생활의 요체라고 들은지라 주민에

게도 영향은 발생하겠습니다만……. 그래도 우리나라만큼 큰 피해
는 아닐 테니까요."

린의 설명을 듣고 조금은 마음이 편해졌지만, 그럼에도 이렇게나
큰 피해가 발생했다. 누군가 다치거나 하는 사태는 피할 수 없겠지.
우리는 황제를 쫓아 이곳까지 밀고 들어와야 했지만, 이 도시에서
생활하고 있는 수많은 사람들의 입장에서는 느닷없이 이렇듯 거리
가 파괴될 줄은 예상도 하지 못했을 테지.
비록 우리에게 닥친 위기를 피하기 위해서였다지만, 무척 미안한
결과를 만들었구나.

"린. 여기 있었나. 노르 공께서도."

내가 이런저런 상념을 떠올리던 중 린의 오빠와 교관까지 세 사람
이 나타났다.

"오라버니. 대화는 잘 마치셨습니까?"
"그래. 대화는 순조롭게 이루어졌다. 황제는 **무척 순순히** 우리의
말을 들어주더구나."
"그자는 저희 쪽 제안을 **전부** 흔쾌히 받아들여주었습니다. 진심
으로 반성을 하고 회개해준 것 같습니다."
"그것을 대화라고 불러야 할진 별개로 치고 말이지."
"이야기가 통했던 건가. 정말 다행이군."

"예, 역시 삶을 살아가면서 대화하는 게 중요하죠. 죽은 이후에는 늦는 겁니다."

【승려】교관은 그렇게 말한 뒤 변함없이 온화한 미소를 지었다.

"그러면, 이제…… 모든 것이 끝난 겁니까?"
"그래, 필요한 절차는 다 마치고 왔다. 이제 전쟁은 종결되었어. 이후에는 서로 재건을 위한 전후 조정이 시작될 테지."

……뭔가 맥이 빠지는 이야기였다.
얼마 전에 막 시작되는 듯 보였던 전쟁이 이미 끝났다잖은가.
그렇다면 처음부터 대화로 해결하는 게 좋지 않았겠냐는 생각이 든다.
뭐, 파고들면 단순한 문제가 아닐 테지만.
지금까지는 대화도 시도를 못 하는 상황이었다는 뜻일까.

"그러면 그 노인……. 황제는 이대로 두고 가나?"

무척 약해진 듯 보이기도 했고, 부하에게도 신용을 잃은 모습이었다만.

"아니, 이후 황국에서 실질적인 집정부를 맡을 인원들과 회담한 결과, 황제는 **본인의 희망**에 따라 퇴위하게 되었다네. 추후 황제의 혈연 중 후계자를 선발하여 황위를 계승시킬 예정이라더군."

"그런가. 확실히 그러는 게 좋겠어."

나는 정치에는 별 견문이 없지만, 나도 좋은 방법이라는 데 동의한다.

그 노인은 마음이 꽤 약한 인물 같았고, 게다가 상당히 나이도 많은 사람이다.

"후계자는 아마 이후의 국가 운영에 지장이 없게 황제의 손주가 선발될 테지."

"……손주, 말인가. 젊은가?"

"그래, 올해로 겨우 열 살이라더군. 당연히 어린 나이에 정치상의 어려운 판단은 못할 테니까 후견인을 세워야 할 테지. 새 황제의 보좌관으로 오랫동안 정치 실무를 도맡아 책임졌던 재상과 방금 전 황제와 함께 있었던 『10호법』이 당분간 어린 황제를 뒷받침해줄 거야."

"……아까 만났던 열 명이?"

그 사람들은 솔직히 조금…… 아니, 상당히 불안하다만.

나이도 얼마 안 된 아이가 이렇게 큰 나라의 뒤를 잇는다는 말도 놀랍지만, 아까 내 이야기를 전혀 들어주지 않을 만큼 흉포했던 열 명도 함께 황국의 통치 권한을 이어받는다잖은가. 이 나라, 정말 괜찮은 건가……?

그런 생각을 하던 중에 막 이야기를 나눴던 열 명이 줄줄이 나타났다.

"—노르 공, 이리 불러도 되겠는가."

나는 일순간 또 공격당하는 것이 아닐까 경계하며 살짝 자세를 낮췄지만.
유난히 키가 커 눈에 띄는 남자가 가까이 다가와서 투구를 벗더니 내게 깊숙이 머리 숙였다.

"……방금 전에는 미안했소. 귀공은 황제에게 고용된 호위가 아닌 왕국에 속한 인물이었다지. 괜히 오해한 탓에 칼을 휘두른 것을 사죄하고 싶군. 용서해달라 부탁을 할 만한 입장은 못 되오만, 혹시 보상을 원하신다면 무엇이든 말씀해주시오."

남자의 말투가 불쑥 정중하게 바뀌어서 나는 살짝 놀랐다.
아마도 아까 나에게 마구 공격했던 행동을 사과하는 듯한데.

"신경 쓰지도 않고, 보상도 딱히 필요 없는데."
"그런가. 사죄를 받아주어서 감사하네."
"……다만. 여럿이 노인 한 사람을 괴롭히는 행동은 좀 아니지 싶군? 어떤 사정이 있었는지는 잘 알지 못하지만, 말이 안 통한다는 이유로 폭력을 쓰는 것은 안 좋아."
"……그래, 정말 옳은 말이군. 냉정해진 지금 와서는 부끄러운 행동이었음을 느끼고 있소. 앞으로는 어떤 사안이든 평화적으로 처리할 수 있도록 노력하고 싶군. 우리는 본래 분쟁으로 문제를 해결하는 것은 달가워하지 않는다네. 그 탓에 한직 취급을 받는 신세가 되었네만."

"……그랬던 건가? 별로 그렇게 보이지는 않았다만."

내가 솔직하게 감상을 말하자 남자는 쓴웃음을 지었다.

"방금 전 추태 때문에라도 못 믿어주는 게 당연하지. 다만 이것만큼은 진지하게 말하겠소. 만약 귀하가 나서서 말려주지 않았다면 우리나라는 황폐화되어 국민끼리 서로 싸우는 전쟁의 구렁텅이에 몸을 던지는 처지가 되었을 걸세. 그뿐 아니라 불만이 쌓인 주위의 소국에서 이때만 기다렸다는 듯이 우리나라에 공세를 감행했을 테지. 그러한 사태를 미연에 방지하고 원만하게 수습할 수 있었던 것은 귀하의 개입이 있었던 덕분— 진심으로 감사의 뜻을 전하고 싶군."

"—아니, 이렇게까지 예의를 차릴 도움은 아니었던 것 같은데. 애당초 나는 우연히 그곳에 같이 있었을 뿐이니까."

그러자 남자는 이상하다는 표정으로 나를 쳐다봤다.

"……우연히? 그런가, 정말 기묘한 **우연**도 다 있군. 두꺼운 마철제의 방벽을 겹겹이 세워 엄중히 수호하고 있는 황도의 최상층 『옥좌의 방』에 귀하는 **우연히** 발이 움직여서 찾아왔었다는 말인가."

"……맞아. 용의 등에서 뛰어내렸다가 벽에 세차게 격돌했을 때는 죽는 줄 알았지. 내가 우연히 그 단단한 벽을 무너뜨릴 수 있는 튼튼한 검을 갖고 있었으니까 다행이지……. 그게 아니었다면 무척 위험했을 거야."

"……그런가. 요컨대 귀하는 **우연히** 그 벽을 부술 수 있는 검을 가지고 있었고, **우연히** 황국 정치의 중핵이 되는 황성 최상층에 뛰어들었다는 건가. 따라서 몸을 던져 우리를 막아준 행동에 은혜를 느낄 필요는 없단 뜻인가……? 이렇게 말하고 싶은 것인가?"

남자는 거듭 다짐을 받으려는 듯이 똑같은 질문을 꺼냈지만, 나 또한 맞다는 대답밖에 할 수 없었다.

"잘 아는군. 오히려 나는 도움을 받은 입장이다만? 운 좋게 거기에 바닥이 있어 정말로 다행이었지. 덕분에 땅바닥에 떨어지는 신세를 면했으니까."

"—하하, 운 좋게 바닥이 있었다고."

키가 큰 남자는 몸을 젖히며 큰 목소리로 웃었다.

"……귀하는 정말 재미있는 남자군. 알겠네. 그렇다고 치고 넘어가도록 하지. 아무튼 기억해주게나. 앞으로 우리는 귀하에게 어떤 조력도 아끼지 않겠네. 무엇이든 도움이 필요할 때가 온다면 말해주게. 목숨을 걸고 도우러 갈 테니."

"……그렇게까지 할 필요는 없지 싶다만. 알겠어. 마음만은 받아 두도록 하지."

생각과 달리 대화가 잘 통하는 남자였다. 다만 아직은 조금 위화 감을 느낀다.

또 무엇인가 다른 오해를 낳은 듯싶기도 하다만, 뭐, 적어도 느닷없 이 칼을 휘두르거나 폭탄을 집어 던지지는 않을 테니까 큰 진전이다.

이렇게 사건 하나가 끝나는군.

……아차, 아니었다. 나는 중요한 문제를 잊고 있었다.

오히려 먼저 사과해야 할 사람은 바로 나였잖은가.

"아니, 깜빡했는데, 나도 사과할 게 있군. 건물을 많이도 부순 데 다가 우리가 와서 휘저은 탓에 도시가 이렇게 되어버렸지. 미안해."

"도시가, 이렇게……?【신의 벼락】 말인가?"

"맞아."

"……아니, 그것은 어떻게 생각해도 우리 쪽의 잘못이오. 그런가, 그때 귀하가 용의 등에 타 있었군. 거듭, 위험을 겪게 만들어 사죄 의 뜻을 전하는 바네. 아울러 황도가 파괴된 것은 미완성품을 무리 하게 사용한 행동에 따른 『폭주』가 원인이지. 귀하가 책임을 느낄 문제는 아니라네."

"하지만, 사망자나 부상자가 발생하지는 않나?"

"……어쩌면. 다만 지금까지는 인적 피해의 보고를 받지 못했네.

그렇게 따지자면 조약을 무시한 채 귀국에 쳐들어갔던 우리나라의 죄가 훨씬 더 무겁지. 아무튼 간에 귀하와 일행분들에게 죄를 떠넘기는 짓은 할 수 없다네."

"그런가— 하지만, 뭔가 내가 도와줄 만한 일이 있다면 말해줘. 잔해물 철거 정도는 돕도록 하지."

"……진심인가? 하하, 귀하는 정말이지 사람이 좋군."

그 남자는 또 커다란 몸을 젖히며 웃었다.

웃음소리가 거리에 메아리치고 울려 퍼진다. 이래저래 무척 호쾌한 남자다.

잠시 남자와 잡담을 나누다가 마쳤을 때 린의 오빠가 이쪽으로 다가와 말을 건넸다.

"그러면 란데우스 각하, 슬슬 우리는 실례하도록 하지. 본국으로 돌아가서 왕께 보고를 올려야 할 사안이 산더미처럼 많아서 말이지."

"……잘 알겠소. 우리는 이곳에서 배웅하지. 다만, 레인 공. 황국 내부의 뒤처리를 전부 우리에게 일임하겠다 말해주었는데 정말 괜찮겠소? 우리가 말하기도 조금 민망하나 누군가 감시를 맡을 인원이 필요하지 않으신가?"

린의 오빠는 살짝 고개를 흔들었다.

"아니……. 정치는 어디까지나 귀국[그쪽]의 문제이지. 우리나라는 과도하게 간섭하는 행위는 피하고 싶군. 그쪽에서 납득할 만한 결론을 내려준다면 충분히 받아들일 수 있네. 황제에게는 상호 간 불간섭과 비공개 기술의 제공, 그리고 국민들 간의 교류도 확약을 받았으니 말이야."

"진정…… 그뿐으로 괜찮은 게요?"

"그뿐이라니……? 그것이 우리나라에서 바라는 전부라네. 약속을 어기지 않는 한 귀국은 이후 우리와 좋은 이웃으로 지낼 수 있겠지. 우리나라의 입장에서 이보다 더한 수확은 없네. 게다가 직책상 사람을 보는 눈에는 자신이 있군. 귀하가 한 발언에는 거짓이 없음을 믿네. 본인의 말을 배반하지 않도록 노력해주게."

"……귀국의 배려에 감사하오. 결코 후의를 저버리는 짓은 하지 않겠소."

"서로, 재건에는 시간이 꽤 걸리겠지. 몇 세대에 걸친 연구 결과를 보관해 놓은 중요한 연구소도 잿더미가 되지 않았나?"

"자업자득이지. 분명 귀중한 연구 자료는 불탔으나 사람은 남아 있다오. 처음부터 다시 쌓아 올리겠다는 각오로 임할 수밖에 없겠지. 복귀하시는 길의 안전은 우리가 목숨을 걸고 보증하겠소. 이미 전쟁은 끝났다고 모든 군사에게 연락을 마쳤지. 안심하고 떠나가시게."

"그래— 이만 실례하지. 추후 일 처리는 사절을 통해 진행하도록 하지."

"그래, 아무쪼록 무사한 귀국을 기원하오. 그러고 보니…… 노르 공. 내가 자기소개도 하지를 않았구려."

린의 오빠와 어려운 이야기를 나누던 거한이 나를 돌아보며 말했다.

"본인은 마도황국 『10호법』의 수장, 란데우스라고 하네. 나를 찾 아올 때는 이름을 말해주면 될 걸세."

"그런가, 알겠어……. 란…… 란, 데우스라고 했지. 기억했다."

"노르 공. 다시 언젠가, 귀하와 어딘가에서 만나는 날을 기대하겠 네."

"그래, 또 만나자……. 더는 노인은 괴롭히지 말라고?"

"—그래, 그 말을 정말 마음에 깊이 새겨 두겠네."

"……그럼, 날아갈게."

우리 전원이 용의 등에 올라타자 로로가 눈을 감고는 용과 대화를 나누기 시작했다.

그렇게 로로의 명령에 따라 거대한 날개를 펼친 용이 커다랗게 날 갯짓하며 하늘로 떠오른다.

변함없이 나는 높은 위치에 있기만 해도 공포로 몸이 움츠러드는 심정이었다.

하지만 조금 익숙해진 덕일까, 올 때보다는 공포감이 아주 약간이

나마 적어진 것 같다.

그래도— 역시 무섭기는 무섭다.

"로로…… 부탁한다. ……돌아가는 길은 ……낮게, 날아가줄 수
있겠니."
"……응. 알았어."

그렇게 우리는 노인을 공격했던 남자 열 명에게 이별을 고한 뒤
오히려 배웅을 받아 가면서 황도를 뒤로했다.

46 왕도 귀환 2

그 후 돌아오던 길은 떠올리고 싶지도 않다.

다만 고생한 보람이 있어 우리는 어찌어찌 어두워지기 전에 왕도
로 복귀할 수 있었다.

용이 날아올랐던 장소로 돌아오자 린의 아버지가 마중을 나와주
었다.

줄곧 이곳에서 기다려주었나 보다.

"아버님, 무사히 귀환했습니다. 이제 전쟁은 끝났습니다. 사태는
순조롭게 마무리되었습니다."

"그래, 보아하니 잘 해결한 것 같구나. 고생 많았다, 레인. 자세한
보고는 나중에 들려주거라."

"—예."

"그 전에, 은인께 감사의 말을 전해야겠군."

"네, 노르 공은 기대 이상의 활약을 보여주었습니다. 공적에 걸맞
은 포상을 내려주십시오."

—뭐라고?

"……포상?"

"그래, 그래야지. 이번 사태에서 겪은 큰 고생에 어울리는 포상을 전달하고 싶군. 토지든 건물이든 재보든 간에 무엇이든 말해주게나. 우리의 능력 안에서라면 무엇이든―."

"아니, 필요 없다만."

"―뭐라?"

나의 뇌리에 얼마 전 보관할 곳도 마땅치 않은 재보며 필요하지 않은 토지 및 건물을 거듭 사양했던 기억이 되살아났다.

"마음은 진짜 고마운데― 난 딱히 모자란 게 없어. 잠잘 곳은 야숙이어도 별 상관이 없는 데다가 먹을거리도 사냥하려고 마음먹으면 스스로 사냥할 수 있으니까."

"필요가 없다? 정말 아무런 포상을 바라지 않겠다고?"

"그래, 인사 들었으면 됐어."

보통 쓸데없는 물건을 받아도 안 쓰니까 필요도 없다.

나는 특별히 이상한 말을 꺼냈다는 생각은 안 든다만, 주위 인물들은 모두 난감해하는 표정을 짓고 있었다.

"……아, 아니, 어째서. 그냥 넘어갈 순 없다네. 이번만큼은 제대로 된 사례를 받아주게나. 다른 사람들에게도 본을 보여야 하지 않겠나……?"

"나는 잘 모르겠다만……?"

솔직히 정말 아무것도 필요 없다만. 저번에 이『흑색의 검』을 받기도 했고, 난 이미 충분히 만족하는 심정이다.

그렇게 말을 마치려다가 문득 로로의 얼굴이 눈에 들어왔다.

"아니, 미안한데. 역시 부탁할 게 하나 있었어. 혹시 가능하다면 신세를 좀 지지."

"……오, 오오?! 그런가, 그런가! 좋네, 사양하지 말고 뭐든지 말해주게나! 이렇게나 큰 활약을 보인 인물에게 아무것도 안 해줄 순 없지 않겠나!"

린의 아버지는 상처투성이 얼굴에 만면의 미소를 지었다.

이 사람은 정말이지 다른 사람에게 뭔가 내주는 것을 좋아하는구나.

"실은 이 아이의 처우를 부탁하고 싶거든."

내가 옆에 서 있었던 로로의 어깨에 손을 얹자 로로는 나의 얼굴을 올려다보며 눈이 휘둥그레졌다.

"……어……? 뭐야……? 나……?"

"그 아이를……? 그 아이는—『마족』의 아이군."

"그래, 맞아. 의지할 데가 없다더라고. 황국에 찾아온 상인 집단과 같이 지냈었다는데 이 아이만 두고 떠나버렸다던가? 그 사람들도 어디에 갔나 알 수가 없고."

내가 린에게 상처를 치료받는 동안 린의 오빠가 이것저것 수소문해서 알게 된 사실이지만, 로로가 함께 생활했었다는 상인 집단은 황국에서 홀연히 자취를 감춰버렸다.

행선지도『상업 자치구』의 어딘가라는 막연한 말뿐이라서 아무도 알지 못한다고 했고.

돌아갈 곳도 사라진 로로는 결국 용의 문제도 있어 우리와 함께 왕도까지 같이 돌아왔지만, 이후 어떻게 지낼지는 아무것도 결정한 것이 없었다.

"그럼 그대의 부탁이라는 것은."

"이 아이가 왕도에서 다른 사람들과 똑같이 **평범한 생활**을 누릴 수 있게 보살펴주면 좋겠는데……. 부탁해도 되나?"

나에게 지금 부탁이라고 할 만한 것은 이것뿐이다.

이 아이는 내가 데려와버린 셈이기도 하고, 함께 지내는 방법도 생각했었다가 나 같은 수입도 불안정한 녀석의 돌봄을 받는 것보다는 부잣집에 신세를 지는 것이 당연히 더 좋다.

"……예전에 내게『집과 토지를 준다』라고 말해줬었지? 그 정도면 아마 충분할 테니까 집을 마련해주면 좋겠어. 가능하면 의복과 식사도 신경 써주면 좋고."

린의 아버지는 팔짱을 끼며 고개를 끄덕거렸다.

"—옳거니. 국내의 토지와 건물을 소유하려면 그 소년은 왕국의 『백성』이 되어야 할 필요가 있다만, 그대가 바라는 것은 요컨대 안전과 보호인가?"

"……대충 비슷하지 않나? 필요하다면 조치를 해줘. 이 아이 덕분에 몇 번이나 목숨을 건졌지. 저 커다란 용이 사람의 말에 따라준 것도 이 아이가 있어준 덕분이야. 이 아이가 아니었다면 전쟁도 이렇게 금방 끝나지는 않았겠지. 그러니까 뭔가 내주겠다면 나 같은 사람은 말고 이 아이한테 포상을 내줘. 내 부탁은 그것뿐이야."

"그렇군. 그것— 뿐인가."

린의 아버지는 하늘을 우러러보며 몹시 떨떠름한 표정을 짓는다.

뭔가 도저히 납득이 안 되나 보다.

역시 나 자신은 어떤 재물을 받지 않겠다니까 불만이 있는 것일까.

어떤 이유인지는 잘 모르겠는데 린도 그렇고 아버지라는 사람도 그렇고 다른 사람에게 답례할 때는 전력으로 뭔가 재산을 안겨주려고 한다.

그런 문화가 있는 것 같은데 나에게는 역시 필요가 없는 물건은 필요치 않다.

……그렇군. 그 부분은 제대로 분명하게 의사를 전달하도록 하자.

"말해 두겠는데 다른 보답은 아무것도 필요하지 않아. 정말 아무것도 안 받을 거야. 절대로."

뭐, 이렇게까지 말하면 괜찮을 테지. 분명히.
……괜찮겠지? 아마?

"―그런가. 알겠네. 그대가 원하는 대로 하겠다. 다만…… 정말로 달리 원하는 것은 없는가? 재화의 부류라면 본 가문에 쌓아 둔 물건들 중 어느 정도는 내어 줄 테니 가지고 가면 절대로 짐 덩어리가 되지는 않을 터인데."

―아니나 다를까, 추가 떠안기기다.

"……아니, 나 같은 사람한테 줄 물건이 있다면 다른 데 써주지. 지금은 집이 무너져서 곤란한 사람도 잔뜩 있을 텐데. 나한테 뭔가 줄 만한 여유가 있다면 전부 어려운 사람들에게 전해줘. 지금 재물을 가장 필요로 하는 사람이 과연 누구겠어?"

"그 말은, 맞구나……. 하하하, 정말, 전적으로 동의하겠네."

이번에는 아마 기분이 상한 기색을 보일 것 같았는데 린의 아버지는 오히려 재미있어하며 웃었다.
정말 잘 웃는 아저씨다.
그렇게 겨우겨우 린의 아버지의 선물 공세를 물리치고 일단은 안

심하다가 불현듯 나는 약간의 조바심을 느꼈다.

　대화 나누던 중 내가 모종의 사실을 깨달았기 때문이다.

　느긋하게 여기서 대화나 나눌 상황이 아니었다.

　"미안. 막 떠올랐는데 급하게 갈 데가 있었어. 린, 여기서 헤어지자."

　"선생님? 어디 가십니까—?"

　"또 보자—. 로로는 잘 부탁하지."

　나는 서둘러 그 자리를 뒤로하고 목적한 장소로 달려갔다.

　나는 지붕과 벽이 절반쯤 부서져서 엉망진창이 된 모험가 길드 건물에 와 있었다.

　"……응? 오오! 노르잖냐. 너, 미슬라에 간다고 하지 않았던가? 어휴, 역시나 돌아왔었구나—. 하긴 왕도가 이런 꼴인데."

　건물 내부에 들어갔더니 반파된 길드 카운터 안쪽에서 길드 아저씨가 지친 표정으로 바쁘게 움직이고 있었다.

　"그래, 느긋하게 여행이나 다닐 상황이 아니었으니까. 서둘러 되돌아왔지."

"그런가. 뭐, 의뢰가 취소 판정을 받아도 듬뿍 받을 수 있는 계약 형태였으니까 손해는 안 볼 테지. 그건 그렇고 꽤나 흙투성이인데 무슨 일 있었냐? ……옷은, 좀 타버렸군?"

"뭐, 이래저래 일이 좀. 운동을 꽤 했어."

"……뭐, 상황이 이러니까. 다들 비슷비슷한 신세다. 나도 지독하게 고생했다고……. 몇 번을 죽을 뻔했지, 원."

"그래. 나도 이래저래 고생해서 기진맥진이야."

나와 길드 아저씨는 얼굴을 마주 바라보며 같이 웃었다.

"뭐, 아무튼 서로 무사하니 다행이구나. 그런데 노르, 피곤할 텐데 미안하지만 말이다. 건축 길드 쪽 영감이 너를 혈안이 돼서 찾아다니더라. 일손이 부족하다, 노르는 어디에 있냐, 되게 급한가 봐. 이제부터 잔해물 철거라든가 가설 주택을 짓는다든가 죽도록 바빠진다더라."

"그래, 나도 알아. 분명히 찾을 것 같아서 여기에 왔지. ―당장 가겠어. 위치는?"

"지도를 주마. 가져가라."

"좋아, 고마워."

그렇게 나는 지도를 받은 뒤 곧바로 당장에라도 허물어질 것 같은 길드에서 나와 잔해물 철거 공사가 시작되었다는 현장으로 향했다.

"그나저나, 역시 오늘은 꽤 피곤한데."

무의식중에 한숨이 새어 나온다.

돌이켜보면 오늘은 아침부터 터무니없이 바쁜 하루였다.

마차를 타고 여행에 나섰는데 불쑥 독개구리를 상대로 싸워야 하는 처지에 몰렸었고, 기묘한 붕대 남자에게 공격당했다가 로로의 이야기를 듣고 되돌아왔고……. 린에게 마법을 맞아서 진짜 세차게 날려 갔다가 하마터면 거대한 용과 부딪힐 뻔했고, 게다가 용 때문에 죽을 뻔하면서도 이리저리 도망 다녔고, 또 직후에는 죽도록 가득 넘쳐나는 검과 방패를 튕겨 내야 했다.

그뿐 아니라 이후에는 용의 등에 올라타 하늘을 날아가던 중 나는 공포로 정신을 잃고— 어느 틈인가 도착했던 황국에서는 노인에게 우르르 덤벼드는 흉포한 열 명의 병사를 막아섰다.

짧게 설명해봐도 무척이나 농밀한 하루다.

나 스스로도 자기의 힘을 돌아보지 않은 채 막무가내로 열심히 달려 다녔다는 생각은 든다.

위험한 상황은 제법 겪었지만, 많은 사람들에게 도움을 받은 덕분에 무사할 수 있었다.

린과 로로, 이네스, 그리고 알…… 길…… 무슨무슨 버트와 교관들의 도움이 있어 위기를 극복했던 셈이다.

누구 한 사람만 모자랐어도 아마 난 목숨을 잃어버렸겠지. 저 사람들 덕분에 나는 살아남을 수 있었다.

 정말 너무나 많은 일이 있었고, 공복도 한계에 가까웠다.
 솔직히 피곤한 터라 이제는 푹 쉬고 싶다는 마음도 있다.
 하지만—.

“이런 때 편하게 쉴 수는 없잖아.”

 지금 왕도의 거리 전체가 심각한 상황이다.
 우선은 마구잡이로 쌓인 잔해물을 치워야 한다.
 어쩌면 폐허 아래에 깔린 채 도움을 요청하는 사람이 있을지도 모른다……. 그렇게 생각하면 느긋하게 쉴 마음은 도저히 들지 않았다.

 설령 잔해물을 깔끔하게 다 청소하더라도 뒷수습을 마무리하려면 할 일이 무척이나 많다.
 수많은 집이 무너졌기 때문에 같은 숫자의 집을 서둘러 지을 필요가 있다만, 덩치 큰 용이 정말로 마구 날뛰었던 탓에 이곳저곳 지면이 요란하게 쪼개졌다.
 평탄화 작업만 해도 굉장히 고생이겠지.

 우선은 땅을 고르게 다진 뒤 달구질 공사가 필요하다.
 아직 할 일이 눈앞에 산처럼 쌓여 있다.
 다행히 아까 린이 치료해준 덕에 몸 상태는 나쁘지 않다.

배는 좀 고프지만……. 대충 집어 먹으면 더 활동할 수 있겠지.

나 같은 사람이 정말로 많은 사람들에게 도움이 될 수 있는 분야는 이렇듯 단순하게 힘을 쓰는 일이다.

다행히 어깨에 짊어지고 있는 『흑색의 검』도 이제부터 꽤 도움이 될 듯하다.

오늘 하루, 이 녀석을 휘두르면서 생각했다.

이 녀석은 외형도 너덜너덜하고 베는 데 쓸 칼날이 거의 남지 않아서 검이라고 불러주기에는 의문이 드는 초라한 검이지만, 정말 튼튼하고 좋은 검이다.

아무리 단단한 것을 쳐내도 흠집 하나 안 늘어나는 데다가 좀 무거워도 휘두르면 그만큼 기세가 실린다.

게다가 아무리 세차게 때려 박아도 결코 구부러지지 않고 단단하다.

무엇인가를 깔끔하게 베어 내기는 불가능하지만, 때리는 데는 무척이나 좋은 도구다.

이 검은 내가 가지고 있는 한 마물을 쓰러뜨리거나 용을 퇴치하는 등 사람들의 주목을 받는 떠들썩한 활약은 못 하겠지.

하지만 이제부터 꼭 필요한 달구질 작업이나 『말뚝 박기』에는 제격이다.

그렇게 생각하며 나는 점점 손에 익숙해지는 흑색의 검에 묻은 먼지를 털어주고 어깨에 짊어졌다.

"─자, 나의 진짜 일거리가 기다리고 있군."

그렇게 나는 한숨을 돌린 뒤 수많은 사람들이 일하고 있는 잔해물 철거 작업 현장으로 길을 서둘렀다.

47 가설 집무실에서

클레이스 왕국과 마도황국, 양국의 협의 결과, 황국의 황제는 전쟁 발발의 책임을 지는 형태로 퇴위하게 되었다.

그와 동시에 마도황국은 다액의 배상금과 더불어 타국 유출을 엄격하게 금지했던 마도구 제조 비공개 기술을 왕국에 제공하기로 했다. 또한 추가로 포로로 잡힌 병사들을 왕도 재건을 위해 노동시키고, 이후 철저한 불간섭을 자청했으며 또한 왕도 재건에 소요되는 경비는 모두 황국에서 부담하기로 결정됐다.

황제의 『퇴위』는 후계자로 지목된 황제의 손주가 지배 체제를 정비한 이후 몇 개월 뒤에 발표된다.

그 때문에 황국은 표면상 현재의 지배 체제를 유지할 뿐 내부에서는 대대적인 숙청을 감행하며 권력 이양을 위한 준비가 진행 중이다.

물론 반발하는 세력의 출현이 예상되었지만, 황제가 온전하게 산 채로 의사를 표시했기 때문에 비교적 원만하게 절차를 밟아 나가고 있다.

왕국 측 또한 황국의 변화를 안팎 양면에서 지원하는 체제를 정비했기 때문에 【은성】 카르 휘하의 【도적 병단】 정예 몇 명을 란데우스의 부하로 배치했다는 보고를 레인 왕자에게 받았다.

왕은 재가가 필요한 사안은 모두 왕자 레인이 관리하도록 지시를 내려 두었다.

오히려 자신보다 더 우수한 아들에게 맡겨 두면 대부분이 잘 해결되리라는 안심감을 느낀다.

황국 관련의 문제는 별로 걱정되지 않았다.

지금 왕의 머리를 점유하고 있는 것은 다른 문제다.

"그『마족』소년을……. **평범하게** 아무 우려도 없이 생활하도록 돌봐달라는 것인가."

머리에 떠올리는 것은 한 남자의 발언.

가설 집무실에서 급조로 천을 덮어서 꾸민 의자에 앉아 왕은 상념에 잠겨 있었다.

"정말이지 난감한 요구로구나─. 하필이면 **마족**이라니."

구국의 영웅 노르는 이번 활약의 포상으로「마족 소년 로로의 보호」─ 아울러 소년에게 인간과 동등한「시민권을 부여해줄 것」을 부탁했다.

"국가의 은인이 말한 부탁이 저것 **하나뿐**이라니. 그렇다면 절대 소홀히 할 수 없지."

『마족』은 미슬라 교국뿐 아니라 많은 나라에서 토벌 대상으로 지정한 **적성 종족**이다.

따라서 오랜 세월을 사냥당함에 따라 상당히 수가 줄어들었다. 그 소년은 얼마 안 되는 생존자.

─마족은 날 때부터 신비로운 힘을 지닌다.

이른바 마물을 자유롭게 조종하며 사람의 마음조차 꿰뚫어 보고, 경우에 따라서는 조종한다고 한다.

저런 능력과 과거에 일으켰던 사건 때문에 두려움을 사고 박해를 받는다는 것은 모두가 잘 알고 있지만, 실물과 만났다는 사람의 이야기는 거의 듣지 못했다.

대부분은 저러한 전승 속 특징을 들어서 알 뿐이며 왕 본인도 목격했던 경험은 사실상 없다.

마족이 위험시되는 이유는「흉포한 마물조차 조종할 수 있다」라는 종족의 특성 때문이고, 그 능력을 써서 마족들은 전쟁 중 수많은 인간을 죽였다고 전해 내려온다.

왕 본인도 소년의 힘을 직접 목격했을 때는 전율했다.

전설 속【재액의 마룡】을 뜻대로 조종하다니.

아니, 마족 소년, 로로는 어디까지나 대화를 맡았다고 설명했었던가.

어쨌든 간에 마족의 힘은 터무니없는 위협임을 이번 습격에서 깊이 절감할 수 있었다.

적으로 돌아서면 이보다 더 두려운 상대는 없을 것이다.

이런 관점에서만 바라보면 분명 위협일 수 있겠지만, 마족이 태어날 때부터 사악한 존재라는 주장에는 의문을 느낀다.

분명 인간과 마족의 전쟁은 과거에 발발했었고, 마족은 인간에게 잔학한 침략을 감행했다.

하지만 역사를 쭉 훑어보면 인간 대 인간의 전쟁과 딱히 다르지 않다.

마족이 죽였다는 인간의 숫자 역시도 인간이 인간을 죽인 숫자보다는 훨씬 적잖은가.

오히려— 인간이 죽인 마족의 숫자가 훨씬 더 많다.

그뿐 아니라…… 진실은, 마족에게 인간이 먼저 쳐들어간 전쟁이라는 증언도 있다.

실제『마족』을 특별히 위험시해야 할 합리적인 이유는 없다.

인간이 인간을 두려워하는 이상으로 마족을 두려워해야 할 사유는 딱히 없다는 결론이다.

다만 그것은 설령 알지언정 결코 공공연하게 발언하면 안 되는 『금기』의 부류로 자리매김했다.

얼마간의 통찰력이나마 있는 인물이라면 모두가 아는 사실이지만, 지금 마족이 위협적이라며 세계에 널리 나도는 일화는 전부 미슬라의 공식 발표에 따라 만들어졌다.

그 이야기를 다른 국가가 「신용한다」라는 형태로 모든 마족을 대상으로 하는 국제적인 조약이 체결되어 있다.

『신성 미슬라 교국』이 저만한 발언력을 발휘하는 데는 미슬라가 보유하여 각국에 제공하는 『결계 기술』의 존재가 크게 작용한다.

도시 안쪽으로 마물이 못 들어오게 막는다거나 미궁에서 마물이 못 나오게 하는 『투명한 역장』을 생성하는 기술.

일정 규모 이상의 도시라면 모두가 저 기술의 혜택을 누리고 있다.

미슬라 교국은 해당 기술을 독점한 채 미슬라교 교회 각 지부를 통해 『사람들에게 안전을 제공한다』라는 형태로 많은 국가에 영향력을 유지하고 있다.

미슬라는 기술 제공의 대가로서 협력국에 어떠한 요구를 했다.

이른바 『마족』은 몹시 위험한 종족이니까 인류의 적으로 지정하라고.

발견하는 즉시 토벌하여 『처분』하거나 산 채로 잡아서 넘겨라.

그렇게 하면 신성 미슬라 교국은 협력자에게 다대한 은혜를 약속하겠노라고.

그 요청을 거역하려고 드는 단체는 거의 없었다.

유효한 방어 기술을 천칭에 올려 허위가 담긴 주장이라며 쓸데없이 반발한들 아무것도 얻는 것이 없기 때문이다.

어째서 미슬라와 교회가 아등바등 『마족』에 얽매이는지 이유는 분명하지 않다.

물론 미슬라가 마족과 큰 전쟁을 벌였던 것은 역사적 사실이며, 과거의 원한이 미처 다 해소되지 않았다는 것도 이유로 제시할 수는 있겠다. 다만 이미 수백 년이나 지난 일이다. ─진짜 이유가 또 있을 테지.

마족은 미슬라에서 영원히 적으로 만들고 싶은 이유가 있는 『무엇인가』일 것이다.

세계에 뿌리를 뻗은 대국에는 마족을 해악으로 만들어야 하는 어떠한 곡절이 있다.

즉 마족을 편드는 행위는 곧 대국 미슬라와 적대 관계에 서는 것과 마찬가지다.

"……정말이지 난감하구나. 그 나라는 적으로 돌리기에는 너무나 거대한 곳이 아닌가."

다만 최근에 미슬라의 움직임에는 신경 쓰이는 부분이 많다.

이번에 왕도 습격에서 『악마의 심장』이 사용되었다지.

오직 미슬라에서만 산출되는 물건이라 알려져 있는 희소한 마석이다.

그런 물건이, 설마 유출되었다는 생각은 못 하겠다.

미슬라의 엄격한 관리 체제가 유출을 허락하지 않는다.

모종의 이유로 황국이 미슬라에서 정식 제공을 받았다고 생각할 수밖에 없다.

—어째서?

우리나라와 미슬라는 분명 역사적으로도 양호한 우호 관계를 쌓아 올리지 않았던가.

린이 유학을 다녀온 지 얼마 안 됐다.

그 시점에서는 이렇다 할 낌새는 없었건만.

이 문제는 이제부터 제대로 공을 들여서 조사할 테니까 유통 경로는 조만간 판명되겠지만.

현시점에서는 의심할 수밖에 없다.

아마도 **그 여자**가 우리나라를 부수고 싶어 한다는 것을.

"그리고 하필이면 이런 시기에 『마족』 소년을 **보호**해야 하는가. 그 아이도 이번 사태의 영웅 중 한 사람이지. 은혜를 원수로 갚는 것은 우리나라의 방식이 아니다. 다만."

로로를 보호하겠다는 결단은 현재 상황에서 불에 기름을 끼얹는 결과를 초래한다.

그 거대한 용을 조종했던 소년은 이미 수많은 사람의 눈에 띄었다.

물론 미슬라 교황의 이목에도 곧 포착될 테지.

그 여자— 교황 아스틸라가 마족 소년을 구실 삼아서 공격할 것은 쉽게 상상할 수 있다.

왕도 로로를 지켜주고 싶은 마음은 있다.

단지 『마족』이라는 이유로 인간과의 사이에 장벽을 세우는 것은 바르지 않다.

마족들 또한 대화를 주고받을 수 있는 지성을 지닌 이웃이 아니겠는가.

하물며 로로는 아직 어린아이다. 종족의 과거와 아무 관련이 없다.

……이렇게 말할 수 있다면 얼마나 좋겠는가.

다만 자신처럼 높은 지위의 인간이 무작정 달콤한 몽상을 발언하는 것은 용납되지 않는다.

왕은 가설 집무실의 입구에 대기하고 있던 아들 레인에게 말을 건넸다.

"그 마족 소년에게 왕국의 시민권과 살 집을 내주거라. 추후 생활에 지장이 없을 정도의 재화도. 방식은 일임하겠다."

"—예."

왕자는 왕의 명령을 받고 각처의 부하에게 명령을 전달하기 위하여 빠른 걸음으로 집무실에서 떠나갔다.

그렇게 사람이 없어진 가설 집무실에서 왕은 더욱 깊숙이 천을 두른 의자에 몸을 기댔다.

"노르. 그자는 정말이지 난감한 남자구나."

그 남자는 아무것도 받지 않는다.
보통 사람들이 가지려 하는 것 전부를 거부한다.
재화도, 집도, 재산도. 토지마저도 원하지 않는다.
인간이 마땅히 가지고 있어야 할 욕망이 어디에도 없는 듯 보인다.

—혹시 머리가 이상해진 광인 부류의 인간일까.

"……아니, 정말 필요가 없을 테지. 그 남자는 강하다. 그래서 **필요가 없는** 것이다."

얼마 전 자신이 제시했던 보상 따위……. 만약에 그 남자가 마음을 먹고 갖고자 하면 어디에서든 받아 낼 수 있을 것이다.
따라서 그 남자는 당장에 가질 수 있는 재화에 아무 가치를 느끼지 않는다.
손 닿는 곳에 있거나 없거나 똑같으니까. 이미 비할 데 없는 무력을 손에 넣었으니까.

"—【재액의 마룡】을 고작 혼자서 굴복시키다니."

왕은 모든 과정을 가까운 곳에서 목격했다.

그 남자는 도시가 싹 날아가버릴 강력한 일격을 고작 한 자루의 검으로 막아 내면서 용을 대지에 넘어뜨렸다.

—그자는, 진정한 영웅이다.

과거에 같은 칭호로 불린 경험이 있는 왕이기에 그 남자야말로 진정한 영웅임을 확신할 수 있었다.

동화 속에서 묘사되는 주인공, 왕 본인이 줄곧 동경하며 조금이라도 가까워지고자 했던 영웅상.

그 남자야말로 영웅의 이상적인 모습이었다.

……게다가 아무것도 가지려 하지 않는다.

교훈주의로 꾸며 낸 성인의 일화가 이렇지 않을까?

다만 얼마 전 그 남자는 한 가지 부탁을 했다.

「마족 소년을 도와달라」라고.

"마족 소년을 왕국민으로 인정하고 보호하라는 부탁. 우리나라에 미슬라를 등지라는 요구를 한 것과 마찬가지이다만."

그것은 결코 진입해서는 안 되는 영역이었다.

많은 나라가 사정을 대강 알면서도 지적하지 않는 금기.

그것을 깨뜨리라고 아무렇지도 않게 말했다.

그것이 그 남자의 **유일한 부탁**이라잖은가.

―어떤 생각을 갖고 있는가, 그 남자는. 그 남자의 진정한 목적은 대체 무엇인가?

아니, 아마도 타의는 없을 것이다.
말이 뜻하는 그대로의 부탁일 테지.

"이 세상의 모든 인습을― 우리가 사로잡혀 있는 굴레를. 고작 혼자서 뒤집어엎겠다는 말인가, 그 남자는. 도중에 겪을 곤경에 우리나라를 통째로 끌어들이려는 작정인가."

왕은 스스로 발언한 말에 위화감을 느꼈다.

"―끌어들인다? 아니…… . 억측일 테지."

늙은 황제가 어리석은 왕이라면서 매도했던 발언은 정말이지 온당했다는 생각이 든다.

가능하면 한 영웅의 앞길을 지켜보고, 같이 걸어가고 싶어진 데야.
마치 이야기의 다음 전개를 손꼽아 기다리는 어린아이와 같은 마음이 왕의 내면에서 꿈틀거리고 있다.
자신이 다스리는 왕국의 백성을 위험에 노출시킬 가능성이 있다 하여도, 이 세계의 표면적인 안녕을 희생시키게 되더라도 그 남자의 앞길을 지켜보고 싶다. 치기 어린 감정이 머리를 치켜드는 것을

287

느낀다.

역시 자신은 왕 실격이다. 일국의 왕을 감당할 수 없는 인간이다.

하지만—.

"언제까지나 어리석은 꿈을 좇는 것이 『모험가』라는 생물. 명색이 모험가들의 왕이라면 응원을 할 수밖에— 아니, 이러한 설명 가지고는 역시 좀 구차한가? 나중에 오켄에게라도 의견을 구해 괜찮은 명분을 궁리해야겠구나. —정말이지 난처하구나, 우리 영웅님의 요구를 들어드리자니."

그렇게 말하는 왕의 얼굴에는 희색이 가득 떠오른다. 어느새 가설 집무실 안에 커다란 웃음소리가 울려 퍼지고 있었다.

48 맛있는 식사

소년은 줄곧 꿈을 꾸는 기분이었다.

그렇다, 이것은 전부 꿈이었던 게 분명하다.

자신은 사실은 이미 흑사룡의 발톱에 찢겨 죽었고, 이것은 분명히 죽은 후 모두가 본다는 환상이다.

분명, 환상이다.

왜냐하면 이런 현실이 진짜 있을 리 없으니까.

자신이 【재액의 마룡】과 대화했을 뿐 아니라 자신을 구해준 사람, 한 나라의 공주님, 다른 높은 사람들과 같이 용의 등에 올라타서— 하늘을 날아 황도에 돌입한 뒤 황제를 쓰러뜨리고 아무 탈 없이 몸 성히 돌아오다니.

어디를 뜯어봐도 지어낸 이야기라는 생각밖에 안 드는 데다가 그 동안 본 광경도 하나같이 현실과 동떨어졌으니까.

고작 한 명의 인간이 대규모 군세 복판에 뛰어들더니 수많은 검을 하늘로 날려 보내며 은색의 파도와 같은 광경을 만들었다.

태양처럼 눈부신 빛이 단칼에 하늘 높이 솟구쳤다가 분열하며 유 성과 같이 황도의 곳곳으로 내리쏟아지는 장면도 봤다.

은색 갑옷을 입은 아름다운 여성이 눈앞에 우뚝 선 강철의 성을 찰흙 조각처럼 베어 갈랐고, 무엇보다 자신이 다른 사람들과 함께 거대한 마물과 싸우기까지 했다.

그럴 리 없다. —도저히, 말이 안 된다.
이것이 꿈이 아니면 대체 무엇일까.

절대 자신의 처지에서는 일어날 수 없는 수많은 멋진 사건들.
이런 경험은 상상조차 한 적이 없다.
그러니까 역시 꿈이다. 꿈이 분명하다.
다만 소년은 그럼에도 만족했다.
설령 전부가 거짓임을 알더라도 소년에게는 잠시나마 분명 근사한 시간으로 남아줄 테니.
설령 꿈이더라도 이토록 흥미진진한 광경을 본 경험은 이제껏 없었으니까.

……분명 자신은 그때부터 쭉 꿈을 꾸었을 뿐이다.

그때, 그 사람이 『흑색의 검』으로 용의 발톱을 튕겨 냈을 때부터.
그때부터 쭉 자신은 달콤한 꿈을 꾸었으리라.
자신은 아픔도 못 느낄 만큼 순식간에 흑사룡의 발톱에 찢겨 죽어서 이렇게나 근사한 꿈을 꿀 수 있었으리라.

소년은 알지 못하는 누군가에게 감사했다.

—마지막으로, 이토록 행복한 꿈을 꾸게 해줘서 고마워.

소년은 차례차례 벌어졌던 여러 사건은 꿈에 불과하다고 확신했다.

그러니까 눈앞에 서 있는 아름다운 여성이 이러한 말을 건넸을 때도 특별히 신기하다는 생각은 하지 않았다.

"이제부터 당분간 나와 너는 같이 살게 되었다. 잘 부탁하지, 로로."

커다란 저택에 같이 따라온 뒤 깨끗한 옷을 받아서 갈아입고 하얀 탁자 위쪽에 다양한 요리를 담아낸 접시가 놓였을 때까지도 반쯤 멍하니 주변 광경을 바라보기만 했다.

그렇다, 이 여성은 분명 황국의 요새를 용에 올라탄 채 베어 갈랐던 대단한 실력자다.

하지만 새삼 여성의 얼굴을 바라보면 이렇게나 차분하고 상냥한 사람이 요새 다수를 정말 썩 베어버렸다고 생각하기는 너무나 이상하다.

응……. 역시 전부 다 꿈이야. 꿈이 분명해, 소년은 또 깊은 확신을 가졌다.

"……가만히 뭐 하나? 애써 차려준 요리인데 빨리 안 먹으면 다 식어버린다."

소년은 불현듯 들린 목소리에 움찔 어깨를 떨었다.

"……앗, 이거……. 먹을 수 있어……?"

소년이 보았을 때 정면 자리에 앉은 여성은 이상하다는 표정을 지었다.

"먹을 수 있냐니, 전부 음식인데. 이게 저녁 식사다. 혹시 못 먹는 음식이 있나? 몸이 안 받아주면 다른 재료를 쓴 식사로 부탁해줄까?"

소년은 허둥지둥 고개를 옆으로 흔들었다.
솔직히 눈앞에 잔뜩 놓인 것들이 먹을 수 있는 음식인지 알지 못한다.
먹은 경험이 없으니까.
다만 이것은 꿈이기도 하고, 분명히 못 먹을 음식은 아닐 거야— 게다가 비록 꿈이라지만 다른 음식을 부탁해주겠다는 말도 무척이나 당황스러웠다. 이것이 음식이고 다른 데 치울 바에야 역시 직접 먹어보고 싶다.
그렇다 해도 꿈이라는 것을 아는데 주눅이 든다.
너무나 호화찬란하기에.
아무리 잠깐의 꿈이라지만……. 이렇게나 행복한 꿈이 있어도 되는 것일까.

"……저, 정말 괜찮아……? ……이게, 식사야……?!"

식사라는 말을 듣고서 소년의 기억에 떠오른 것은 조그맣고 까맣고 곰팡이가 핀 빵이었다.

언제나 돌처럼 딱딱하고 말라붙었으며 반드시 곰팡이와 진흙 냄새가 났다.

그 빵을 조금씩 맛보며 철창 안에서 하루를 보내는 때가 많았다.

목숨을 부지하기에는 충분하다. 어쨌든 음식을 주니 충분하다. ─ 고맙게 받아먹어라.

철들었을 때부터 줄곧 똑같은 훈계를 들어야 했고, 같은 음식을 받아먹으며 살아와야 했으니까.

그런데 눈앞의 접시에는 형형색색의 알지 못하는 무엇인가가 담겨 있다.

……이게 식사야? 본 적도 없는 음식이 잔뜩 있다.

게다가 눈앞의 접시에 담겨 있는 수프 비슷한 음식에는─.

"……야채……? 게다가…… 고기가, 들어 있어……?"

이렇게 호화로운 음식은 지금까지 먹어본 적이 없다.

소년은 놀라면서도 한 가지 사실을 떠올리며 납득했다.

─아, 맞아. 잊을 뻔했어, 전부 꿈이지.

꿈인데도 본 적이 없는 음식이 보이는 것은 좀 이상하지만…….

죽은 이후에 꾸는 꿈이니까 이 정도는 특별히 이상하지 않다.

그렇게 생각하며 소년은 조금 안도했다.

그래, 꿈이니까……. 꿈이라면 먹어도 괜찮아.

꿈이라면 분명 인간과 같은 음식을 먹어도 호되게 얻어맞지는 않을 테니까.

"왜 가만있지, 안 먹나?"

눈앞의 여성이 먹어도 된다고 말해준다.

—그런데, 혹시 아무런 맛이 안 나면 어떡하지.

꿈인 줄 안다 하여도 꿈이라는 것을 실감하기는 어렵다.

음식을 입에 넣은 순간에 이 멋진 환상이 전부 끝나버리는 것이 아닐까 싶어 소년은 걱정했다.

"어서, 사양할 것 없다. 무엇을 먹든 아무도 화내지 않아. 내키는 대로 먹으면 된다."

그렇게 말한 뒤 눈앞의 여성은 하얀 빵을 소년에게 내밀었다.

잠시 소년이 망설이던 중 꼬르륵 소리가 났다.

—이상하다. 꿈인데 배가 고파지다니.

그제야 소년은 마른침을 삼킨 뒤 각오를 다졌다.

"······그럼 ······잘, 먹겠······습니다······."

소년은 내밀어주는 빵에 흠칫흠칫하며 손을 뻗었고, 손가락이 빵
에 닿은 순간에는 큰 위화감을 느꼈다.

"······부드, 럽네······?"

이상하게도 소년이 알고 있는 빵의 감촉과 전혀 달랐다. 표면은
매끄럽고 믿기지 않을 만큼 부드러울 뿐 아니라 마치 솜뭉치처럼
소년의 손가락을 받아들여주었다. 도대체, 뭐지.
소년은 당황하면서 부드러운 빵 끝부분을 뜯어 그 조각을 입에 가
져간다.

"—달아."

입 속에 뭉클 퍼져 나가는 신비로운 향.
달기만 한 것이 아니다. 이제껏 소년이 한 번도 체험한 적 없는
감각이었다.
이것은—.

"······맛, 있어······?"

입을 비집고 나온 것은 한마디 말이었다.

그 표현이 맞는지 아닌지는 알지 못한다.

하지만 분명 이것이 「맛있다」라는 말의 참뜻이 아닐까 소년은 상상했다.

달리 생각할 수 없었다.

지금껏 맛본 적 없는 행복한 감각.

자신의 경험에는 결코 없었던 종류의 기쁨.

—이런 음식은, 지금까지 먹어본 적이 없었어.

상상조차 한 적이 없었는데.

이것은 전부 다 꿈일 텐데.

어째서 이렇게나 실감이 느껴질까.

"……왜 그러지?"

그렇게 소년은 지금 자신이 몸소 겪게 된 일을 겨우 이해했다.

갑자기 소년의 눈에서 눈물이 흘러넘쳤다.

겨우, 알겠다.

알아버렸다.

—어느 무엇도, **꿈이 아니었다**는 것을.

전부 다 현실에서 일어난 일이다.

현실이다, 자신은 아직 죽지 않았다.

현실이다, 그 용에게 죽지 않았다.

—그렇다.

왜냐하면 그 사람이 와줬으니까.

그때, 구해줬으니까.

자신은 지금 살아 있다.

살아서 이렇듯 『맛있는 식사』를 먹고 있다.

그런데, 어째서……?

"괜찮아……? 정말, 괜찮아……? 이런 음식을, 나한테 줘도."

"—호들갑스럽군, 겨우 빵인데."

소년의 반응을 보고 눈앞의 여성은, 이네스는 쓴웃음을 지었다.

"마음껏 먹도록 해라. 얼마든지 더 가져다줄 테니까."

"……응."

소년은 커다란 눈물방울을 흘리며 말없이 눈앞에 쭉 놓여 있는 요리를 먹기 시작했다.

오열을 삼키고 입에 음식을 가져가면서 소년은 생각했다.

이것이 현실이라는 사실은 알겠다.

그런데, 모르겠다.

소년에게는 모르는 것이 너무 많았다.

왜 자신은 이런 상황에 놓여 있을까.

이것은 분명 현실인데도.

왜 주위 사람들이 이토록 자신에게 친절한 걸까.

생각해봐도 전혀 알 수 없었다.

어쨌든 단 한 가지는 확실하다.

그때, 그 사람이 흑사룡의 발톱으로부터 자신을 지켜주었던 덕분이다.

그 사람이 자신에게 집을 내어달라고 말해주었으니까.

그 사람 덕분에 지금 자신은 살아 있다.

—자신은 그때 진심으로 생각했었다.

흑사룡의 발톱이 내리 휘둘러지는 순간에. 아, 여기서 죽을 수 있어서 정말 다행이라고.

세계에 오직 해악을 끼치는 존재이니까 자신이 사라지는 것을 진심으로 기쁘게 생각했었다.

그러니까, 하다못해— 모든 것을 체념하며 기도했었다.

만약에 죽은 뒤 다시 태어날 수 있다면.

—다음 삶에서는 너무 심하게 얻어맞지는 않게 해주세요.

―그리고 조금은 다른 사람의 도움이 될 수 있게 해주세요.

―그리고 혹시 소원이 이루어진다면 가능하면 맛있는 식사, 음식을 한 번이라도 괜찮으니까 먹어보고 싶어요.

소원 중 하나가 이미 이루어져버렸다.

죽어서 다시 태어나지도 않았는데.

지금 막, 소원을 빈 당일에 이루어져버렸다.

모든 것은…… 그 사람이 구해준 덕분이다.

『……나 같은 녀석도…… 누군가에게 도움이 될 수 있을까……?』

흑사룡이 터져 나간 뒤 고마운 인물과 마주 보면서 소년은 무심코 자신의 소원을 입 밖에 꺼냈다.

증오받는 존재에 불과한 자신도 무엇인가를 하고 싶었다. 누군가에게 도움이 되어주고 싶었다.

그것이 소년의 자그마한 꿈이었으니까.

다만 아무에게도 말하지 않았다. 괜히 입 밖에 꺼내면 분명 얻어맞을 테니까.

「마족 따위가」라며 부정당할 뿐. 틀림없이 걷어차이고 비웃음만 듣는다.

―자신이 『누군가에게 도움이 된다』?

설마 가능할 리 없다. 왜냐하면 자신은 『마족』이니까.

태어날 때부터 저주받은 능력, 불길한 힘을 지니는 생물.

모든 사람들에게 증오받기 위하여 태어난 듯한 존재— 그것이 자신이었으니까.

쭉 똑같은 말을 듣고 스스로를 책망하며 살아왔다.

그런데도.

분명히 다 알고 있었는데 어째서 말을 꺼내버렸을까?

소원을 말한 다음에야 후회했다. 분명 이 사람에게도 얻어맞을 테니까.

소년은 무의식중에 몸을 움츠리며 반사적으로 눈앞의 인물이 주먹 휘두르는 것을 기다렸다.

그러나 아무리 기다려도 주먹은 날아오지 않았다.

그 대신 돌아온 것은 뜻밖의 말이었다.

『……당연하지. 너는 굉장한 재능을 갖고 있으니까.』

그 인물은 소년의 꿈을 부정하지 않았다.

그뿐 아니라 자신의 저주받은 힘을 재능이라며 칭찬까지 해줬다.

—거짓말이야. 그럴 리 없어.

분명 이 사람은 거짓말을 늘어놓고 있다.

곧장 비관적인 생각이 떠올랐다.

지금껏 자신에게 그럴싸한 말을 늘어놓는 사람은 모두 똑같았으니까.

막상 속마음은 혐오가 가득한 채 자신의 힘을 이용하려는 사람들.

이 사람도 똑같다고 생각했다. 그래서 무의식중에 『마음』을 읽고 말았다.

—그 순간, 아차, 후회했다.

설령 뻔한 거짓말이어도 자신에게 이런 근사한 말을 해준 사람은 지금까지 없었는데.

이 사람이 들려준 말을 가능하면 자신도 믿고 싶었다.

이러니까 마음속을 훔쳐보지 말았어야 했는데.

이렇게 멋진 환상이 전부 거짓말임을 깨달을 뿐이니까.

그 말을 거짓말로 만들고 싶지 않았다.

뒤늦게 후회해도 이미 늦었다.

깨달았을 때 소년은 이미 남자의 마음속을 읽어버렸다.

하지만 소년이 본 것은 예상과 많이 달랐다.

어찌 된 영문인지 이 인물은 스스로 한 말을 티끌만큼도 의심하지 않았다.

이 인물이 꺼낸 말에는 거짓이 없다.

진짜 마음에서 우러나온 진실된 말이었다.

—어째서.

그뿐 아니라 자신이 『마족』이라는 사실을 알았는데도 소년에게 티끌만 한 혐오감조차 가지지 않는다는 것 또한 알았다.

대체 왜—?

그것은 한 조각의 흔들림도 없는 신뢰였다.

그런 감정의 대상이 된 경험은 소년도 처음이었다.

그래서 망설이면서도 거듭 묻고 말았다.

아무에게도 꺼내서는 안 된다고 생각했던 말을.

『나도, 누군가에게 필요한 사람이 될 수 있을까……?』

말이 나오는 동시에 눈에서 눈물이 흘러넘쳤다.

한동안 눈물이 멎지 않으며 자꾸만 흘러나오는 동안 남자는 소년을 조용하게 지켜봐줬다.

그러다가 겨우 눈물이 말라 멈췄을 무렵, 그 사람은 자신을 때리지도 않고 바보라며 조롱하지도 않고 진심에서 우러나온 말로 이렇게 달래주었다.

『그럼, 당연하지. 나 같은 사람보다야 훨씬 더— 네가 원하기만 하면, 얼마든지 말이다.』

그때 태어나서 처음으로 신뢰할 수 있는 말을 들었던 것 같다.

다만 소년은 귀에 잘 들렸던 말을 도저히 믿을 수 없었다.

지금 와서는 더더욱 믿기지 않는다.

―『나 같은 사람보다, 훨씬 더』?

그럴 리 없잖은가, 절대로.

흑사룡의 발톱을 한 손에 든 검으로 가볍게 받아쳤고, 고작 혼자서 도시를 통째로 부수려 드는 용과 싸웠고, 1만 병사의 틈에 뛰어들어서 아무런 일도 없었다는 듯이 돌아올 만큼 굉장한 사람보다?

말도 안 된다.

하지만 그 사람은 분명하게 말을 해줬다.

그 사람은 자신이 꺼냈던 말을 티끌만큼도 의심하지 않으며 진심으로 믿고 있었다.

그렇다면, 어쩌면, 소년은 생각한다.

자신은 그 사람의 마음을― 그 사람이 들려준 말을.

어쩌면 믿어도 괜찮지 않을까.

왜냐하면 자신 같은 녀석보다도 훨씬 굉장한 사람이 믿어 의심치 않고 해준 말이니까.

소년은 자신이 듣게 된 말을 당장은 믿을 수 없었다.

―하지만, 그 말을 거짓말로 만들고 싶지 않아.

진심으로 바라 마지않는다.

그때 소년의 마음에 작은 불꽃이 피어올랐다.

이제껏 소년의 마음에는 결코 없었던 것이 싹텄다. 지금은 아직 흐릿하고 불안하지만 앞으로 결코 사라지지 않을 무엇인가가 생겨나기 시작했음을 소년은 느꼈다.

　『네가 원한다면, 얼마든지』라고 그 사람은 말해주었다.
　그러니까 분명 원해도 될 것이다.
　그렇게 하면 자신도 언젠가는 누군가에게 필요한 존재가, 결코 이루어질 수 없다고 포기했던 꿈같은 존재가 될 수 있을지도 모른다.

　게다가 혹시 이토록 못난 자신이 무엇인가를 원해도 된다면.
　소원을 이룰 수 있다면, 이루기 위해서라면 이제부터 무엇이든 해내겠다는 생각이 든다.
　혹시 원하는 것을 당장에 손에 넣지는 못하더라도, 언젠가 마침내 이룰 때까지 무엇이든 다 해낼 테다.
　한 번, 자신은 이미 죽어서 다시 태어난 사람이나 마찬가지이니까.
　이번에는 꼭 누군가에게 도움이 되고 필요한 존재가 될 거야.

　분명히 될 수 있을 테니까.
　그 사람이, 될 수 있다고 믿어주었으니까.
　『마족』이어도 반드시 누군가에게 도움이 될 수 있다고 말해주었으니까.
　그런 소원을 가져도 됨을 가르쳐주었으니까.
　—반드시 이루어 낼 거야.

그 사람이 들려준 말을 거짓으로 만들지 않기 위해서.

소년은 상냥하게 미소 짓는 여성 앞에서 목메어 눈물 흘리며 눈앞에 있는 음식을 입 안에 가득히 욱여넣었다.

"그렇게 급히 먹지 않아도…… 아무도 안 뺏어 간다. 여기에는 나와 너 둘밖에 없지. 천천히 씹어 먹어라."
"……응."

그날 태어나서 처음으로 접한 누군가의 상냥함에 감사하면서—마족 소년 로로는 마음에 작은 의지의 빛을 피워 올렸다.

【재능 없는 소년】

【검성】시그가 관리하는 왕도 훈련소에 느닷없이 낯선 아이가 나타났다.

"—【검사】훈련을 받고 싶어."

나이도 얼마 안 되는 소년이었다.
이렇게 어린아이가 자기 담당의 훈련소를 찾아온 사례는 지금껏 없었다.

"훈련? 네가 말이냐? 모험가 길드의 허가증은 가지고 왔나?"
"가져왔어. 아까 받았어."
"……맞군, 길드 직원의 도장이 찍혀 있구나. —다만, 너 같은 어린 아이가……? 아니, 여기에 도장이 있는 이상은 받아줄 수밖에 없군."

왕도의 모험가를 양성하는 훈련소에는 「찾아온 자는 거절하지 말라」라는 암묵적인 규칙이 있다. 길드 직원이 자격을 판단하고, 그 판단에 따라 훈련소 교관이 가르친다. 절차는 단순하다.

—하지만, 그렇다 해도.

이토록 어린아이를 불쑥 보내오다니, 길드 직원은 도대체 무슨 생각이란 말인가.

 무엇인가 사정이 있을지도 모르겠으나 신체를 잘 단련한 어른조차 금방 두 손을 드는 훈련인데 이런 어린아이가 설마 견딜 리 없지 않겠는가.

 【검사】 훈련소 지도 교관의 수장 자리에 있는 【검성】 시그는 황망한 마음을 애써 가라앉히며 눈앞의 아이에게 물었다.

 "어린아이라는 이유로 특별 대우를 하진 않는다. 이곳은 누구에게도 공평하니. 훈련은 혹독할 거다. 견딜 각오는 되어 있느냐?"
 "그래, 잘 알아."

 소년은 똑바로 시그의 눈을 쳐다보며 답했다.
 다만, 시그는 생각했다.
 아마 이 아이는 금세 훈련에서 탈락하리라.
 사흘이나 버티면 기특할 테지.
 그렇게 생각하면서도 시그는 부하들에게 훈련 내용을 지시하여 소년의 훈련을 개시했다만—.

 아이는 사흘이 지나도, 1주일이 지나도 훈련에서 두 손을 들지 않았다.
 【검사】 훈련에서는 아침부터 밤까지 검을 휘두르는데, 이 소년은 손의 피부가 벗겨지고 피투성이가 되어도 관둘 기색이 없다. 그뿐

아니라 가는 팔뚝의 근육이 찢겨 나갈 듯한 기세로, 죽기 살기로 검 휘두르기를 반복하고 있다.

각오가 없는 지원자는 첫날에 그만두고 떠난다.

다만 어느새 소년이 훈련을 시작한 지 이미 열흘이 지나려는 참이었다.

그 시점에서 시그는 소년에게 내린 판단을 수정했다.

이 소년, 아무래도 각오만큼은 진짜인 듯하다.

그리고 조금이나마 흥미를 가졌다.

이 소년은 어디까지 자신의 지도에 따라올 수 있을까.

그렇게 시그가 지켜보는 가운데 소년은 이후 훈련까지 꺾이지 않고 따라붙었다.

어지간한 이유가 없는 한 이때까지 남는 훈련생은 없다.

이 훈련소의 목적은 【스킬】을 습득하기 위하여 몸과 정신을 극한 상태로 몰아붙이는 데 있고, 이 같은 과정을 계속하는 데는 다대한 고통이 뒤따른다.

밤낮 한결같이 검을 휘두른다. 날아드는 철구를, 무기를 거듭 쳐낸다. 검을 쥔 손의 뼈가 부서지더라도 이를 악물며 훈련을 반복한다. 어떤 의미로 광기와 비슷하게 검과 자신을 일체화하기 위한 정신적인 단련.

이 소년은 저러한 영역에까지 걸음을 들여놓았다.

얼마 전까지 검을 쥔 경험조차 없었다는데도.

어린 나이에 이렇게까지 무심(無心)하게 검을 휘두를 수 있는 인물은 드물다.

─이 소년은 어쩌면 정말 유망한 인재가 아닐까.

시그가 기대감을 갖기 시작하던 때, 불현듯 이상한 사실을 하나 깨달았다.

이 소년은 지금껏 버티고도 가장 습득이 수월한 【패리】 이외에 아직 어떠한 【스킬】도 익히지 못했으니까.

……이런 경우도 있는 것인가.

경험상 이때까지 버틴다면, 게다가 이토록 어린 나이라면 【스킬】의 발현율은 분명히 낮지 않았다.

이미 무엇인가 더 습득했어야 일반적이었다.

그래도 조만간에 익힐 수 있으리라.

이 소년은 조금 더 시간이 걸릴지도 모른다.

그러면 소년은 비약적으로 강해진다.

─여하튼 이 소년은 눈이 터무니없이 좋지 않은가.

한 번만 보여달라고 조르는 터라 마지못해 【천검】 스킬을 펼쳐 보여준 적이 있었다.

【천검】은 사용한 자신조차 포착하기가 어렵고 제어조차 난해한 신

속한 기술.

어차피 보통 사람에게는 보이지 않는다.

애당초 아무것도 안 보이고 끝날 테니까 보여준들 의미가 없다.

그렇게 생각하며 소년의 요청에 따라 심심풀이로 펼쳐 보여주었다만.

소년에게서 기술을 본 다음 감상을 듣고 시그는 경악했다.

이 소년의 눈에는 모든 것이 **분명하게** 보였다.

【스킬】의 은총으로 모든 것이 신속화되기에 자신도 미처 다 포착하지 못하는 움직임을 눈으로 좇아 포착했다는 뜻이다.

그뿐 아니라 일거수일투족을 정확하게 볼 수 있었고, 그런 전제로 시그조차 자각하지 못했던 움직임의 버릇을 지적해줬다.

─소름이 돋았다.

시그는 이 소년의 우수한 자질을 목격한 뒤 자신이 인생의 긴 시간을 할애하여 키워 내기에 적합한 『싹』을 발견했다고 느꼈다.

언젠가 자신과 대등하거나 더욱 굉장한 검사로 키워 내는 것도 꿈은 아니리라─ 어울리지도 않게 두근대고 있는 자신을 깨달았다.

시그는 이 소년에게 남몰래 큰 기대를 갖게 되었다.

어쩌면 터무니없는 재능을 발견했을지도 모른다, 가슴이 고동을 쳤다.

다만— 훈련을 계속하던 중 뜻밖의 상황이 벌어졌다.

이 소년에게는 아무리 노력해도 검사 직분에 유용한【스킬】이 생겨나지 않았다.

아니다, 설마, 이상하잖은가.

어떤 착오이거나 잘못된 판정인가 생각도 했다.

다만, 아니었다.

몇 번을 확인해봐도 역시 아무것도 습득하지 못했다.

시그는 이때 비로소 조바심을 느꼈다.

만약에 무엇인가 단 하나라도 습득을 해낸다면.

쓸 만한【스킬】을 단 하나라도 익히면 이 소년은 궁극에 이를 것이다.

그에 충분한 노력을, 연마를, 이 아이는 분명 쌓을 수 있다.

그것은 무엇보다도 얻기 어려운 자질이었다.

이 소년에게는 반드시 어떤 재능이 있을 것이다.

분명 궁극에 이를 것이다.

그런 생각으로 훈련을 계속했다.

이미 훈련은 최난관의 영역에 다다른 지 오래다.

이 소년은 끝까지 버텨 냈다.

이때까지 버티고 아무것도 얻지 못한다는 것은 도저히 말이 안 된다.

시그는 도중부터 기도하는 듯한 심정으로 훈련을 지켜봤다.

다만— 아무리 반복해도 소용없었다.

온갖 노력을 거듭한들 단 하나도 유용하다고 평가받은 스킬을 습득하지 못했으니까.

이래서는【검사】로서 본분을 다할 수 없다.

적당히 약한 마물만 골라 상대한다면 꾸역꾸역 싸울 수 있겠지.

다만 진정한 위협과 맞서 싸우고자 한다면 이대로는 안 된다.

금세 목숨을 잃어버리리라.

이 아이는 체격 조건도 뛰어나고 의지도 강하다. 눈도 좋았다. 그런데도—.

……유감스럽게도 단 하나, 『검』의 재능이 없었다.

검의 신에게 사랑받지 못한 셈이다.

그리 판단할 수밖에 없었다.

"너는, 다른 길을 나아가는 게 좋겠다."

그것이 고뇌의 끝에 내린 시그의 판단이었다.

"이미 더 이상 이곳에서는 가르칠 게 없구나. 다른 곳을 찾아라."

"하지만—!"

소년은 매달렸다. 당연하리라.

3개월 동안이나 죽기 살기로 훈련을 버틴 결과가 기껏해야 「재능이 없음」이라니.

지도를 맡은 자신의 책임이기도 하다.

다만 이 이상 무의미한 훈련을 마냥 반복할 수도 없는 노릇이다.

그런 자격은, 자신에게는 없다.

"스킬도 없이 오로지 검만 휘둘러서는 【검사】로서 전혀 동료들에게 도움이 되지 못한다. 이 이상은 너의 시간을 헛되이 쓸 뿐이다. 포기하고 다른 곳으로 가라."

시그는 일부러 소년에게 차가운 말로 쏘아붙이고 검사 훈련소에서 쫓아냈다.

—이 소년에게는 진짜 소질이 있다.

그러나, 그래서 더더욱 이 소년에게는 분명히 다른 길이 있다.

검의 궁극이 아닌 또 다른 길이.

그 아이가 【전사】 훈련소에 나타났을 때 【순성】 단다르크는 팔짱을 끼고 얼굴을 찌푸렸다.

"어우……. 이 녀석아, 진짜 우리 훈련소에 참가할 작정이냐……?"

소년이 말하기를 【검사】 훈련소에서 쫓겨났다고 했다.

시그에게 최근 「어린아이를 돌봐주고 있다」라는 이야기는 들었다.

【검사】 훈련에서는 별 성과를 못 거둘 듯하나 조만간에 그쪽으로 찾아갈지도 모르겠다면서.

그런 이야기는 분명 들었다.

다만 실제로 눈앞에 두고 보니까 정말로 아주 어리고 앳된 아이였다.

……정말 괜찮은 걸까, 이 녀석은.

우리 쪽 훈련을 시켜줘도 될까.

지당한 의문이 첫 번째 인상이었다.

소년은 아무리 봐도 강건한 인재들이 모이는 【전사】 훈련소에는 어울리는 체격이 아니었다.

전사는 동료들의 『방패』가 되는 역할.

이 소년은 보통 찾아오는 녀석들과 비교하여 불면 날아갈 듯 자그마하다.

다만 어떠한 인간이든 간에 길드의 직원이 인증했다면 입소를 거부하지 못하는 규칙이 있다.

어쩔 수 없군, 잠깐 겪어보면 알아서 그만두고 나갈 테지.

그런 생각으로 훈련에 참가시켰다만.

'—이 녀석은 대체, 놀랍군.'

예상과 달리 아이는 가혹한 훈련을 버텨 냈다.

다 큰 어른도 도망치는 훈련에.

아니…… . 몸은 따라붙지 못한다.

다만 죽기 살기로 덤벼들어서 거의 목숨을 내던지다시피 훈련에 따라붙을 뿐이다.

'이런 녀석이 진짜 있구나.'

단다르크는 믿기지 않는 심정이었다.

다만 인정할 수밖에 없다. 이 소년은 강하다.

신체? 관계없다. 다 제쳐 두고 정신이 강하다.

자신이 받는 고통에도 아랑곳 않고, 일절 자신의 안위를 고려하지 않고, 한결같이 앞에 나가서 버틸 수 있다.

광기와 종이 한 장 차이의 비범한 용감함이라고도 말할 수 있겠다.

그것은 분명【전사】직업에 무엇보다도 요구되는 자질 아닌가.

아무리 심각하게 상처 받아도 계속 앞으로 나갈 수 있는 소년의 자세에서 단다르크는 전율을 느꼈다.

자신은 한평생 저런 인재를 찾아 헤맸던 것이 아니었을까.

글자 그대로『불굴』의 정신을 가지고 나의 한쪽 팔이 될 인재를.

소년은 믿기 어렵게도 최난관의 훈련까지 수행하기에 이르렀다.
훈련소가 시작된 이래『처음』으로 있는 일이다.
저 단계까지 도달하기 이전에 모든 사람이 탈락한다.

—당연하다면 당연한 결과.
본래 극복할 수 있도록 설계하지 않았다.
왕이 최대한의 시련을 준비하도록 바랐던 터라 자연히 이렇게 됐다.
물론 누구 한 사람도 돌파하지 못할 과정을 만들 순 없는 노릇이라서 자신은 완료 가능하다는 기준을 세워 두었다.
그러나 그런 기준을 만들어서 설마 완료하는 지원자가 나타나리라는 생각은 하지 않았다.

그런데— 이 소년은 극복해버렸다.
거의 지옥 같다고 말할 수밖에 없는 가혹한 시련을.
다만, 이상하게도. 더욱 뜻밖의 사건이 벌어졌다.

"이런 경우가— 진짜 있구나."

이 소년은 지옥과 같은 과정에서 몸에 끝없이 부하를 가하고도,
아무리 노력을 거듭해도 제대로 된【스킬】이 생겨나지 않았으니까.
유별나게 낙관적인 남자 단다르크도 이때만큼은 아연실색했다.

그리고 신인지 운명인지 모를 대상에게 불만을 가졌다.

이렇게까지 노력하는 녀석이라면 무엇이든 하나 정도는 내려줘도 괜찮지 않겠느냐고.

그렇게 훈련 기간의 최대한, 3개월은 눈 깜짝할 새에 지나갔다.

기한이 와도 소년은 훈련을 더욱 계속하기를 희망했다.

이런 상황도 처음으로 있는 일이었다.

단다르크는 망설였다.

오늘로 훈련 기간은 끝나지만, 이 소년을 자신이 단장을 맡은【전사 병단】에 신병으로 들어오라는 제안은 할 수 있다.

하지만 만약 이 아이가 이대로 아무 스킬도 습득하지 못한 채【전사】가 되면.

이 아이는 분명히 제일 먼저 죽음을 맞이하리라.

결코 한눈을 팔지 않는 용감한 아이는 분명 무모하게 동료를 지키고 목숨을 잃어버리리라.

뻔한 미래가 역력하게 보였기에 단다르크는 고개를 흔들었다.

"—안 된다. 이대로 쭉 무리하게 버텨도 너는 금방 목숨을 잃어버릴 거다. 유감이지만 너는【전사】에 어울리지 않아. 다른 곳으로 가라."

그렇게 단다르크는 소년을 자기 관할에서 쫓아냈다.

뭐, 이렇게까지 노력할 수 있는 녀석인데 무엇인가 다른 길도 찾아낼 테지.

　굳게 믿으며.

◇

　―귀찮은 녀석.

　이 자식, 귀찮은 녀석이다. 이 자식한테는 귀찮은 녀석의 냄새가
난다.

　【사냥꾼】 훈련소를 맡은 【궁성】 미안느는 훈련을 받고 싶다고 말
하며 찾아온 아이를 봤을 때 곧바로 예감했다.

　"훈련을 받고 싶어."
　"정말 하려고? 딱히 상관없지만. 그럼, 이거 들고서 저쪽에다가
던져봐."

　툭 답한 뒤에 미안느는 곧장 발밑에 떨어져 있던 자갈을 주워 들
어서 소년에게 건넸지만, 자갈을 건네받은 소년은 살짝 당황하는
기색이었다.

　"……저쪽이면, 어디지?"
　"저거, 저거 노리고 던져."

"저거? 저쪽에 나무 막대인가? 꽤 멀어 보이는데……. 맞히면 되는 건가?"

"그래. 자, 빨리 던져. 싫으면 돌아가든가."

미안느는 무척 성질이 급했다.

소년은 고분고분 받아 들었던 돌을 집어 던졌다.

하늘을 향해 날아가는 돌을 바라보면서 미안느는 멍하니 생각하고 있었다.

─좋아, 저게 빗나가면 이 애는 곧바로 돌려보내자.

이러한 돌 던지기는 미안느가 마음에 안 드는 인물, 가망이 없는 인물, 스스로도 뭐라고 잘 설명할 수는 없으나 왠지 몰라도 직감으로 가르칠 기분이 안 생기는 인물들을…… 쫓아낼 때 언제나 쓰는 수법이었다.

왠지 몰라도 싫은 느낌을 받았으니까 훈련이라는 명목으로 무리한 조건의 시련을 부과하고, 보나 마나 실패할 테니 「너는 우리 쪽에는 안 어울려」라며 쫓아낸다.

왕에게도 딱히 이러면 안 된다는 말을 못 들었고, 훈련소의 소장이 발휘할 수 있는 재량으로 대강 인정을 받았기 때문이다.

이러는 것이 정 싫다면 자신에게 훈련소 일을 떠맡긴 사람이라도 탓하든가.

미안느는 그렇게 생각했다.

그리고 이 아이를 언뜻 본 순간에 미안느는 직감했다.

—아, 이 자식, 분명히 **엄청** 귀찮은 녀석이야.

분명히 다른 사람의 말을 전혀 안 듣는 족속.

왠지 몰라도 속 터지는 녀석의 **냄새**가 난다.

그러니까 평소처럼 같은 수법^{요령}으로 쫓아내자.

곧바로 결론 내렸다.

다만 미안느의 기대를 배반하며 소년이 던진 자갈은 가느다란 나뭇가지에 딱 소리를 내며 부딪쳤다.

"……한 번 더."

미안느는 곧장 두 번째를 요구했다.

운 좋아 맞았다면 두 번은 못 맞히겠지.

한 번을 맞혀버린 것은 어쩔 수 없다.

그러나 한 번 더 시키면 틀림없이 실패할 테고, 그러면 이 아이를 분명 쫓아낼 수 있다.

미안느는 이미 의지를 굳게 다졌다.

"—맞히면 훈련을 받게 해주는 건가?"

"그래, 물론이야. 맞힐 수 있다면, 시켜줄게."

설마 또 맞히는 일은 없겠지만.

뭐, 한 번 정도는 운 좋게 맞기도 하는 법이다.

다만 애당초 이런 거리에서 돌을 던져 저 가느다랗고 작은 가지에 맞히기는 도저히 불가능하다.

미안느조차 활을 쓰지 않으면 열 번 중 한 번은 빗나간다.

그러니까 다음에는 꼭, 분명히 빗나가리라.

그러면 당장에 딱히 이유도 없이 불길한 예감이 드는 이 아이를 쫓아내도록 하자.

혼자 생각하고 다짐을 하는 미안느를 앞둔 채 소년은 자갈을 주워서 다시 요구받은 대로 표적을 향해 던졌다. 다만 돌을 던지는 소년의 자세를 보고 미안느는 아차, 후회했다.

—이 자식, 이번에도 맞힌다. 맞혀버린다.

그 시점에서 미안느는 확신하고 말았다.

이 소년은 정확하게 바람을 읽고, 목표를 포착하고, 절묘하게 힘을 가감하여 돌의 궤도를 조절하고, 마침내 손에서 돌을 놓아버렸다.

……큰일이다. 이래서는 맞아버린다.

미안느가 변명을 궁리하는 동안에 돌이 가느다란 나뭇가지의 끝부분에 맞는 광경이 보였다.

"봤지? 잘 맞았어."

"—전혀, 잘 맞지 않았어. 전혀, 잘 맞은 게 아니야."

미안느는 괜히 짜증을 부리면서도 무척 불길한 예감이 드는 소년에게 【사냥꾼】 훈련을 받게 해주기로 했다.

어쩔 수 없다. 약속은 약속이다. 이미 한 약속을 안 지키는 것도 꼴불견이다.

……그렇다. 이 소년에게는 활을 내주지 않은 채 이대로 쭉 돌만 던지게 하자.

그러면 분명 자신이 귀찮게 시달릴 일도 웬만하면 없을 테니까, 결국은 또 잔꾀를 떠올리면서.

그렇게 1주일이 지났다.

"……활을 쓰고 싶어."

넌 일단 돌이나 잔뜩 던져봐— 미안느에게 이상한 지시를 받은 다음에도 소년은 고분고분 따랐다.

하지만 가끔 떠올랐다는 듯이 「활을 만져보고 싶어」라며 졸라 댔다.

그때마다 미안느는 몹시 불길한 예감을 느끼면서도 떨떠름하게나마 소년의 손에 활을 들려주었다.

다만— 결과는 무척 지독했다.

미안느의 불길한 예감은 적중되었다.

소년은 미안느의 예상대로 조언을 도무지 듣는 시늉조차 하지 않았다.

아니, 말 자체는 귀에 들어가는 것 같지만……. 진짜 의미는 전혀 전해지지 않는지라 잠깐만 고개 돌리면 금세 엉뚱한 짓을 저질러버린다.

가끔씩 이런 자식이 있기는 하다.

하지만 이렇게까지 심한 녀석은 처음으로 봤다. 미안느는 혀를 내둘렀다.

아무튼 그게 전부라면 차라리 괜찮았겠다.

말을 안 들어주는 것이 전부라면 미안느의 예상보다는 상당히 나은 편이었다.

소년을 처음 보았을 때 느꼈던 미안느의 불길한 예감은 아주 멋지게 적중했다.

소년은 무시무시할 지경으로 손재주가 없었다.

그냥…… 손재주가 모자란 수준이 아니라 전대미문의 막손이었다.

─소년은 미안느가 준 활 전부를 모조리 다 망가뜨렸다.

당기는 활의 시위가 반드시 끊어지는 것은 당연하고, 어떤 활은 무참하게 부러졌고, 어떤 활은 무시무시한 악력 때문에 쥔 손의 안에서 곧장 으스러졌고, 어떤 활은 어떻게 된 영문인지 터져 나갔다.

그렇게 소년의 손에 활을 쥐여주는 동안에 훈련소의 활이 눈 깜짝할 새에 동나버렸다. 보다 못한 미안느가 자신이 아는 한 최강의 강인함을 자랑하는 비장의 보궁(寶弓)을 들고 나와서 쥐여준 순간, 차마 못 봐줄 만큼 끔찍하게 뚝 꺾여버렸다.

미안느는 사고 하나하나를 떠올리며 이마에 분노를 드러냈다.

"다음에는 꼭 잘 다룰 테니까, 제발…… 부탁이야!"

미안느는 소년의 몇십 번째인지 모를 요구에 창백한 표정으로 고개를 가로저었다.
"……안 돼. ……절대로, 안 돼……. 그 많은 활을 다 망가뜨리고 무슨 소리를 하니……? 쥐여주면 곧바로 손잡이를 으스러뜨리질 않나 활줄도 마구 끊어버리질 않나 도대체 멀쩡한 게 없잖아……. 진짜 어떻게 된 악력이야. 너 때문에 훈련용 활은 몇 개 남지도 않았어! 그뿐 아니라 아까 빌려준 내 비장의 보궁까지 분질러버리고……. 으으. ……더 튼튼한 활은 아예 존재하지도 않거든! 군소리 말고, 넌 돌이나 계속 던져."
"……알았어."

그리고 소년은 시키는 대로 이후에도 쭉 돌을 던졌다.
미안느가 며칠 후 변덕으로 훈련소를 찾았을 때는 많은 훈련생이 활을 들고서 훈련용 표적을 쏘는 와중에 소년만은 표적을 향해 돌을 던지고 있었다.

미안느는 그때 새삼스럽게 소년의 동작을 빤히 바라보면서 관찰했다.

관찰을 하며 살펴보니까 역시 이 소년은 어딘가 이상하다는 생각이 든다.

활을 써야 간신히 닿는 거리에 놓아둔 훈련소의 표적을 어깨 힘만 가지고 자갈을 정확히 던져 맞힌다.

보통은 다른 사람에게 흥미를 가지지 않는 미안느가 조금이나마 흥미를 가졌다.

"……돌팔매질, 누구한테 배웠니?"

"아니, 딱히 누구한테 배운 게 아니야. 새를 사냥하다가 자연스럽게 익혔어."

"흐음, 새? 어떤 새?"

"하늘에서 산토끼를 노리고 떨어지는 녀석."

"……그래. 그래서, 잘 맞혔고?"

"당연하지. 못 맞히면 사냥이 안 되잖아."

"……아, 그러셔. 맞혔구나."

기막힌 이야기다, 미안느는 혀를 내둘렀다.

소년이 말한 「산토끼를 사냥하러 하강하는 새」를 왕국의 생태계 안에서 찾아보자면 【뇌신조(雷迅鳥)】밖에 없다.

하늘에서 벼락처럼 신속하게 사냥감을 잡으러 떨어지기에 【뇌신조】.

보통 사람은 눈으로 좇아가기도 어렵고, 화살을 쏘아 떨어뜨리자면 숙련자가 훌륭한 활을 사용해도 꽤 어렵다.

뭐, 자신은 눈을 감고도 가능하지만. 다만 대부분의 사람은 어렵다.

그런데 이 녀석은 그냥 투석으로 잡아냈다고 말한다.

게다가 【투석】 스킬을 익히기 전의 이야기다.

—이 녀석, 도대체 뭐야?

기막혀서 말이 안 나온다고 미안느는 생각했다.

그리고 이 소년이 돌을 던져서 맞히고 있는 **표적**을 살펴보다가 또 더욱 기막혀했다.

쓱 보니 부하가 소년을 위해 마련해준 『특별 제작한 표적』에는 수많은 구멍이 뚫려 있었다.

소년도 처음 잠깐은 다른 훈련생과 같은 목제 표적을 사용했지만, 소년이 던진 돌 때문에 눈 깜짝할 새에 구멍투성이가 되어 망가져버린지라 부하들은 난감해하며 손수 다른 물건으로 교체해야 했다.

그 이후에는 무참히 파괴되는 사태는 벌어지지 않았지만.

아무튼— 전혀 못 들어봤다.

부서지지 않는 표적으로 준비된 강철제 큰 방패를 간신히 눈에 들어올 만큼 먼 거리에서 던진 자갈로 **꿰뚫어**버리다니.

'이 자식, 훈련소에서^{여기} 뭐 하러 버티지? 그냥 평생 이대로 돌만 던져도 충분하잖아.'

—역시 이 아이는 비정상적이다. 이상하다.

분명히 활을 사용하는 재능 따위 티끌만큼도 없을 뿐 아니라 기껏 습득한 스킬도 【투석】뿐이다.

하지만 이미 충분하잖은가. 서투른 활 솜씨보다 훨씬 강력하다.

이 소년은 무척이나 활을 쏘고 싶어 한다만……. 애당초 **활**이라는 도구의 의미를 잘 이해하고 있는 것일까.

활은 **나약한** 자가 더욱 먼 곳에, 정확하게 화살을 날리기 위한 도구다.

강궁이라 불리며 당기기가 어려운 활도 결국은 마찬가지.

어떠한 활도 예외 없이 맞히고 꿰뚫기 위한 목적에서 **부족**한 능력을 보충하기 위해 존재한다.

하지만— 소년은 이미, 활 없이도 이미 **넘치도록** 충분하다.

이 소년은 **그냥 던지기**만 해도, 주변에 굴러다니는 돌을 강철 방패조차 꿰뚫는 흉기로 바꿔 놓았다.

이것이 얼마나 터무니없는 능력인가.

……가령 저 돌멩이를 **쇳덩어리**로 바꿔 쥐여주면?

즉각 중장갑을 가볍게 부수고 견고한 성벽조차 관통하며 거의 탄환이 떨어질 우려도 없이 무한하게 연사 가능한 대포가 된다.

혹시 탄환을 가느다란 성은(聖銀) 조각으로 바꿔 쥐여준다면?

눈앞에 일백 병사가 들이닥쳐도 고작 한 발로 섬멸해 내는 부조리한 살육 병기가 탄생한다.

황당하다, 활보다 훨씬 무시무시하다.

활은 사용하는 자에게 힘을 주는 대신에 큰 제한을 부과한다. 소년은 쓸데없는 도구를 쓰지 않아야 오히려 훨씬 **강력하다**.

······역시 이 자식은 그냥 아침부터 밤까지 돌이나 계속 던지도록 시키는 것이 좋지 않을까.

그러다가 언젠가 깨달음을 얻고 자기가 알아서 떠나겠지.

활의 존재를 전면 부정하는 소년에게 굳이 가르치는 것도 짜증이 나는지라 자신은 절대로 먼저 가르쳐주지 않을 테다.

—미안느가 계속 심술부린 지 3개월이 지나갔다.

그동안 미안느가 제시하는 어렵고 까다로운 과제를 거듭 극복하면서 끈질기게도 훈련소에 눌러앉아 아직껏 「활을 쏘고 싶어」라며 애원하는 소년에게 미안느는 쏘아붙였다.

"계속 말했잖아? 너한테 활은 필요 없어. 너는 섬세한 도구를 다루는 감각이 절망적으로 없단 말이야. 전혀 가망이 없어. 쥐도 다 부숴버리는걸! 괜히 활쏘기 가르쳐 봤자 시간 낭비야!"

"하, 하지만—!"

"너는 이대로 돌이나 쭉 던지면 돼. 이미 충분해. 빨리 어디든 다른 데로 가버려. 여기서 버텨 봤자 걸리적거리기만 하니까."

미안느는 끝까지 【사냥꾼】 훈련소 문에 매달리는 소년을 거칠게 차서 쫓아냈다.

애당초 자신이 이 자식에게 가르칠 재주는 아무것도 없다.

이미 자신보다 표적을 더욱 잘 맞히는 훈련생인데 굳이 훈련소에 놔둬도 방해꾼 노릇밖에 더 할까.

이 소년은 【스킬】을 익혀 『모험가』가 된다는 목표에 무척이나 얽매이는 모습을 보인다만, 딱히 저러한 신분이 없어도 인생이야 어떻게든 되는 법이다.

—진짜 귀찮은 자식이야.

아무 의미도 없는 규칙에 얽매이지 말고 후다닥 자기 내키는 대로 살면 될 텐데.

이 소년은 처음부터 자기 혼자서 원하는 대로 꿋꿋하게 살아갈 수 있는 강인함을 갖고 있었다.

……진짜 이제는 좀 자기 능력을 깨달아야 할 텐데.

그것이 미안느의 거짓 없는 마음이었다.

"……【도적】 훈련을, 받고 싶어."

"훈련을? 너 같은 아이가 말인가?"

어깨를 축 늘어뜨린 채 온몸에 발자국 모양의 진흙을 묻힌 소년이

【도적】 훈련소에 나타난 것은 카르가 점심 휴식 중 독서를 하며 쉬던 때였다.

"맞아. 훈련을 받고 싶어."

"—그런가, 네가 노르인가. 좋다. 따라와라."

카르는 이 소년의 이야기를 이미 들었다. 어떤 인물인지도 대강 파악을 했다.

이 마당에 쓸데없이 문답을 할 필요도 없다. 곧바로 【도적】 훈련이 시작됐다.

【도적】의 훈련 내용에는 지루한 과정이 많다.

기척을 숨기는 훈련. 기척을 감지하는 훈련. 소리도 없이 목표에 접근하는 훈련. 어딘가에 설치된 함정 및 장치를 철저하게 발견하여 해제하거나 회피하는 훈련.

저러한 기초적인 훈련을 되풀이하며 점점 난이도를 올려 나간다. 보통 몇 주쯤 과정을 소화하면 【도적】 직업에 필요한 【스킬】을 습득할 수 있다.

다만…… 아무리 노력해도 이 소년에게 생겨난 스킬은 단 하나, 발소리를 줄여주는 【도둑 걸음】뿐이었다. 그 자체는 나쁘지 않다. 가장 기본적인 요소 중 하나이니까. 다만 기척만 지워 봤자 다른 능력과 조합하여 활용하지 못하면 【도적】직으로서 자기 역할을 다하기는 어렵다.

그뿐 아니라 소년은【도적】직업을 갖기에는 큰 문제를 안고 있었다.
설치된 함정 및 장치에 대응하는 재주가 아주 엉망이다.

【도적】이라면 자물쇠 따기 및 함정 등 위험 감지로 파티를 돕는_{동료}
역할을 맡아야 할 텐데, 이 소년은 잠금장치가 된 상자를 건네주면
반드시 망가뜨리고 함정에 접근하다가 반드시 작동시켜버린다. 자
물쇠야 뭐, 건드리지 않는다면 망가질 일도 없지만……. 함정을 작
동시키는 행동은 정말 심각한지라 복수의 함정이 설치된 통로에 들
어가면 단 하나도 남김없이 작동시키고 돌아온다.

어찌 된 영문인지 부서져서 수리를 필요로 하는 함정마저도 소년
이 다가갈 때는 이상하게 제대로 발동한다. 마치 신들린 것 같다는
말밖에 못 하겠다.

이 같은 성질은 모종의 스킬이나【은총】이 아닐까 생각도 들게 했
지만 아니었던 것 같다.

판정을 위한 마도구를 가져와 살펴봐도 아무 반응이 없었다.

그저 운수 사나운 천성과 파멸적인 막손이라고 표현할 수밖에 없
겠다.

다만 소년은 설치된 함정을 반드시 발동시킬지언정 어떤 위협에
도 절대 굴하지 않았다.

날아드는 독화살을 맨손으로 쳐서 떨구고, 몸을 짓뭉개려는 기세

로 굴러오는 큰 철구를 정면에서 막아 멈추고, 천장에서 덮쳐드는 수많은 독뱀의 머리를 전부 박살 내더니 피까지 빼서 가져왔다.

듣자 하니까 나중에 요리해서 저녁 식사로 먹겠다던가.

—이미 취지가 어긋났다.

그렇다, 소년은 모든 함정을 정면에서 깨부수며 나아갔다.

사전에 발견하거나 해제하거나 회피하는 것이 아니라 함정을 일단 발동시킨 다음에 당당하게 정면에서 때려 부수고 온다.

—분명 굉장하지만 잘못됐다.

이것은 도적 훈련이다.

용기와 동체 시력, 반사 신경과 생존 능력은 인정하겠으나 취지가 완전히 어긋났다.

아니, 함정에 대처하는 어떤 한 방법이 진짜 정답이라는 법은 사실 없다지만, 최소한의 요건은 가르치고 나서 훈련을 시작해야 했다. 카르는 뒤늦게나마 후회했다.

어쨌든 간에 아무리 함정을 다 발동시키더라도 소년 본인이 문제없다고 말하는 것은 이해할 수 있다.

다만 이래서는 파티로 행동했을 때 휘말리는 인원들은 무슨 횡액이란 말인가.

이 소년은 집단행동에 치명적으로 어울리지 않는다.

이 시점에서 【도적】 직업의 모험가로서 완전히 실격이다.

　　─어디까지나 모험가 지망의 【도적】으로 판단했을 경우이다만.

"어떻게든 꼭 모험가가 되어야 하나?"

"그래. 나는 모험가가 되고 싶어."

카르는 더 이상 아무것도 묻지 않았다.

이제껏 겪은 바, 소년이 쉽사리 자기 의견을 굽히는 인물이라 보이지는 않아서였다.

다만 완고한 성격도 포함해서 카르는 소년에게 호의적인 인상을 받았다.

……이 소년은 뭐, 그렇게 나쁘지 않군.

기척을 죽이는 데는 뛰어난 데다가 무시무시하게 감이 좋다.

그러나 저런 능력만으로 【도적】 직업으로서 합격 점수를 받지는 못한다.

이런저런 고찰을 계속하는 사이에 훈련 기간이 3개월을 맞이하여 헤어질 때 카르는 소년에게 딱 잘라 말했다.

"모험가로 살아가고 싶다면, 함정이 있는 보물 상자도 열지 못하고, 기척 감지 스킬도 갖지 못하고…… 게다가 손대는 함정을 닥치

는 대로 작동시키는 척후는 아무 보탬도 안 된다. 【도적】 역할에는
전혀 재능이 없군. 다른 직업을 찾아봐라."

그렇다 해도 카르는 알고 있었다.

이 소년은 【검사】, 그리고 【전사】의 재능도 없었다고 한다.

또한 미안느는 성격상 이 소년에게 제대로 된 훈련 과정을 준비해
주지는 않았겠지만 【사냥꾼】도 실패였다고 한다.

자신이 교육을 맡은 【도적】 과정에서도 이렇다 할 스킬은 습득하
지 못했다.

남은 것은 【마술사】와 【승려】뿐이지만……. 아마도 둘 다 가망은
희박할 것이다.

그렇다면 이 소년은 규정상의 『모험가』가 되기 위한 최소 요건을
만족시킬 수 없다는 뜻이다.

그런 생각으로 카르는 가면 안쪽에서 웃었다.

―소년에게는 미안한데 대단히 좋은 상황이 만들어졌군.

이 소년의 의지는 분명 굳건하지만……. 결국에 이후 소년이 『모
험가』의 길을 포기할 수밖에 없는 처지라면 마침 잘됐다.

자신의 왕도 첩보부에 영입하자.

이 소년에게는 아무 스킬도 없다.

함정을 닥치는 대로 작동시키는 버릇도 처치 곤란이다.

하지만 이 소년은 기척을 감추는 방법과 주위 이변을 감지하는 천성의 감이 대단히 우수하다.

무엇보다 웬만한 사람에게서는 찾아보기 어려운 인내력과 집념이 있다.

자신과 같은 직업을 생업으로 삼은 사람에게는 무엇보다 중요한 자질.

분명 장래에 이 소년은 우수한 첩보부 대원이 되어 활약해줄 것이다.

—좋군, 괜찮은 인재를 찾아냈어.

그렇게 생각하며 카르는 기한이 다 되었는데도 【도적】 훈련을 계속 받고 싶다고 요청하는 소년을 훈련소에서 끌어냈다.

또한 【은폐】를 써서 모습을 숨긴 자신의 기척을 감지하여 죽기 살기로 끝까지 쫓아오는 의지 가득한 소년을 흐뭇하게 바라보다가 밤의 어둠에 녹아 자취를 감췄다.

◇

"……【마술사】 ……훈련을, 받게 해줘……!"

눈물에 젖어 쭈글쭈글한 얼굴로 【마술사】 훈련소 문을 두드리던 소년을 보았을 때 【마성】 오켄은 고개를 갸웃거리며 여봐란듯이 턱수염을 쓸어 만졌다.

"허허……? 무척이나 젊은 훈련 지원자로군? 분명 보통은 최소한 열다섯 살은 된 이후에 찾아오던 것 같지만……. 등록 연령이 갑자기 내려갔더냐?"

"길드 아저씨가 소개해줘서 온 거야……! 부탁이니까 훈련을 받게 해줘……!! 이제는, 정말 여기밖에 없어……!! 제발……!! 부탁이야……!!"

"허헛, 말을 재미있게 하는 꼬마로구나. 뭐, 할 만큼 해보거라."

그렇게 【마술사】 훈련을 시작은 했을지언정.

―아니나 다를까, 소용없었다.
그 소년은, 한마디로 하자면 전혀 마법의 재능이 없었다.
놀랄 만큼 마력이 몸에 흘러주지를 않는다.
마술은 어릴 적부터 마력에 친숙해지고 이론을 배워야 겨우 사용이 가능하다.
다만 소년은 가장 첫 번째 단계부터 비틀거렸다.
소년은 이미 마력이 너무나 딱딱하게 굳어버렸으니까.

"조금 마력을 움직이기 시작한 시기가 늦어졌구나. 다만, 아무리 늦었다 한들……. 이렇게까지 마법의 재능이 모자란 녀석도 드물 터인데? 아직은 어린 나이니 제법 부드럽게 움직여주어야 하거늘…….
뭔가 체질의 문제인가?"

　소년의 몸에 마력이 아예 없지는 않다. 아니, 오히려 많은 편이었다.
　하지만 어찌 된 영문인지 몸속에서 마력이 굳어 도무지 움직여주
질 않았다.
　움직여지지 않는다면 사용할 수 없다.
　……반대로 말하자면 강렬한 마법 공격을 맞아도 살아남을 수 있
는 강렬한 내성이 있을 가능성도 높겠다만.
　아무리 노력한들 가망이 안 보이는 소년에게 솔직히 말해 알려줬
지만, 본인은 훈련소에서 떠나기를 거부했다.

　"—흠. 잠시 상황을 볼까."

　오켄은 소년이 원하는 대로 당분간 가만 놓아두기로 했다.
　지긋지긋하다며 스스로 그만두고 떠나는 자는 많지만, 떠나기 싫
어하는 사람은 어쩔 수 없다. 본인이 납득할 때까지 수련하도록 놔
둘 수밖에.
　그렇다 해도 【마술사】 훈련소는 일정 수준의 지식과 기술을 갖춘
인물이 오는 곳.
　아무 기틀도 없는 소년에게 가능한 훈련은 기껏해야 『마력 공진
공간』에서 수행하는 명상뿐이었다.
　완전한 어둠에 감싸인 곳, 소리도 빛도 전혀 아무것도 없이 완벽

하게 고립된 공간에서 틀어박힌 채 자신의 『마력』만을 마주 대하는 단련.

이 공간에는 모든 감각을 몇 배로 예민하게 만들어주는 장치가 설치되어 있어 【스킬】의 습득 효과는 높지만, 동시에 공포와 불안과 고통도 함께 격렬하게 증폭되어버리는 터라 사람에 따라서는 입장한 순간 정신이 이상해진다.

불과 몇 초를 못 견뎌서 뛰쳐나오는 사람도 많다. —소년은 이 같은 설명을 듣고도 두려워하지 않으며 훈련 개시를 희망했다.

"정말로 할 테냐……?"
"할 거야."

뭐, 무슨 일이든 경험이지. 마음껏 하게 놓아두자.

'어차피 금방 나와버릴 테고.'

그렇게 오켄은 가벼운 마음으로 소년에게 『마력 공진 공간』 입실을 허가했다.

다만 몇 분이 지나도, 몇 시간이 지나도 소년은 끝내 바깥으로 나오지 않았다.

다음 날 아침이 되고도 소년이 바깥으로 나오지 않았음을 깨달은 뒤 늙은 오켄의 얼굴은 햴쑥해졌다.

—큰일 났구나. 어쩌면 안에서 기절했을지도 모른다.

아니, 더 끔찍하게…… 죽었을지도 모른다.

그런 생각으로 오켄이 허둥지둥 안을 들여다봤더니 소년은 아무런 일도 없었다는 듯 단지 조용히 앉아 있었다.

그리고 걱정해서 상황을 살피고자 온 오켄을 보더니 「방해하지 마」라며 바깥으로 쫓아냈다.

'뭐냐…… 저 녀석……?'

그 이후로도 소년은 줄곧 방 안에 틀어박혔다.

가끔 식사와 볼일 때문에 나오는 시간 이외에는 아예 꿈쩍도 않았기에 달리 사용하려는 자가 나타나지 않는 『마력 공진 공간』은 거의 소년의 전용 공간 비슷하게 점유되었다.

오켄은 자꾸 걱정이 되어 몇 번이나 괜찮냐, 몸에 이상은 없냐, 물어봤으나 소년은 「아무렇지도 않아」라고 답하며 그때마다 오켄을 바깥으로 쫓아냈다.

오켄은 어찌 된 일인가 알 수가 없어 고개만 갸웃했다.

딱히 시킬 게 없는지라 갑자기 방에 들여보냈었다만, 소년이 수행하는 것은 사실 숙련된 마술사조차 금세 도망치고 싶어 하는 상당히 수준 높은 단련— 이 훈련소를 두고 말하자면 가장 괴롭고 최난관의 부류에 들어가는 단련이다만.

다만 이렇듯 고된 과정을 버티는데도 정작【스킬】은 하나도 익히지 못한 기색이었다.

오켄은 거듭 고개를 갸웃거렸다. 이런 경우가 정말 있는가.

—그렇게 쭉 3개월이 지났다.

훈련 기간의 끝이 가까워졌을 무렵, 변함없이 『마력 공진 공간』을 차지하고 버티던 소년이 드물게도 오켄을 불러 세웠다.

소년은 드디어【스킬】비슷한 것을 습득했는데 봐달라고 했다.

오켄은 큰 기대를 하지 않은 채 소년이 스킬을 쓰는 모습을 바라봤다.

이 소년의 마력은 거의 움직이지 못하는 체질이라는 사실을 이미 알기 때문이었다.

뭐, 어쨌든 간에 이렇게나 노력해서 습득한 스킬이다.

그것이 무엇이든 간에 적절히 칭찬해주도록 하자.

가벼운 생각을 갖고.

하지만 막상 목격한 순간— 오켄은 아연실색했다.

'—무슨 짓을 저지른 게냐, 이 녀석.'

소년이 다 됐다고 말하면서 보여준 것은【프티 파이어】였다.

【마술사】관련의 최하위 스킬.

뭐, 일단 넘어가자. 스킬 자체는 문제가 아니다.

……문제는 불꽃이 두 개의 손가락에서 **하나씩** 피어올랐다는 것이다.

요컨대 【2중 영창】.

이제 막 마술을 접한 꼬마가 【2중 영창】이라니?

'……뭔 짓을 저지르는 게냐, 이 녀석……?!'

오켄은 너무나 놀라서 몸이 굳어버렸다.

저것은 마력 조작의 오의라고도 말할 수 있는 기술, 오랜 세월을 연마한 끝에 간신히 다다를 수 있는 경지.

자신이 젊을 무렵에는 환상의 기술이라는 평가마저 받았고, 몸소 체현했을 때는 주위 사람들도 상당히 놀랐다.

자신이 저 경지까지 이르는 데 50년이 걸렸다.

체현한 이후 의기양양하여 다니는 주점 곳곳에서 요령을 가르쳐 준 적도 있었고, 그 후 수십 년이 지나자 「성공했다」라고 말하는 사람의 이야기가 제법 들려오기도 했다만.

어쨌든 자신이 가르쳐주기 전에는 없었는데.

……그런데, 이 녀석은.

아무것도 배우지 않은 채. 자력으로. 게다가 **고작 3개월** 만에 완수했다는 이야기가 아닌가.

'뭔 짓을 저지르는 게냐, 이 녀석―?!'

오켄은 너무나 놀라 머릿속에서 같은 대사를 세 번 되풀이했다.

지금 눈앞에서 터무니없는 사태가 벌어졌다.

마술의 역사를 뒤흔드는 비상사태.

다만 흥분하는 오켄의 앞에 선 소년은 서글픈 목소리로 이같이 말했다.

"—이게, 고작이었어. 아무리 노력해도, 이것밖에."

오켄은 애써 침착하게 마음을 수습하고도 어깨를 축 늘어뜨린 소년에게 말을 건네지 못했다.

분명 이 소년은 마술을 다루는 감각이 몹시 우수하다.

……다만 체질이 치명적으로 안 좋았다.

소년이 달성한 기술은 굉장하다.

다만 침착하게 생각하면 별로 기뻐할 수 없다.

오켄은 이미 전부를 알기 때문이다.

유감이나 이 소년은 마술사로서 대성하지 못한다.

이러한 위업을 달성한 소년이 마술사로서 활약하는 미래는 유감스럽게도 오지 않는다.

300년 가까이 살아오며 거의 삶 전부를 마술 연마에 쏟아부었던 【마성】이기에 벌써 모든 판단이 끝나버린다.

—아깝구나.

이 재능은 진정 아깝다.

보통은 무슨 일에든 슬퍼하는 법 없는 낙관적인 노인이 드물게도 진심으로 한탄을 쏟아 내었다.

체질이라는 기틀만 아니라면 이 소년은 불세출의 마술사로서 분명 세상에 이름을 널리 떨쳤을 테니까.

"허헛— 어쨌든 간에 이곳은 네가 있어야 할 곳은 아니구나. 무엇이든 다른 길을 찾아보거라. 네가 스스로 납득해서 걸어갈 길을 말이다."

그렇게 말한 뒤 오켄은 만기로 훈련을 마친 소년을 배웅했다.

시야에서 멀어져 가는 조그만 등을 지켜보면서 자신이 소년의 보호자가 되어 키워주는 방법도 머릿속에 떠올렸다가 곧 단념했다.

이대로 보내도 저 소년은 자기 힘으로 인생을 선택하여 나아갈 만한 강인함을 가지고 있다.

다른 사람에게는 없는 『무엇인가』를 이미 가진 소년이니까 이제 나아갈 길은 자기가 스스로 찾게 되리라.

가만히 놓아두는 것이 옳다는 생각으로 오켄은 소년을 배웅했다.

저런 부류의 인물에게 스승은 필요 없으니까.

과거의 자신과 마찬가지로.

◇

"【승려】가 되고 싶어. 훈련을 받게 해줘."

모든 것을 포기한 듯한 어두운 표정의 소년이, 세인이 훈련관을 담당하고 있는 【승려】 훈련소의 창구를 겸한 교회에 찾아온 때는 눈 내리는 아침이었다.

"일단 묻겠습니다. 어릴 적 『축복』 의식을 받았습니까?"
"……의식? 그게 뭐야."

세인은 소년을 동정했다.
그 소년은 무슨 사연인지 아무런 사전 준비도 없이 【승려】가 되고 싶다고 말했다.
유감스럽게도 【승려】는 이렇게 덜컥 될 수 있는 직업이 아니었다.

"【승려】가 되려면 어느 정도의 소양^{밑바탕}이 꼭 필요합니다. 일찌감치 포기하십시오."

세인은 소년을 문전 박대하기로 결정했다.
불쌍해도 정말 무리이니까.
【승려】가 기적을 행사하기 위해서는 수순을 밟아야 한다.
미리 『성령』의 축복을 받지 못하면 사람은 기적을, 『치유술』을 행사할 수 없다.

【승려】직업을 가지는 인물은 보통 태어나서 곧『성령』을 몸속에 받아들이는 의식을 치르고, 또한 성령의 양이 얼마나 많은지 적은지에 따라 행사할 수 있는 기적의 범위가 결정된다.

정말 특별한【은총】의 소유자가 아닌 한 예외는 없다.

이곳에 훈련을 받으러 오는 인물은 이미 몇 년 전부터 결정이 나는 셈이다.

그러니까 불쑥 찾아와도 받아줄 수 없을뿐더러 이곳만큼은 다른 훈련소에는 없는 엄격한 적성 심사가 이루어진다.

뒤늦게 불쑥 시작하고 싶다는 사람에게 해줄 게 없다.

소년이 가진 훈련 허가증에 도장을 찍어줬다는 모험가 길드 직원은 이런 사실조차 몰랐던 걸까.

알고 있었다면 굳이 이곳에 보내주지는 않았을 텐데.

"그 허가증도 아마 어떠한 착오였겠죠. 이곳에서는 미리 결정된 제자가 아니면 훈련을 받을 수 없습니다. 대단히 미안합니다만."

세인은 소년을 받아줄 수 없는 이유를 간단하게 설명했다.

다만 어두운 표정을 짓는 소년은 고집스러웠다.

"훈련을 받게 해줄 때까지 문 앞에서 한 걸음도 꼼짝 않겠어."

소년의 의지는 무척 단단한 듯 보였다.

하지만 왕도 고아원의 원장도 겸임하고 있는 세인은 어린아이 다루는 데 익숙했고, 이런 부류의 고집은 일시적인 반발임을 잘 알고 있었다.

이렇게 눈 내리는 날에 버티고 서 있는 것은 아이에게는 힘들다.

머지않아 포기하고 떠날 테니까 가만히 방치하고 일을 시작하기로 했다.

그러나 점심 무렵이 되어 「아이가 아직 문 앞에 서 있다」라며 순찰을 돌고 온 직원이 난처해하는 얼굴로 보고했다. 쫓아낼까 묻기에 세인은 「가만 놔두세요」라고 대답했다.

그날은 꽤 바빴기에 세인은 곧 다른 일터로 이동하여 하루를 보냈다.

다음 날 아침.

아이는 여전히 문 앞에 서 있었다.

"설마 어제부터 줄곧 이러고 서 있던 겁니까?"

"그래, 맞아."

설마, 아이가 거짓말을 했을 테지.

이토록 어린아이가 외투도 아무 겉옷도 걸치지 않고 밤새도록 이런 날씨에 줄곧 서서 버텼다는 것은 어불성설이다.

만약 쭉 서서 버텼다면 방금 전처럼 제대로 된 문답을 나눌 체력

347

이 남아 있을 리 없잖은가.

"그렇게 매일 찾아와도 달라지는 것은 없습니다."
"나도, 훈련을 받게 해줄 때까지는 여기서 한 걸음도 꼼짝 않겠어."
"그렇습니까."

세인은 전날과 마찬가지로 소년을 방치한 채 업무를 수행하기로 했다.
그렇다 해도 은근히 신경은 쓰이는지라 업무 짬짬이 가끔 창문으로 문 앞을 내려다보며 소년의 모습을 확인했다.
그러다가 세인은 한 가지 사실을 깨달았다.

"……정말 ……문 앞에서 한 걸음도 꼼짝을 안 하는군요."

소년은 그날 오후가 되도록 문 앞에서 한 걸음도 꼼짝하지 않았다.
……설마 정말로 어제부터 줄곧 저러고 서 있었을까.
해가 떨어질 무렵이 되었는데도 소년이 가만히 서 있는 광경을 본 이상은 이제 어불성설이라고 잘라 말할 수 없었다.
세인은 급히 문 앞에 선 소년에게 가서 말을 건넸다.

"정말 미안하게 됐습니다만, 아무리 이곳에 서서 버텨도 애당초 무엇이든 가르쳐줄 수가 없습니다. 【승려】가 되려면 특별한 자질이 필요해서죠. 절대 심술부리려고 지어낸 말이 아닙니다."

"……그래도, 하고 싶어. 제발, 부탁이야."

"안 되는 것은 안 됩니다. 제가 부탁할 테니 포기하고 돌아가주십시오."

"돌아갈 곳 따위, 없어."

세인은 더 이상 소년이 거짓말로 둘러댄다는 생각은 하지 못했다. 정말 돌아갈 곳이 없는 듯했다.

"그렇다면 고아원에 들어오겠습니까? 다른 아이들도 많이 있고, 분명 친구도 사귈 수 있을 겁니다."

우리 시설

"……들어가면, 훈련을 받게 해주는 건가?"

"아니요, 안 됩니다."

"그럼 안 가겠어."

"……그렇습니까. 좋습니다, 이러다가 지쳐 떠나갈 때까지 가만히 놔둘 수밖에 없군요."

세인은 잠시 망설이다가 결국은 방치하기로 했다.

소년이 많이 약해진 듯 보이지도 않았고 다행히 이곳에는 치유의 기적을 잘 다루는 직원이 다수 있다.

세인은 숙직 당번 직원에게 만약 이 소년의 신상에 이상이 발생하면 따뜻한 방에 들여서 돌봐주고 식사를 내주라고 전했다.

그리고 곧장 자신에게 와서 연락하도록 첨언한 뒤 그날은 일터에서 퇴근했다.

그 후 직원에게 온 연락은 없었다.

하지만 그날 세인은 잠 못 이루는 밤을 보내야 했다.

……그 소년은, 포기했을까.

아무리 고집이 센 아이여도 생명의 위협을 겪을 만큼 지독하게 굴지는 못하는 법이었다.

언젠가 반드시 엄살 부린다.

하지만 그 아이는 고집을 굽히지 않을 기세였다.

게다가 돌아갈 곳이 애당초 없다잖은가.

역시 힘을 써서라도 데리고 돌아와야 하지 않았을까.

이런저런 생각을 떠올리며 숙직 직원의 연락을 기다리다가 결국은 해가 솟아서 아침이 됐다.

그날 아침도 전날과 변함없이 눈이 내렸다.

자꾸 신경이 쓰여 평소보다 빠르게 교회에 갔더니 소년은 아직껏 문 앞에 서 있었다.

"—설마, 줄곧 여기서……?"

질문에 대답하는 대신 소년의 입에서 나온 말은 어제 들었던 것과 완전히 같은 선언이었다.

"훈련을 받게 해줄 때까지……. 여기서, 한 걸음도 꼼짝 않겠어."

세인의 소년의 기백에 등줄기가 서늘해지는 것을 느꼈다.

아울러 깨달았다.

이 소년은 가만 방치하면 다음 날에도, 또 다음 날에도— 아마도 **숨이 끊어질 때까지** 이곳에서 버티고 서 있을 것이다.

이대로 두면 소년의 생명이 위험하다.

이제는 세인이 뜻을 굽힐 수밖에 없었다.

"알겠습니다. —지도는 해드리죠. 【승려】 훈련에 참가시켜드리겠습니다."

"……저, 정말……?!"

"하지만 훈련을 받아 무엇인가 능력이 생긴다는 보장은 어디에도 없습니다. 이것은 꼭 알아주십시오."

"그래, 알았어……! 고마워……!"

그렇게 【승려】 훈련이 시작되었다.

다만 소년에게는 【승려】 계통을 목표로 하는 인물이라면 모두가 반드시 받아야 했을 『축복』이 없다.

혹시나 싶어 몸속에 있는 성령의 양을 측정해주는 기기를 써서 알아봤지만, 새삼 소년에게 소양이 없다는 사실만 여실하게 부각되었을 뿐이었다.

【승려】 직업을 가진 사람은 몸속에 성령을 받아들임으로써 기적의 힘을 행사한다.

그것이 【힐】 등 치유의 기적을 체현하는 계통, 【성법술】이다. 애당초 사용에 이르기 위한 대전제가 있는 셈이다.

소년에게는 그것이 없다.

따라서 훈련소에 받아준들 단순히 관련 지식을 전수하는 것이 고작이다.

그런 생각이었다만 『축복』을 받아 성령을 몸속에 받아들인 다른 훈련생과 마찬가지로 기적을 「행사하기」 위한 훈련을 하고 싶다는 요청이 있었다.

도저히 불가능함을 거듭 알려주었는데도 소년은 의지를 굽힐 수 없는 모양이었다.

자신도 다른 사람들과 똑같이 훈련을 받고 싶다니.

어쩔 수 없다는 생각에 희망하는 대로 시켜주었다.

소년이 원하는 것은 결코 얻을 수 없겠지, 내심 동정을 느끼면서.

다만— 그때 신기한 일이 벌어졌다.

소년은 무모하다고도 표현할 수 있는 훈련을 계속한 결과, 최하급의 더욱 아래에 위치할지언정 【로우 힐】이라는 【승려】 스킬을 습득해버렸으니까.

"이런 경우가…… 정말 있는 겁니까."

본래는 결코 일어날 수 없는 일이었다.

【승려】 스킬은 기적의 촉매가 되는 『성령』을 후천적으로 제 몸에 받아들이지 않는 한 절대로 사용하지 못한다.

몸에 받아들인 양 이상의 힘은 사용하지 못하는 법이다.

한데 성령의 힘을 활용하지 않는 한 분명 구현할 수 없어야 하는 것이 기적인데도 이 소년은 현실에서 사용하고 있다.

즉 성령의 힘을 빌리지 않고 자신의 힘으로 『기적』을 행사하고 있음을 의미한다.

성령을 매개로 하지 않고 스스로 기적을 행사한다―.

대체 어찌나 터무니없는 이적인지.

달리 말하면 몸에 받아들인 성령의 양에 속박되지 않고 『기적』의 힘을 **거의 무진장**으로 다룰 수 있다는 뜻이다.

무엇을 어떻게 해야 이런 현상이 가능케 된단 말인가.

……도무지 믿기지 않는다.

세인의 상식으로 봤을 때 이것은 도저히 믿기 어려운 일이었다.

다만 인정할 수밖에 없다.

이 소년이 어떤 면에서는 이미 자신보다 아득한 『앞쪽』 영역에 도달했다는 것을.

세인은 소년과 만난 까닭에 자신이 수련을 쌓을 필요가 있다는 사실을 깨달아야 했다.

―자신은 어쩌면 이렇게나 어리석었을까.

이 소년을 불쌍하게 여기다니.

세인은 소년을 대했던 지난 행동을 후회했고 동시에 감사했다.

자신을 더욱더 높은 경지로 끌어올려준 눈앞의 작은 존재, 스승에게.

하지만 정작 소년의 표정은 어두웠다.

"……이건, 스킬이 아닌 건가?"

"예, 유감스럽게도. 【로우 힐】은 아마 『모험가』로 활동하는 데 유용한 스킬로 인정받지는 못할 겁니다……. 그래도 어릴 때 축복을 받지 않았는데 이렇게 스킬을 익힌 것은 굉장합니다. 지금은 아직 실감이 안 날지도 모르겠습니다만……. 이것은 정말, 굉장한 일이에요."

"그런가……. 역시― 소용없었구나."

소년은 안타깝게도 잔뜩 낙담했다.

세인의 속마음과는 별개로, 소년은 원하는 것을 얻지 못했으니까.

이미 소년이 훈련소를 찾은 지 정확히 내일로 3개월이 경과하려는 때였다.

왕국이 제정한 법에 따라서 훈련생의 교육 기간이 끝나는 시기. 이제 소년은 떠나가야만 한다.

―그날 밤, 세인은 생각했다.

소년의 재능은 아마 당장에 싹을 틔우지는 않을 것이다.

다만 시간을 들여서 키워 나가면, 아마도……. 아니, 확실하게 터무니없는 인물이 된다.

최근 고아원에서 맞아들인 아이들— 이네스 및 길버트와도 좋은 친구가 될 수 있지 않을까.

그렇게 생각하며 세인은 의지할 곳 없는 어린 소년을 자신이 운영하는 고아원에 맞이하자고 생각했다.

다음 날 아침.

세인이 제안을 위해 찾아갔을 때는 소년이 이미 훈련소에서 홀연히 자취를 감춘 뒤였다.

소년은 누구에게도 작별의 말을 고하지 않은 채 스스로 자취를 감췄다.

목격한 부하의 말에 따르면 소년은 모험가 길드가 있는 방향으로 향했다고 한다.

사실 파악을 마친 세인은 즉각 【육성】 전원을 소집하여 회의에 부쳤다.

무시무시한 소질을 가진 소년, 노르를 이후 어떻게 할지 전원에게 묻기 위하여.

그리고 만장일치로 그 소년의 신병을 【육성】 전원이 맡아 책임지고 키워 내기로 결정되었다.

하지만— 그때 소년은 이미 왕도에서 자취를 감춘 다음이었다.

마지막으로 모습을 목격했던 길드 직원이 말하기를 소년은 행선지도 알리지 않은 채 말없이 어딘가로 떠나갔다고 한다.

그 사실을 알고 곧바로 검성 시그가 「모든 직책에서 물러난 뒤 소년을 찾으러 떠나겠다」라는 말을 꺼내는 바람에 왕궁 전체가 들썩이는 큰 소동이 벌어졌지만— 어찌어찌 왕을 포함한 주위 사람들이 만류한 결과, 전원이 협력하여 찾아 나서기로 한 덕에 무사히 수습되었다.

다만 이후에 제아무리 온갖 수단을 다 써봐도 소년의 행방은 전혀 알아낼 수 없었다.
어찌 된 영문인지 누구 한 사람도 소년의 그림자조차 붙잡지 못했기에.
그렇게 실의 속에서 시간만이 흘러갔고—.

그들이 다시 만나게 될 때까지는 물경 십수 년의 세월이 흘러야 했다.

■작가 후기

　2권을 읽어주셔서 감사드립니다.

　1권에서는 비교적 느긋한 장면이 많았던 데 비하여 2권에서는 초장부터 느닷없이 왕국이 존망의 위기에 처하는 등 웹 버전을 읽어주신 분들 중에서는 「이게 뭐야……?」라며 살짝 의문을 느끼는 분이 계셨을지도 모르겠습니다.

　사실 1권과 2권의 내용에 해당하는 『마도황국 편』은 본래 한 권의 책으로 담아낼 예정으로 (마음만은) 쓴 이야기입니다.
　『나는 모든 것을 【패리】한다』를 「소설가가 되자」에서 연재를 시작했던 당초, 필자로서는 이 이야기가 서적화되면 좋겠다고 바라는 한편 정말로 출판되었을 때를 고려해서 「각 장마다 10만 자 전후로 (10만 자는 문고판으로 대강 한 권 분량) 써서 균형을 맞춰 구성해 보자」라는 목표를 세우고 썼습니다. 하지만 연재가 진행됨에 따라 당초부터 쓰고 싶었던 장면의 분량이 자꾸 부풀어 올라서 결국 1장이 완결되려는 무렵에는 목표였던 10만은커녕 가볍게 20만 자를 넘겨버렸습니다.

운 좋게도 연재 초기에 서적화의 제안을 받게 되었습니다만, 일단은 한 권의 책으로 가다듬었을 때 다 읽고 깔끔한 느낌을 받을 수 있는 이야기를 만들고 싶어서 나름 구성을 신경 쓰면서 집필했습니다. 그런데도 멋지게 곱절 분량이 되어버린 바람에 「……이거 어떻게 한담?」 상태가 되어 고민하며 편집자분과 대화를 나누던 중 감사하게도 그냥 절반으로 잘라도 읽을 만하다는 판단을 내려주셨고 「평범하게 두 권으로 분할합시다」라는 단순 명쾌한 결론에 다다랐습니다.

그렇다 해도 이 경우는 멋진 장면이 주로 후반(2권)으로 몰리기도 하고요, 1권에서는 이야기가 애매하게 끝나게 되는지라 개운하지도 않습니다. 작가의 입장에서야 편해도 출판사 쪽의 판매 전략상 꽤나 불리해지는 요소가 잔뜩 들어가지 않았나 생각합니다.

이러한 형태의 출판을 끝내 결단해주신 편집자분, 출판사 관계자분, 또한 이렇듯 호의적인 평가를 내려주시고 2권까지 계속 읽어주신 독자분들께는 감사의 마음뿐입니다.

그런고로 본작 『패리』 1권은 「반환점에서 이야기가 끝난다」, 2권은 「초장부터 갑자기 클라이맥스」라는 살짝 비뚤어진 구성이 되었습니다만, 아무튼 2권으로 이야기는 대강 마무리되었습니다(사실상 상하권이군요).

그렇다 해도 작가로서는 이제야 겨우 프롤로그에 해당하는 부분을 소화한 참인지라 이야기는 한참 더 이어집니다.

순조롭게 나아가면 다음 권에서는『신성교국 편』이 시작됩니다.

린네부르크 왕녀(린)가 유학 중 신세를 졌던『신성 미슬라 교국』의 여교황에게서 「전혀 아는 바 없는 혼담」을 받는 장면으로 이야기가 시작됩니다. 이른바 최근 유행하는 혼약 파기물의 요소도 있습니다만, 차이점은 이쪽에서 파기(물리)하러 간다는 전개일까요.

웹 버전의 분량을 감안하면 아마 2장도 도저히 한 권으로 담아낼 수 없는 글자 수가 될 테니 또다시 둘 이상으로 분할해서 내는 형태를 취할 것 같습니다. 그 부분은 아직껏 여러모로 미정입니다만, 계속 읽어주시면 기쁘겠습니다.

또한 이미 눈치채신 분도 어쩌면 계시겠습니다만, 2권의 권말에 수록된『재능 없는 소년』은 1권의 1화,『재능 없는 소년』과 대응하는 다른 시점의 에피소드입니다. 1권과 2권을 비교해서 읽어봐주시면 주인공과 주변 사람들의 심각한 인식 차이가 더욱 부각되어 재미있지 않을까요.

과연 앞으로 등장인물들의 커다란 인식의 골이 메워질 수 있을까요……?

기대해주십시오.

2021년 3월
나베시키

2권도
감사했습니다!
카와구치

나는 모든 것을 【패리】한다 2
~역착각의 세계 최강은 모험가가 되고 싶다~

초판 1쇄 발행 2022년 5월 20일

지은이_ Nabeshiki
일러스트_ Kawaguchi
옮긴이_ 김성래

발행인_ 신현호
편집장_ 김승신
편집진행_ 권세라 · 최혁수 · 김경민 · 최정민
편집디자인_ 양우연
관리 · 영업_ 김민원

펴낸곳_ (주)디앤씨미디어
등록_ 2002년 4월 25일 제20-260호
주소_ 서울시 구로구 디지털로 26길 111 JnK디지털타워 503호
전화_ 02-333-2513(대표)
팩시밀리_ 02-333-2514
이메일_ lnovellove@naver.com
L노벨 공식 카페_ http://cafe.naver.com/lnovel11

Ore wa Subete wo "PARRY" suru
~Gyaku Kanchigai no Sekai Saikyo wa Bokensha ni Naritai~ Vol.2
By Nabeshiki, Kawaguchi
© 2021 by Nabeshiki, Kawaguchi
First published in Japan in 2021 by EARTH STAR Entertainment Co.,Ltd
Korean translation rights arranged with EARTH STAR Entertainment Co.,Ltd
through Shinwon Agency Co..

ISBN 979-11-278-6447-7 04830
ISBN 979-11-278-6408-8 (세트)

값 10,000원

2021 by KRSG, Nabeshiki, Kawaguchi
EARTH STAR Entertainment Co.,Ltd

나는 모든 것을 【패리】한다 1권

KRSG 지음 | 김성래 옮김

동경했던 모험가를 목표로 수행을 쌓는 청년, 노르.
밑바닥 스킬에 【패리】가 일천의 검을 쳐 낼 때까지!
그러나 제아무리 극한의 연마를 해도
밑바닥 스킬밖에 없어서 모험가는 되지 못한다…….
겸허하고 고지식하게 수행하며 도시의 잡일을 맡아 처리하는 하루하루.
그러던 어느 날, 무자각의 초절 능력으로 인하여
국가 전체를 뒤흔드는 음모에 휘말리게 되는데…….
사람들을 돕는 모험가, 나도 될 수 있는가?!

철저하게 겸허한 최강 남자가 모험가의 길을 걷는 이야기.
드디어 개막!

SL COMIC은 미디어믹스 전문 브랜드입니다.

©Takemachi, Tomari 2021
KADOKAWA CORPORATION

스파이 교실 1~5권, 단편집 1권

타케마치 지음 | 토마리 일러스트 | 송재희 옮김

아지랑이 팰리스 공동생활 규칙.
하나, 일곱 명이 협력하여 생활할 것.
하나, 외출 시에는 진심으로 놀 것.
하나, 온갖 수단으로 나를 쓰러뜨릴 것.

—각국이 스파이로 그림자 전쟁을 벌이는 세계.
임무 성공률 100%, 그러나 성격에 난점이 있는 뛰어난 스파이, 클라우스는
사망률 90%를 넘는 「불가능 임무」 전문 기관 「등불」을 창설한다.
하지만 선출된 멤버는 실전 경험이 없는 소녀 일곱 명.
독살, 함정, 미인계— 임무를 달성하기 위해 소녀들에게 남은 유일한 수단은
클라우스를 속여 이기는 것이다!

1대7 스파이 심리전! 통쾌한 스파이 판타지!!

라이트노벨의 새로운 빛! L북스의 신간은 매월 20일에 발매됩니다. http://cafe.naver.com/lnovel11